Christoph Marzi
Memory
Stadt der Träume

Außerdem von Christoph Marzi im Arena Verlag erschienen:

Heaven. Stadt der Feen
Malfuria. Das Geheimnis der singenden Stadt (Bd. 1)
Malfuria. Die Hüterin der Nebelsteine (Bd. 2)
Malfuria. Die Königin der Schattenstadt (Bd. 3)
Du glaubst doch an Feen, oder?
Helena und die Ratten in den Schatten

Christoph Marzi
wuchs in Obermendig in der Eifel auf, studierte
an der Universität Mainz Wirtschaftslehre und lebt heute
mit seiner Frau Tamara und seinen drei Töchtern im Saarland.
Im Alter von 15 Jahren begann er zu schreiben.
Der Autor erhielt 2005 für seine *Lycidas*-Trilogie den
Deutschen Phantastik-Preis für das beste Roman-Debüt.
Seit 2007 schreibt er mit großem Erfolg Romane
für Jugendliche und Kinder.

www.marzi-lesen.de
Mitreden unter forum.arena-verlag.de

Christoph Marzi

Memory

Stadt der Träume

Arena

Denjenigen, die uns als Traum begleiten

1. Auflage 2011
© 2011 Arena Verlag GmbH, Würzburg
Alle Rechte vorbehalten
Covergestaltung: Frauke Schneider
Gesamtherstellung: Westermann Druck Zwickau GmbH
ISBN 978-3-401-06622-6

www.arena-verlag.de
Mitreden unter forum.arena-verlag.de

I see thee still! Thou art not dead
Though dust is mingling with thy form
The broken sunbeam hath not shed
The final rainbow on the storm.

- EINE ALTE INSCHRIFT
AUF DEM HIGHGATE CEMETERY -

Prolog

Die Stunde, in der das Mädchen ohne Namen seine Geschichte verlor, war die letzte des Tages. Die Nacht aber, in deren gläsernem Gewand diese Stunde schlug, schien der Anfang von allem zu sein. Wie Nebel lag Stille über dem, was kaum mehr als Schattenriss und Schemen war. Nur das spärliche Licht einer Straßenlaterne erhellte jenen verlassenen Ort, an dem ein Mädchen zu dieser Uhrzeit eigentlich nichts zu suchen hatte. Still wie eine Puppe mit geschlossenen Augen saß sie auf der Parkbank gleich neben dem hohen Tor aus geschwärztem Eisen. Mondschein, kalt und schneidend wie der letzte Rest einer Erinnerung, ergoss sich jenseits der Wege und Pfade wie Silber über die Grabsteine, kühler Wind wehte die braunen Blätter über den Boden und in die Eingänge der Mausoleen.

Einst pflegten in Momenten wie diesem die Toten zu singen und in den Liedern, an die sie sich erinnerten, ging es natürlich um das Leben, schillernd und beschwingt wie ein Sonnenstrahl, der sich in einem Regentropfen bricht und von niemandem eingefangen werden möchte. Es war also nicht verwunderlich, dass es dem Jungen, der ebenso wenig wie das Mädchen an einen Ort wie diesen zu gehören schien, in den Sinn kam, eine Melodie zu summen.

Plötzlich blieb er stehen und das Summen, das sich wie der zaghafte Anfang von *Heart of Gold* angehört hatte, verstummte. Wieder war da nur die Nacht, nur Stille.

Und das Mädchen.

»Hallo?« Die Stimme des Jungen war leise und tastete sich vorsichtig an die Gestalt auf der Bank heran.

Man musste zu dieser Stunde vorsichtig sein, das wusste er. Nie konnte man wissen, was einen erwartete, wenn man in der Nacht hierher kam.

Die Welt des Friedhofs war so trügerisch wie das Leben jenseits der Mauer.

Leise fragte er erneut: »Hallo?«

Das Mädchen blieb still und rührte sich nicht.

Die Steinengel, die nicht weinten, bedachten sie mit kalten Blicken, regungslos.

Der mausgraue Junge beobachtete das Mädchen. In der Nacht und hier an diesem Ort war er kaum wahrnehmbar, leise wie ein Gedicht, dessen Sinn nur begreift, wer genau hinhört. Braune Augen, groß wie Monde, musterten die Gestalt auf der Bank.

»Alles okay mit dir?« Zögernd trat er auf sie zu. In seinen dunklen, lockigen Haaren glänzte der Nachtnebel.

»Was tust du hier?« Sie mochte so alt sein wie er selbst, vielleicht ein wenig älter, schätzte er. Jedoch nicht alt genug, um sich zu dieser Stunde an diesem Ort aufzuhalten.

»Schläfst du?«

Wieder keine Antwort, natürlich.

»War ja auch eine bescheuerte Frage«, gestand sich der Junge kopfschüttelnd ein.

Ein weiterer Schritt in ihre Richtung und ein kalter Lufthauch streifte ihn wie ein Flüstern.

Sie saß noch immer still und aufrecht auf der Bank, und als der Junge nur noch wenige Schritte von ihr entfernt war, sah er, dass sie die Augen fest geschlossen hielt. Sie atmete ruhig, Gott sei Dank.

»Du schläfst.« Er schüttelte den Kopf. »Gibt es denn so was?« Seine Stimme war dünn wie Nebel. Der nahe Winter lag schon in der Luft. In den frühen Morgenstunden und in der Nacht ließ der Herbst die kommenden Monate erahnen.

Langsam, argwöhnisch, ging der Junge die letzten Schritte auf das Mädchen zu und blieb vor ihr stehen. Der Lichtschein der Straßenlaterne streifte ihn.

»Es ist kalt hier draußen«, sagte er, doch auch dieses Mal erhielt er keine Antwort.

Er betrachtete sie eingehend. Sie sah aus wie ein normales Mädchen. Oder besser gesagt, sie sah aus wie ein *hübsches* normales Mädchen. Ein hübsches normales Mädchen, schlafend auf der Parkbank beim großen Tor. Zu dieser Uhrzeit. Sie trug eine lange Jacke mit Pelzkragen, dazu einen geringelten langen Schal. Jeans, schwarze Stiefel.

Der Junge dachte nach. Das Tor, das auf die Swains

Lane hinausführte, war schon seit Stunden geschlossen. Der Friedhof war nur bis fünf Uhr nachmittags für Besucher geöffnet.

Durch das Tor konnte sie also nicht gekommen sein, unmöglich. Und sie wohnte auch nicht in einem der Gräber in der Gegend; nein, danach sah sie nicht aus. Auch hatte er sie hier noch nie gesehen. War sie vielleicht ein Gast? Jemand, der zur Party eingeladen worden war? Nein, davon hätten sie ihm erzählt. Gaskell hätte sie erwähnt, ganz sicher.

Wer aber war sie dann? Wer, in aller Welt, kam in einer kühlen Herbstnacht zu dieser nachtschlafenden Stunde hierher und warum?

»Hallo?«, versuchte er es von Neuem.

Sie rührte sich nicht. Ihr Gesicht war mit winzigen Sommersprossen besprenkelt. Ihr schulterlanges, glattes Haar schimmerte rot wie flammender Mohn im Morgenlicht.

»Du musst aufwachen, sonst erfrierst du noch.«

Nein, sie war bestimmt nicht von hier. Ihre Klamotten waren zu neu, als dass sie von hier sein konnte. Vielleicht gehörte sie zu den Neugierigen, die manchmal nachts auf den Friedhof kamen, weil sie in den Schatten Geheimnisse zu entdecken hofften. Nein, auch danach sah sie nicht aus.

Vielleicht sollte ich Hilfe holen?, fragte sich der Junge und dachte an Gaskell und die illustre Schar, die drüben beim Admiral feierte. Oder besser doch nicht. Er wollte sie nicht erschrecken. Und Gaskell und die anderen könnten sich, nun ja, ein wenig überrumpelt fühlen, käme er mit dem Mädchen daher.

»Du brauchst keine Angst zu haben«, sagte er und dachte an die Gefahren, vor denen seine neuen Freunde ihn oft gewarnt hatten. Seltsamen Wesen, die sich an diesem Ort in gläserner Nacht herumtrieben. »Ich habe auch keine Angst.« Eine Lüge laut auszusprechen, konnte, wie er wusste, wahre Wunder wirken.

Gaskells Geschichten kamen ihm in den Sinn, ausgerechnet jetzt. »Du bist nur du«, fragte er sie, »niemand sonst, nicht wahr?«

Wieder gab sie keine Antwort, schlief einfach weiter.

Okay, dann eben nicht.

»Nur du, nur ein Mädchen, sonst nichts.« Er sprach die Worte aus wie ein Mantra, das einen vor bösen Überraschungen bewahren konnte, wenn man nur fest genug daran glaubte.

Das Mädchen, den Kopf ein wenig schief gelegt, schlief einfach weiter. Sie sah friedlich aus.

Der Junge streckte wagemutig und wie traumwandlerisch die Hand nach ihr aus. Er musste es tun, denn nur so konnte er es herausfinden. Er berührte mit dem Finger ihre Wange und sah, wie ihre warme Haut sogleich seinen Finger benetzte. Ihm war, als tauchte er den Finger in eine Nebelwand hinein, und er zog die Hand ruckartig zurück.

Immerhin wusste er jetzt, was sie war.

Erschrocken flüsterte er: »Aber wie kommt es, dass du gar nicht kalt bist?« Sie war wie Gaskell und doch ganz anders. Nein, das Mädchen hier war anders. Sie war warm wie jemand, dessen Herz noch schlägt.

Aber das eine passte nicht zum anderen. Wer oder *was* mochte sie wohl sein?

Erneut streckte der mausgraue Junge die Hand aus, um sie noch einmal zu berühren.

Doch kurz bevor seine Finger abermals in ihre Haut eintauchten, öffnete sie die Augen. Sie waren haselnussbraun, das konnte er im Schein der Straßenlaterne sehen, voller Furcht, tief wie die Nacht und ebenso schön. Ein Blinzeln, erschrocken und schnell, dann ein Schrei, laut, verwundert und wütend gleichermaßen.

Noch während der Junge gebannt ihre schönen Augen betrachtete, sprang sie auf, glitt an ihm vorbei und trat, leicht humpelnd, in das Schattenland jenseits der Straßenlaterne.

»Hey!«, war alles, was er hervorbrachte.

Dann verkündigte der Glockenschlag im Verein mit dem rasend pochenden Herzen des Jungen Schlag Mitternacht und auf dem alten Friedhof war gerade eine neue Geschichte geboren worden.

1.
Der mausgraue Junge

Einen halben Tag zuvor ahnte noch niemand etwas von den Ereignissen, die sich zu so später Stunde begeben sollten; am allerwenigsten der Junge selbst.

London war gerade golden und bunt wie der Herbst, der über die Stadt gekommen war und alles in die rostroten Farben und rauchigen Gerüche des Oktobers tauchte. *Oktoberland*, hatte Miss Rathbone es genannt. In den Parkanlagen von Kentish Town schüttelten die Bäume ihre Blätter ab und es schien, als bewegten sich die Straßen mit jedem Windhauch.

Jude Finney, der bei Tage kein bisschen mausgrau wirkte, anders als im Mondschein, und der auch keine Melodie summte, mochte den Herbst genauso wie den Frühling. Die Welt war von einem geheimnisvollen Zauber erfüllt, den Sommer und Winter nicht kannten. Er mochte es, wenn die Luft nach braunen Farben und Holzkohle und gebrannten Kastanien roch und wenn die Erinnerung an den Sommer im Morgennebel verblasste. Wenn es

13

schien, als könnten sich die Sonnenstrahlen nicht so recht entscheiden, ob sie einen wärmen oder frösteln lassen sollen. Irgendwie hatte er dann das Gefühl, unbeschwerter atmen und klarer denken zu können.

Und die Stadt schien sich viel langsamer zu bewegen als sonst.

Aber jetzt trennte ihn schmutziges Fensterglas von der Luft und dem Leben da draußen. Vor ihm auf dem Tisch lag ein dünner Stapel unbeschriebener Blätter, die darauf warteten, dass er sie mit geistreichen Gedanken füllte. Zumindest erwartete das sein Lehrer. Dazu hatte er zwei Stunden Zeit. Und während seine Mitschüler emsig bemüht waren, einen klugen Aufsatz zum Thema *Die Welt, in der wir leben* zu verfassen, starrte Jude zum Fenster hinaus und dachte an die Party in der kommenden Nacht, zu der Gaskell ihn eingeladen hatte. Es würde eine lustige Nacht werden, davon war Jude überzeugt, denn Gaskells gesamte Nachbarschaft würde sich dort versammeln und im Mondlicht singen.

Mr Ackroyd indes, Fachlehrer und Leiter des Fachbereichs Englisch an der altehrwürdigen Kentish School, schaffte es, den Himmel an diesem Mittag zu trüben. Er hatte eine grüne Karteikarte mit der gedruckten Aufschrift A-Level – General Certificate of Advanced Education in die Mitte des Whiteboards geklebt und darunter handschriftlich den unnötigen Zusatz *Irregulärer Test* gekritzelt.

Jude seufzte. Sein braunes Haar sah störrisch wie Holzwolle aus und er selbst fühlte sich ebenso. Sobald er die

Schule betrat, kam er sich wie ein Fremder vor. Er rückte die Brille mit dem schwarzen Rand zurecht und sah erneut auf die Blätter, die außer dem runden Schulstempel rechts oben in der Ecke und den vorgedruckten Linien noch schneeweiß waren.

»Das, was ich von euch erwarte«, hatte Mr Ackroyd zu Beginn der Stunde näselnd gesagt, »ist, wie alles im Leben, im Grunde ganz einfach. Zeigt mir, dass ihr kritisch denken könnt. *Die Welt, in der wir leben.* Schreibt eure Gedanken nieder und macht mich stolz, euch meine Klasse nennen zu dürfen. Seid kreativ!«

Jude rollte die Augen. Er war müde und schläfrig und das langweilige Thema tat ein Übriges. Worüber sollte er schreiben? Die überaus reichen Erfahrungen, die er in den letzten Wochen seines siebzehnjährigen Lebens gesammelt hatte, boten wohl kaum Stoff für den Aufsatz, der Mr Philip Ackroyd vorschwebte.

Er starrte auf das leere Blatt und das leere Blatt starrte zurück. Jude gähnte.

Gestern erst hatten alle Spekulationen angestellt, ob Mr Ackroyd den Test in dieser Woche oder in der nächsten schreiben lassen würde. In der Klasse hatte man sich einstimmig darauf geeinigt, dass es wohl erst nächste Woche so weit sein würde. Aber ihre Prognosen waren reine Wunschvorstellung gewesen.

Jude rieb sich die Augen und spielte ein wenig mit der Brille herum, bevor er sie wieder aufsetzte.

Er könnte über Gaskell und all die anderen schreiben,

15

die auf dem Highgate Cemetery wohnten; und über Miss Rathbone. Aber das, befürchtete er, war sehr weit entfernt von dem, was man in einem A-Level-Test erwartete – auch in einem *irregulären* Test. Mr Ackroyd sagte nie »unangekündigter Test« – er liebte es, mit Fremdwörtern um sich zu schmeißen.

Da aber genau das der interessante Teil der *Welt, in der er lebte* war, saß Jude weiter wie ausgestopft da und wartete darauf, dass die Zeit verging.

Nur das Klappern der Heizung und das gelegentliche Ächzen und Stöhnen der anderen Schüler durchbrach die brütende Stille, die wie ein Teppich über dem Klassenzimmer lag. Mr Ackroyd saß vorn am Pult und machte sich Notizen.

Jude probierte einige Körperhaltungen aus, die es ihm erlaubten, möglichst unauffällig den Kopf zu stützen, sodass er im Falle vorzeitigen Einschlafens einen unangenehm lauten Aufprall auf der Tischplatte vermeiden konnte.

Er dachte an seinen Vater und das Haus in der Twisden Road. An den Geruch von Mikrowellenessen. Die Stille, die ihn dort erwartete. Er betrachtete das leere Blatt vor sich und genoss das Weiß, auf das sich kein einziger Buchstabe verirrt hatte.

Die Welt, in der wir leben.

Er legte seine flache Hand auf das unbeschriebene Blatt. Die weiße Leere war auf eine Art und Weise betörend, wie es die Lieder von Neil Hannon waren. Manchmal fühlte auch er sich so – wie ein leeres Blatt. Fast war ihm, als könnte er eintauchen in dieses stille Weiß, das wie ein leises Rauschen im Ohr war, dessen Ursprung man nicht ausmachen konnte.

Jude drehte den Kopf zur Seite und beobachtete Melanie Briggs, die fleißig ihren Aufsatz kritzelte und dabei die Stirn kraus zog. Als koste es sie übermäßige Anstrengung, die Belanglosigkeiten zu Papier zu bringen, die zweifellos mit reichlich Schminke und den Jungs aus dem Motorradsportkurs zu tun hatten. Gleich hinter ihr hockte Herbert Sorkin, der sich mit hochrotem Kopf mühsam Sätze abrang, die vermutlich ebenso geistreich waren wie die Parolen, die er bei den Spielen von Manchester United vor dem Fernseher grölte.

»Du schreibst ja gar nichts.«

Jude hob den Blick.

Mr Ackroyd war leise von hinten an ihn herangetreten; *geschlichen* traf es wohl besser. Das leere Blatt musste seine Aufmerksamkeit erregt haben.

»Ich bin schon fertig.« Jude hielt das Blatt in die Höhe und schaute unschuldig drein.

»Beeindruckend.« Mr Ackroyd sah ihn mit ausdrucksloser Miene von oben herab an. »Höchst beeindruckend.« Die Mundwinkel zuckten missbilligend nach unten. »Du hast nichts zu Papier gebracht.«

»Es steht alles da«, sagte Jude.

Die anderen Schüler im Raum spähten verstohlen zu ihm herüber. Ihre Aufmerksamkeit war wie ein grellgelbes Knistern in der Luft. Einer der seltenen Momente während eines *irregulären* Tests, in denen endlich etwas passierte.

»Ist das wieder eine deiner Attitüden?«

Noch eines dieser Wörter, die Mr Ackroyd so gönnerhaft verwendete und den Lehrer in Judes Augen noch alberner werden ließen. Jedenfalls konnte er ihn damit nicht beeindrucken. »Und verkneife dir das exaltierte Gehabe.« Mr Ackroyd wertschätzte Schüler, die genau das taten, was er ihnen auftrug, und Jude Finney gehörte nicht zu ihnen.

»Ich verstehe nicht, was Sie daran auszusetzen haben.«

Doch eines musste man Mr Ackroyd lassen: Aufbrausend wurde er nie. Nie erhob er die Stimme. Das war nicht seine Art.

»Das hier«, sagte Mr Ackroyd mit schmalen Lippen, »ist ein wichtiger Test. Das Ergebnis wird Teil der Abschlussnote sein.« Er gab sich Mühe, seine Stimme so leise klingen zu lassen, dass er die Prüflinge nicht unnötig störte, aber laut genug, dass jeder in der Klasse mitbekam, was er sagte.

»Das weiß ich.«

»Dann solltest du dir mehr Mühe geben.«

»Ich habe nachgedacht.« Jude meinte das durchaus ernst. »Und habe meine Gedanken niedergeschrieben.«

Auf Mr Ackroyds Wangen zeichneten sich rote Äderchen ab. »Aber du hast ja gar nichts geschrieben.« Er betonte jedes einzelne Wort.

18

»Auch ein leeres Blatt kann etwas aussagen. Man muss es nur lange genug betrachten.«

»Mach dich nicht über mich lustig.«

Jude sah ihn ernst an, noch immer ruhig. »Ich mache mich nicht über Sie lustig.« Etwas in seinem Blick schien sein Gegenüber davon zu überzeugen, dass er die Wahrheit sagte. Jude hatte wirklich nicht die Absicht, sich über seinen Lehrer lustig zu machen.

»Du . . .« Mr Ackroyd schien es sich anders zu überlegen. »Nun, ich werde jedenfalls kein leeres Blatt akzeptieren.« Er seufzte. »Ist das deutlich genug, Jude Finney? Kein leeres Blatt!«

»Aber das . . .«

Mr Ackroyd fiel ihm ins Wort. »Das Thema der Arbeit«, wiederholte er mit gepresster Stimme, »lautet *Die Welt, in der wir leben.*« Er funkelte den Jungen wütend an. »Wir haben in der letzten Stunde darüber gesprochen.« Er wandte sich jetzt an die ganze Klasse, die schweigend das Schauspiel verfolgte. »Ich will, dass ihr euch in diesem Aufsatz kritisch mit einem ernsthaften Thema auseinandersetzt. Nicht mehr und nicht weniger.« Er richtete seine ganze Aufmerksamkeit wieder auf Jude.

»Aber das habe ich doch getan.« Der Junge senkte den Blick auf das Blatt. Es war zu erwarten gewesen, dass Mr Ackroyd ihn nicht verstand. Ebenso wenig wie die anderen Schüler, jedenfalls ließen die Blicke, die sie ihm zuwarfen, darauf schließen. Aber sie waren dankbar für die Ablenkung. Jude hätte es wissen müssen. Genau das war das Problem mit der Schule. Keiner verstand einen. Dabei sollte doch gerade Mr Ackroyd, ein Englischlehrer, der vorgab, die Gedanken all der großen Schriftsteller und Dichter zu verstehen, mehr Verständnis für ungewöhnliche Ansichten aufbringen.

Die Welt, in der wir leben.

Na klasse.

»Du wirst etwas schreiben!«, befahl Mr Ackroyd ihm. »Hast du gehört, Jude Finney.«

Jude betrachtete das leere Blatt.

Die Toten sind viel lebendiger als mein Englischlehrer.

»Okay«, sagte er. Er machte ein nachdenkliches Gesicht und senkte erneut den Blick.

Er wusste natürlich, dass er merkwürdig klingende Sätze wie *Ich kenne eine Füchsin, die fast verlernt hat, eine Füchsin zu sein* oder *Letzte Woche begegnete ich einem Boxer, auf dessen Grab ein Löwe sitzt* nicht schreiben konnte.

»Okay«, murmelte Jude noch einmal, leiser und merklich genervt.

Mr Ackroyd indes schritt, nachdem er noch einen Augenblick lang unbeeindruckt an seinem Platz stehen geblieben war, durch die Bankreihen, um sich zu vergewissern, dass Jude der einzige *exaltierte* und aufmüpfige Prüfling war.

Jude spähte sehnsüchtig nach draußen, wo sich das weite Grün von Hampstead Heath erstreckte. Wie gern wäre er jetzt dort. Die anderen in der Klasse hingegen dachten jetzt bestimmt an ihre Noten, an neue Klamotten, an Smartphones und Geld.

Die Welt, in der wir leben.

»Nun schreib schon was«, flüsterte Mike, der in der Bank neben ihm saß. Mike verbrachte sein Leben jenseits der Schule damit, sich auf Facebook mit Reptilienfreunden über die Lebensweisen und die Krankheiten von Kaimanen, Schlangen und Waranen zu unterhalten. Und trotz seines ungewöhnlichen Hobbys war sein Leben normaler als das Leben, das Jude neuerdings führte.

»Jaja«, murmelte Jude nur.

Dann malte er ein Fragezeichen in die Mitte des Blattes, nicht besonders groß, einfach nur ein Fragezeichen.

Mike, der es sah, rollte die Augen, widmete sich dann aber wieder seiner eigenen Arbeit.

Jude betrachtete sein Fragezeichen und konnte sich ein zufriedenes Grinsen nicht verkneifen. Ja, das war es. Besser als ein weißes Blatt und besser als viele Worte.

?

Sonst nichts.

?

Perfekt!

Er stand auf, ging, begleitet von den neugierigen Blicken der anderen, nach vorn und reichte das Blatt seinem Lehrer, der die Augen, je näher Jude dem Pult kam, immer mehr zusammenkniff.

Er nahm die Arbeit entgegen und betrachtete das Fragezeichen.

»Wir müssen reden.« Mehr sagte er nicht. »Später, in meinem Büro.« Mit einem Kopfnicken bedeutete er Jude, an seinen Platz zurückzukehren.

Und während Jude wieder Platz nahm, zückte Mr Ackroyd einen Kugelschreiber und versah das fast leere Blatt mit dem Fragezeichen in der Mitte mit Anmerkungen.

Jude sah wieder zum Fenster hinaus in den Park, wo sich die kahlen Bäume in den Herbsthimmel reckten.

Als er Mr Ackroyd folgte, waren ihm die neugierigen Blicke der anderen sicher. Jude war einer jener Schüler, den niemand *nicht mochte,* weil es nichts an ihm gab, was man offenkundig *nicht mögen* konnte. Jude Finney war aber auch ein Schüler, den niemand *so wirklich* vermissen würde, wäre er eines Tages einfach nicht mehr da. Er war okay und die anderen waren für ihn okay. Nicht mehr und nicht weniger.

Während er seinem Englischlehrer durch die Gänge und ins Treppenhaus folgte, lauschte er den seltsamen Geräuschen, die Mr Ackroyds Gummisohlen machten, und den kaum hörbaren Geräuschen, die seine in rot-grünem Schottenkaro gemusterten Chucks von sich gaben. Mr Ackroyd, der kein einziges Wort sagte, gefiel sich offenbar in seiner Schweigsamkeit, die der Situation etwas Dramatisches verlieh.

Im Büro der Englischabteilung roch es nach warmem Kopierer und Kaffee. Miss Reng, die in der Unterstufe unterrichtete, saß an ihrem Arbeitsplatz und sah, bei ihren

Korrekturen gestört, genervt auf, als sie den Raum betraten. Neben ihr dampfte eine Tasse Kaffee.

»Ich verstehe dich nicht«, begann Mr Ackroyd in einem Tonfall, der Jude verdächtig friedlich vorkam. »Du bist wortgewandt, intelligent.« Er hielt die Arbeit des Jungen in den Händen. »Und dann das hier.« Er lehnte an seinen Schreibtisch und seufzte erneut. »Nein, ich verstehe dich einfach nicht.«

»Ich verstehe mich meistens auch nicht«, antwortete Jude, der wie ein Angeklagter auf dem Drehstuhl vor dem Schreibtisch hatte Platz nehmen müssen.

»Du willst doch den Abschluss machen.«

Jude nickte.

»Und du weißt, dass die Ergebnisse der *irregulären* Tests in die Abschlussnote einfließen werden.«

»Ja, Mr Ackroyd.«

»Warum gibt du mir dann ein leeres Blatt ab?«

»Es ist nicht leer.«

»Es ist so gut wie leer.«

»Das Fragezeichen hat etwas zu bedeuten.«

Mr Ackroyd wurde allmählich ungeduldig. »Was soll das bitte bedeuten?«

Jude fragte sich, ob er es erklären sollte, unterließ es aber, weil er ahnte, dass ihm das nichts als weiteren Ärger einbringen würde.

»Alle anderen . . .« — Mr Ackroyd pochte auf den Stapel Arbeiten, die vor ihm auf dem Schreibtisch lagen — »haben sich Mühe gegeben und lange Aufsätze zu diesem

Thema geschrieben.« Er machte eine Pause. »*Die Welt, in der wir leben.*« Erneute Pause. »Das ist doch auch die Welt, in der du lebst, Jude. Machst du dir keine Gedanken darüber? Über dich. Dein Leben. Deine Zukunft?«

»Deswegen habe ich doch das Fragezeichen gemacht.«

Der Lehrer sah ihn lange an. Er setzte sich auf seinen Stuhl und lehnte sich zurück. Dann blickte er auf den Stapel der anderen Arbeiten und seufzte. »Weißt du, was ich denke?«

Jude schüttelte den Kopf.

»Ich denke, ich sollte mit deinem Vater reden.«

Jude merkte, wie sich seine Finger um die Armlehnen krallten. »Der ist nicht da.«

»Was heißt er ist nicht da?«

»Er ist für zwei Tage verreist.«

»Ach ja?«

Jude nickte. »Ja, wirklich. Er leitet so ein Projekt.«

»*So* ein Projekt?« Mr Ackroyd sah ihn misstrauisch an.

»Ja, für das Umweltamt.« Das stimmte, sein Vater arbeitete als Hydrologe in der Environment Agency in Southwark.

»Aha, ein Gewässerkundler.«

»Es geht da wohl um die Säuberung des Rhode Lodge Lake bei Manchester.« Das waren die Dinge, die Judes Vater interessierten: die biologische und chemische Beschaffenheit von Gewässern, die Formen und Gestalten, die Flüsse in verschiedenen Ländern annehmen können.

»Wann kommt er zurück?«

»Am Freitag. Aber er kommt vermutlich erst spätabends nach Hause.«

Mr Ackroyd überlegte kurz. »Nun gut, dann würde ich gern mit ihm reden, wenn er wieder da ist.«

»Ich richte es ihm aus.«

»Um sicherzugehen«, sagte Mr Ackroyd, »werde ich ihm eine Mitteilung zukommen lassen.«

Jude nickte.

»Du kannst jetzt gehen.« Damit war Jude entlassen und der Junge kehrte in den Unterricht zurück.

Nach der Schule schlenderte Jude ohne Eile heimwärts. Die Twisden Road war eine gewöhnliche Straße, wie man sie in jedem englischen Vorort und den Außenbezirken von Greater London fand. Kleine Reihenhäuser, die mit ihren winzigen Vorgärten und Briefkästen alle gleich aussahen, säumten die Gehwege. An der Ecke York Rise und Chetwynd Road befand sich ein Laden, der fast alles im Angebot hatte, wozu man bei Tescos eine Viertelstunde lang in der Schlange stehen musste. In diesem Laden kaufte Jude ein paar Lebensmittel ein, bevor er nach Hause ging.

Die Schule aus seinen Gedanken zu verbannen, fiel ihm nicht schwer. Der Tag war so wunderbar golden, pures Herbstland, und er dachte an die bevorstehende Party. Gaskell verließ sich darauf, dass er seine Gitarre mitbrachte. Also beschloss er, sich zu Hause erst einmal auszuruhen, um nachts dann fit zu sein.

Nur Augenblicke später stand er vor dem Haus in der Twisden Road Nr. 8, von dessen rostigen Briefkasten die blaue Farbe bröckelte. Er kramte den Schlüssel aus seiner Jackentasche, schloss die Tür auf und trat ein.

»Niemand da?«, fragte er in die Stille hinein, als wollte er sich vergewissern, dass sein Vater wirklich fort war. Er schleppte die Einkaufstüten in die Küche und stellte die Milchtüten und anderen verderblichen Produkte in den Kühlschrank. Dann schaltete er den Fernseher neben der Mikrowelle ein, setzte sich an den Tisch, aß zwei Scheiben Toast mit Käse und sah sich eine Wiederholung von *Primeval* an. Dabei schlief er ein.

Als er wach wurde, den Kopf auf den verschränkten Armen, war es bereits fünf Uhr. Er rekelte sich und dachte müde an die Hausaufgaben für den morgigen Tag und seufzte.

Er ging ins Bad, duschte, hörte laute Musik und sang dazu. Dann streifte er ziellos durch die Wohnung.

Das Arbeitszimmer seines Vaters war wie immer aufgeräumt. Auf dem Schreibtisch stapelten sich fein säuberlich die Dokumente in Ablagefächern. Die Bilder an den Wänden zeigten allesamt Flusslandschaften, vorwiegend Ansichten der Themse.

Ein Bild von Judes Mutter war nirgends zu entdecken. Wie gerne hätte er einmal ihr Gesicht gesehen. Er fragte sich oft, ob er ihr ähnlich sah. Das war eines der vielen Fragezeichen, das größte, das mit dunkler Tinte auf die weißen Blätter seines Lebens gekritzelt war. Sein Vater sprach niemals über Judes Mutter. Und Jude hatte aufgehört, Fragen zu stellen, auf die er nie eine Antwort bekam.

Er verließ das Büro seines Vaters und ging in sein Zimmer, das oben im ersten Stock lag.

Die Dachschräge verlieh dem Raum die Atmosphäre einer gemütlichen Höhle. Zwischen dem Schrank und dem Bett lagen Klamotten, Bücher, CD-Hüllen und allerlei Krimskrams auf dem Boden verstreut, an den Wänden hingen Plakate von Lou Reed, Scouting for Girls, Quentin Gaskell und Thea Gilmore.

Hier fühlte er sich wohl. Dies war Judes kleines Reich.

»Wann wirst du endlich ordentlich?«

Selbst wenn George Finney nicht da war, hallte seine Stimme wie ein Echo durchs Haus.

»Ich . . .«

»Du wirst es nie zu etwas bringen, meine Güte, wann willst du endlich anfangen, dein kleines Leben in den Griff zu bekommen?« Jude wusste, dass sein Vater nicht wirklich eine Antwort von ihm erwartete. Sein Vater wollte nur, dass er ihm zuhörte.

Sobald es ruhig wurde im Zimmer seines Sohnes, schöpfte George Finney Verdacht und platzte unangekündigt herein. Für ihn gab es nur zwei Möglichkeiten: Entweder Jude machte gerade etwas, was nichts mit der Schule zu tun hatte, oder er lag faul auf dem Bett oder schlief sogar. Jedenfalls machte er nicht *seinen Job*.

»Die Schule ist dein Job«, wurde George Finney nicht müde, wieder und wieder zu predigen.

Jude brachte dann irgendeine fadenscheinige Entschuldigung hervor: »Ich wollte gerade mit den Hausaufgaben beginnen.« »Wir haben eine Arbeit geschrieben, war total anstrengend.« Oder: »Ich bin mit den Aufgaben schon fertig.« Wobei Letzteres nicht als Entschuldigung durchging. Für George Finney war man nie fertig mit den wirklich wichtigen Dingen, und wenn man seine Pflichten allzu sehr vernachlässigte, bekam man das Taschengeld gekürzt.

Sie stritten viel, was vermutlich normal war. Nur beim Kochen war George Finney entspannt. Vor allem, wenn er indisch kochte – und das konnte er sehr gut –, schien er ganz in seinem Element zu sein. Dann war er plötzlich ein ganz anderer Mensch.

»Wir reden viel zu selten miteinander«, hatte er in einem dieser seltenen Momente einmal zu Jude gesagt.

»Du bist oft unterwegs.« Jude liebte den Geruch nach Tandoori Masala, Curry und Jeera-Pulver.

»So ist es halt, wenn man erwachsen ist.« Bedauern schwang in der Stimme seines Vater mit, doch er führte den Gedanken nicht weiter aus: Das waren Dinge, über die sein Sohn nichts wusste und von denen sein Vater nicht erzählen wollte.

Wenn sie gemeinsam am Tisch in der kleinen Küche aßen, war die Beziehung zwischen Vater und Sohn beinahe harmonisch. Dann war es, als würden Dal Makhani und Punjabi Chole, die Lieblingsgerichte von George Finney, einen geheimen Zauber ausüben, der sie verband. Und der die unbeantworteten Fragen, die zwischen ihnen standen, unwichtig erscheinen ließ.

»Indien«, sagte Judes Vater in einem jener seltenen Momente, »ist wie ein Märchen.« Jude wusste, dass er eine Zeit lang in Indien gearbeitet hatte. Aber das war vor seiner Geburt gewesen. Wenn sein Vater in der richtigen Stimmung war, erzählte er von den heiligen Flüssen Indiens, den geheimnisvollen Riten, von exotischen Tieren und dem quirligen Leben in den überbevölkerten Städten.

Jude sah zum Fenster hinaus. Langsam wurde es Abend.

Endlich!

Wenn sein Vater fort war, verbrachte er den Großteil seiner Freizeit damit, auf seiner Gitarre zu spielen. Oder er schlief, las Comics und wartete darauf, dass der Tag verging. Und er dachte viel nach — über sich selbst, über die Welt, über den Friedhof und die Dinge, die er nicht wusste und so gern in Erfahrung gebracht hätte und die sich so verdammt gut mit einem Fragezeichen ausdrücken ließen.

Kurz und gut, Jude Finney war ein ganz normaler Teenager, wenn man einmal von der Sache mit Gaskell und den anderen absah.

Quentin Gaskell hatte vor etwas mehr als dreißig Jahren mit *My Perfect Little Daylight* einen legendären Hit in England gelandet. Und zu einer seiner nicht minder legendären Partys war Jude an diesem Abend eingeladen.

Gegen acht Uhr abends machte er sich auf zum Highgate Cemetery. Wenn sein Vater, wie heute, nicht zu Hause war, stellten die nächtlichen Besuche dort kein Problem dar. Wenn er, was leider häufiger vorkam, in der Twisden Road war, bemühte der Junge Miss Rathbone, die heute natürlich, wie all die anderen auch, zur Party eingeladen war. Miss Rathbone war sozusagen Judes Alibi. Doch Miss Rathbone war eine ganz eigene Geschichte . . .

Jude nahm seine Gitarrentasche, schulterte sie und machte sich auf den Weg.

Wenn es Abend wurde, war Kentish Town ein ruhiges Viertel. Es lag fernab der hell erleuchteten Londoner Innenbezirke und die Uhren tickten hier anders.

Er ging zu Fuß bis zur Swains Lane, und als er an Miss Rathbones Haus vorbeikam, bemerkte er, dass dort kein Licht mehr brannte. Sie war also bereits in der Egyptian Avenue, wo Gaskell wohnte.

Inzwischen kannte Jude den Weg zu Gaskells Grab im Schlaf. Die anderen Partygäste waren schon da. Dort angekommen, packte Jude seine Gitarre aus und spielte Lieder von Neil Hannon, Justin Sullivan und den Beatles, während Miss Rathbone dazu mit ihrer wunderbaren Fuchsstimme sang, die alle anderen betörte und selbst Quentin Gaskell verzaubert im Takt wippen ließ. Dann legten sie CDs in den schweren Radioplayer ein und die Hits der Rock-'n'-Roll-Ära ließen das Gemäuer erbeben.

Irgendwann ging Jude nach draußen, weil er dringend pinkeln musste. Er suchte sich eine Stelle, die fernab der Avenue lag, wo die Landschaftsgärtner ihre Gerätschaften lagerten. Als er zur Party zurückschlenderte, sah er das Mädchen auf der Bank am Nordtor.

Und das war der Moment, als die Geschichte mit dem Mädchen anfing . . .

»Lauf nicht weg!«, rief er ihr hinterher, als das Mädchen in die Schatten tauchte. Er machte keine Anstalten, ihr zu folgen. Er wusste, dass das keinen Sinn hatte. Noch immer fragte er sich, warum in aller Welt, sie sich so unglaublich warm angefühlt hatte.

Das Mädchen blieb stehen. Sie war zwischen einer Reihe von Gräbern und Skulpturen hindurchgelaufen, bis zu der Hecke weiter hinten an der Mauer.

Langsam drehte sie sich zu ihm um.

»Wer bist du?«, fragte sie.

»Ich bin Jude«, sagte er. »Und du?«

Sie erwiderte nichts. Sie blinzelte und fahles Mondlicht schimmerte in ihren Augen.

»Was tust du hier?«

»Das sollte ich dich fragen.« Ihre Stimme war wie eine unvollständige Melodie, rätselhaft. Ihr Rhythmus wie das Rascheln des Laubs im Wind.

Sie trat näher, musterte ihn vorsichtig. »Ich weiß nicht, wie ich hergekommen bin.« Sie schaute sich um und das, was sie sah, schien sie zu verunsichern. »Wo bin ich hier eigentlich?«

An einem Ort, von dem ich selbst vor einem halben Jahr nicht geglaubt hätte, dass er existiert. Jedenfalls nicht so;

nein, mit Sicherheit nicht. Nicht so lebendig und so geheimnisvoll und so voller Geschichten, die seine Bewohner begierig waren zu erzählen.

»Du bist auf dem Highgate Cemetery«, sagte Jude. Er stand noch immer auf dem Weg und rührte sich nicht.

»Auf dem Friedhof?«

»Ja, sieht wohl ganz danach aus.«

Langsam kam sie auf ihn zu. Sie bewegte sich wie eine Marionette, unbeholfen und vorsichtig. »Was mache ich hier?« Sie hinkte kaum merklich.

Er zuckte die Achseln. »Keine Ahnung.« Woher sollte er das wissen?

»Und du? Was tust *du* hier?«

Jude beschloss, es mit der Wahrheit zu versuchen. »Ich war auf einer Party.« Er verbesserte sich. »Na ja, das heißt, ich wollte gerade wieder zurück zu der Party.« Das mit dem Pinkeln musste sie ja nicht wissen.

»Eine Party? Auf dem Friedhof?« Sie musterte ihn skeptisch.

Jude fand, dass sie keinen Grund dazu hatte, so zu schauen. »Du hast mir noch immer nicht gesagt, wer *du* bist und was du hier machst.«

Sie atmete tief durch. »Ich . . . ich weiß nicht.« Sie wankte leicht, als wäre ihr schwindelig.

»Du meinst, du hast deinen Namen vergessen?«

Sie nickte.

»Und du hast keine Ahnung, wie du auf die Bank gekommen bist?«

Erneutes Nicken.

»Vielleicht kann ich dir helfen«, sagte er.

»Wie denn?« Sie trat aus der Gräberreihe heraus und auf den Weg. Im Schein der Laterne konnte Jude ihr Gesicht nun besser erkennen. Ihre haselnussbraunen Augen faszinierten ihn noch immer.

»Ich kenne hier einige Leute«, erklärte er ihr.

»Die Leute von der Party?«

»Ja.«

»Und du glaubst wirklich, die können mir helfen?«

»Vielleicht. Sie sind nett. Ja, sie werden sich Mühe geben, bestimmt.«

»Wer sind sie?«

»Sie wohnen hier.«

Sie stand jetzt vor ihm.

»Kann ich dir trauen?« Die Nacht verfing sich in ihrem Haar. Sie sah aus wie ein normales Mädchen, hätte ebenso gut eines aus seiner Schule sein können.

»Ich bin ein ganz normaler Junge«, sagte er, als wäre das ein Grund.

»Na klasse, und ich bin nur ein Mädchen.« Leiser Spott schwang in ihrer Stimme.

»Ich bin wirklich harmlos.«

»Das kann jeder sagen.«

»Ich bin nicht jeder.«

»Toller Trost.«

»Du bist wie sie«, sagte Jude unvermittelt.

»Wie wer? Deine Freunde von der Party?«

Er nickte. Jude fand, dass jetzt der Moment gekommen war, um ihr von den Geistern zu erzählen.

Manchmal passieren einem merkwürdige Dinge, die niemand so richtig erklären kann. Die Geschichte mit den Geistern begann mit Miss Rathbone und dem Unfall in Hampstead. Das war vor einem halben Jahr und bis zu diesem Tag war Jude der Überzeugung gewesen, ein ganz normaler Junge zu sein. Danach wusste er, dass es Dinge gab, die merkwürdig und ein wenig beängstigend waren, aber vermutlich dennoch völlig normal. So jedenfalls sah es Miss Rathbone.

Wie auch immer, nichts von alledem ließ sich mehr rückgängig machen. Im vergangenen Frühjahr war Jude an einer Kreuzung vorbeigekommen, wo sich kurz zuvor ein Unfall ereignet hatte. Davor war er drüben in Hampstead gewesen. Gemeinsam mit Benny Andrews und Joolz Ellison hatte er den ganzen Nachmittag über Balladen von New Model Army auf der Wiese am Parliament Hill geübt. Auf dem Weg zurück zur U-Bahn-Station Hampstead Heath gelangte er dann an die Unfallstelle. Ein Geschäftsmann war an der Ecke Parliament Hill und Nassington Road von einem Motorrad erfasst und auf den Gehweg geschleudert worden. Der Motorradfahrer schien ebenfalls verletzt. Jude war nicht direkt Zeuge des Unfalls gewesen; er hatte aus der Ferne nur das krächzende Geräusch eines aufheulenden Motors und ein sehr lautes krachendes Scheppern gehört. Außer ihm eilten auch andere Passanten zur Unglücksstelle. Ein Polizeiwagen stand bereits mitten auf der Straße und zwei Polizisten liefen geschäftig hin und her.

Das Motorrad lag vor einem roten Mini, dessen eine Seite ganz verbeult war. Hinter dem Mini und dem Motorrad hatte sich eine Menschenmenge aus Neugierigen gebildet.

Der Geschäftsmann in dem blauen Nadelstreifenanzug aber lag allein auf der anderen Straßenseite, niemand schien ihn zu beachten. Jude hatte nicht gesehen, wie er dorthin gelangt war; doch er blieb stehen, stellte die Gitarrentasche ab und kniete sich augenblicklich neben den Mann. Er war noch recht jung, wirkte aufgeregt, aber nicht verletzt.

»Sie dürfen sich nicht bewegen«, sagte Jude.

Der junge Mann sah ihn an. »Ich bin angefahren worden.« Er schüttelte den Kopf, als könne er es noch gar nicht fassen.

»Ich höre den Krankenwagen.« Das Travel Clinic Hospital befand sich gleich um die Ecke, gerade einmal einen Block entfernt, hinter der U-Bahn-Station. »Man wird Ihnen gleich helfen.«

»Mir ist so kalt.« Die Sonne schien dem Mann ins Gesicht. Es war ein recht warmer Frühlingstag.

Jude half ihm, die Krawatte zu lockern.

»Bleiben Sie ruhig liegen.« Jetzt bereute er es, noch nie einen Erste-Hilfe-Kurs belegt zu haben. Aber in Fernsehserien wie *Emergency Room* oder *Dr. House* beschworen sie die Verletzten immer, einfach ruhig liegen zu bleiben. Das schien Jude ein guter Ratschlag zu sein; schaden konnte er jedenfalls nicht.

»Ich spüre meine Beine nicht mehr«, sagte der Mann. Seine Augen weiteten sich vor Angst.

Jude berührte ihn an der Hand. Sie war tatsächlich eiskalt.

»Meine Freundin hat heute Geburtstag.« Der junge Mann klang jetzt verzweifelt. »Sie heißt Amy.«

Jude betrachtete ihn. »Sie werden Sie später bestimmt sehen.«

»Ich weiß nicht. Ich bin angefahren worden.«

»Bleiben sie einfach ruhig liegen.«

»Ich habe das blöde Motorrad nicht kommen sehen.« Er hustete, zitterte.

Drüben auf der anderen Straßenseite umringte die Menschenmenge, wie es schien, den Motorradfahrer.

»Hallo?«, rief Jude den Polizisten zu, die drüben standen.

Ein Polizist sah zu Jude herüber. »Was ist los, Junge?«

»Sehen Sie das denn nicht?« Die Begriffsstutzigkeit des Polizisten machte ihn wütend. Er hatte ein komisches Gefühl bei der Sache. Die Sonne stand hoch am Himmel und ihm wurde heiß.

»Geh nach Hause!«, rief der Polizist ihm nur zu, bevor er sich umdrehte und von der Menschenmenge geschluckt wurde.

Eine Ambulanz kam mit Blaulicht und Sirene angefah-

36

ren. Sanitäter sprangen heraus, es herrschte große Hektik.

»Spinnt der?« Jude fluchte. Hatte der Polizist nicht gesehen, dass es hier auch noch einen Verletzten gab?

Was hatte das zu bedeuten?

Da stöhnte der Mann plötzlich laut auf. Mit weit aufgerissenen Augen blickte er ebenfalls zur anderen Straßenseite. Seine Augen waren vor Entsetzen weit aufgerissen.

»Hey!«, rief Jude abermals über die Straße hinweg, doch niemand beachtete ihn.

Als er sich wieder dem Mann zuwenden wollte, war er plötzlich nicht mehr da.

Jude hätte beinahe vor Schreck aufgeschrien. Nur Sekundenbruchteile hatte er zur anderen Straßenseite geschaut. Davor, das hätte er beschwören können, hatte der Mann vor ihm gelegen und jetzt war er fort. Einfach so. Er sah erneut zur anderen Straßenseite und bemerkte den Motorradfahrer, der nun am Rande der Menschenmenge stand und von einem Polizisten vernommen wurde.

Jude war verwirrt. Was war hier nur los? Der Motorradfahrer war offensichtlich unverletzt und der Mann, der eben noch regungslos vor ihm auf dem Boden gelegen und ihm von seiner Freundin erzählt hatte, hatte sich in Luft aufgelöst.

Ungläubig schüttelte Jude den Kopf.

Eine ältere Dame stand unvermittelt neben ihm. »Es geht ihm gut«, sagte sie.

Jude starrte sie erschrocken an. Sie wirkte irgendwie

37

grau und sehr staubig und hatte strohfarbene Strähnen im Haar.

»Da! Schau nur.«

Benommen folgte Jude der Richtung ihres ausgestreckten Fingers und sah, wie die Sanitäter den Mann, der bis gerade eben vor ihm gelegen hatte, auf einer Bahre zur Ambulanz trugen. Und während ein völlig verwirrter Teil von ihm sich noch immer fragte, *wie* der Mann in dem Anzug dorthin gekommen war, begann ein anderer Teil tief in seinem Inneren bereits vage zu ahnen, was sich hier zugetragen hatte. Wenngleich er es nicht wirklich glauben konnte, weil es so unglaublich verrückt und irre war.

»Ich bin Ayelet Rathbone«, sagte die Frau, die noch immer neben ihm stand.

»Was ist passiert?«, fragte Jude. Die Stimme kratzte ihm im Hals und er sah, wie die Luft vor seinen Augen flimmerte.

»Du hast gerade einen Geist gesehen«, sagte die fremde Frau, die Jude an eine Füchsin denken ließ, und dann fragte er sich, ob er richtig gehört hatte. Sie wiederholte das Gesagte nicht noch einmal, sondern blieb abwartend neben ihm stehen.

Sie wartete so lange, bis Jude es endgültig begriffen hatte. Dass er den Geist des Mannes erblickt hatte, der auf einer Bahre in die Ambulanz geschoben wurde.

»Die anderen konnten ihn nicht sehen«, erklärte Miss Rathbone, »nur du.«

Er schnappte nach Luft. Nein, das war nicht möglich. Das war einfach nicht real.

Er senkte den Blick, starrte auf den Asphalt, nahm alle winzigen Details wahr, die Unebenheiten und Verfärbungen, die er sonst nie beachtete. Er bückte sich und berührte seine Gitarre, als wollte er sich versichern, dass sie wenigstens wirklich war.

»Die ganze Zeit über hat er drüben auf der anderen Straßenseite gelegen.« Es schien nicht seine eigene Stimme zu sein, sie klang wie von weit her.

»Nur das, was sein Traum vom Leben war, ist hierher geschleudert worden.«

Jude richtete sich wieder auf. »Er lebt.«

Miss Rathbone nickte. »Er hat großes Glück gehabt.« Sie sah zufrieden aus. »Er muss jetzt nicht mehr vom Leben träumen, denn er hat überlebt.«

Jude spürte, wie seine Beine zu zittern begannen.

»Du *hast* ihn gesehen«, sagte die Frau eindringlich, »und das *ist* wirklich.«

»Aber . . .« So viele Fragen schossen ihm durch den Kopf, aber er brachte es nicht fertig, auch nur eine einzige davon in Worte zu kleiden, so ungeheuerlich erschienen sie ihm.

»Du weißt, was das bedeutet?«

Jude schüttelte den Kopf. Dabei wusste er ganz genau, dass die fremde Frau die Wahrheit sagte. Es war alles klar! Es lag in ihrem Blick verborgen, diesen Augen, die so dunkel und irgendwie wild schimmerten wie die eines Fuchses, der vorsichtig in das Licht des anbrechenden Tages blinzelt.

»Du kannst sie sehen«, hörte er die Frau, die Miss Rathbone hieß, sagen. An diesem Tag änderte sich Judes Leben von Grund auf.

»Heißt das, du kannst Geister sehen?«, fragte das Mädchen. Sie schien amüsiert und verunsichert zugleich.

»Ja.« Die Selbstverständlichkeit, mit der er das sagte, verwunderte ihn immer wieder aufs Neue.

Eine Weile herrschte Stille.

»Du glaubst an Geister.« Sie schüttelte ungläubig den Kopf.

»Nein, ich glaube nicht an sie, sondern kann sie sehen. Und ich kann mit ihnen reden.«

Sie überlegte kurz. »Und du glaubst, dass ich einer bin? Ein Geist?«

»Ich weiß es nicht.«

Diesmal lachte sie laut auf, aber es klang weder belustigt noch erleichtert. »Bin ich denn nicht mehr lebendig?« Und dann: »Ich fühle mich aber lebendig.«

»Das tun sie alle.« Jude verfluchte sich für diese Antwort. Sie war nicht sehr nett, wenngleich sie der Wahrheit entsprach.

»Hör auf, mich zu verscheißern«, fuhr sie ihn an.

»Tu ich nicht.«

Wütend kickte sie einen Stein in die Büsche. »Warum kann ich dann so was machen?«

»Warum solltest du es nicht können?«

»Weil ich ein Geist bin?«

»Geister können so was.«

Sie funkelte ihn zornig an und stemmte die Fäuste in die Seiten.

Er zuckte die Achseln. »Wir sollten zu den anderen gehen.«

»Du meinst, die anderen Geister?« Noch immer war dieses Funkeln in ihren Augen.

»Es ist kompliziert«, sagte er mit einem Achselzucken. Dabei war es eigentlich ganz einfach.

In ihren Augen kämpften Furcht und Wut miteinander und keine Seite errang die Oberhand. »Du meinst es ernst. Du willst mir wirklich verkaufen, dass ich ein Geist bin.«

»Ja ... nein. Einerseits ja ... andererseits fühlst du dich warm an.«

»Was soll das denn heißen?« Sie legte den Kopf ein wenig schief, sodass ihr die Haare vor dem Gesicht baumelten.

»Ich wusste eben nicht, ob du, nun ja, tot bist. Du hast da auf der Bank gesessen und ...« Er verdrehte die Augen, sprach es aus: »Da habe ich dich kurz berührt.«

Sie starrte ihn an. »Hast mich ganz schön erschreckt.«

»Tut mir leid.«

»Schon gut.« Sie schien sich einigermaßen beruhigt zu haben.

Jude wusste nicht, wie er es ihr erklären sollte. »Du hast dich warm angefühlt. Die anderen fühlen sich kalt an.«

»Die Geister?«

Er nickte. »Sie sind kühl. Wie Nebel, nur lebendiger.«

»Soso.«

Jude war sich nicht sicher, ob sie ihn ernst nahm. »Hey, ich weiß, wie sich das alles anhören muss.«

»Ach ja?«, fragte sie skeptisch. »Weißt du das?«

Er nickte. »Wir können gemeinsam herausfinden, was passiert ist«, schlug er vor. »Na ja, ich kann dich zumindest bis zur nächsten Haltestelle bringen.«

Sie seufzte resigniert. »Und dann?« Mit einem Mal sah sie furchtbar traurig und verängstigt aus. »Ich habe keine Ahnung, wo ich hingehöre. Scheiße, ich weiß nicht einmal, wie ich heiße.«

Jude trat einen Schritt auf sie zu. Diesmal lief sie nicht fort. »Darf ich dir etwas zeigen?«

Als er ihre Hand ergriff, neigte sie wieder den Kopf zur Seite. Dann sah sie es.

Ihre Hand schien in Judes Hand förmlich *hineinzusinken*. Es sah aus, als würde ihre Hand durchsichtig, sobald sie die des Jungen berührte. Aber dennoch lag sie in seiner, bloß nebelhaft unscharf. Und er konnte sie fühlen, wenn auch nur ganz leicht.

Ruckartig, als hätte sie sich verbrannt, zog sie die Hand zurück.

»Was war das denn?«, fragte sie forsch und gleichzeitig ängstlich, als trüge er die Schuld an dem, was sie gerade gesehen hatte. »Verdammte Scheiße, das war ja richtig schräg.« Tränen traten ihr in die Augen. Sie wirkte mit einem Mal verunsichert, völlig durcheinander.

»Komm einfach mit«, sagte Jude, ohne sie erneut zu berühren. Wortlos folgte sie ihm. Das war doch schon mal etwas.

Still und schweigend umfing sie der Zauber der Friedhofsnacht. Jude schlug einen schmalen, gewundenen Pfad ein, der einen bewaldeten Hügel hinaufführte. Nach einer Weile wichen die verwitterten Grabsteine, die wie abgebrochene Zähne in der Dunkelheit aufragten, prächtigen Mausoleen mit ägyptisch anmutenden Figuren, darunter Götter mit Katzengesichtern und eulenartige Häupter auf muskulösen Körpern.

»Wir sind gleich da«, sagte Jude, wann immer er die Richtung änderte, und das Mädchen ohne Namen, das die Ruhe und Abgeschiedenheit dieses Ortes spürte, sog alles in sich auf.

»Es ist wunderschön«, flüsterte sie.

Im Mondlicht warfen die erhabenen Denkmäler lange Schatten. Auf einigen von ihnen thronten überlebensgroß die stummen Häupter der Verstorbenen, von denen Jude bereits einige kennengelernt hatte. Im fleckigen Basalt waren die Antlitze von Aristokraten mit dichten Backenbärten und hohen Krägen verewigt, wie sie vor hundert Jahren modern gewesen sein mochten. Ernste Mienen, so mürrisch wie ihre Geister, die selten die Grüfte verließen, in grauen Stein gemeißelt.

Laub wehte ihnen um die Füße, raschelnd und wuselnd wie die Tiere, die darin lebten.

»Du sagtest, hier würde eine Party stattfinden.«

»Da drüben.« Jude bedeutete ihr, ihm zu folgen.

Es gab kopflose Engel auf hohen Sockeln und mächtige Löwenskulpturen, die mit ihren Pranken Lämmer zu Boden drückten. Es gab Adler, die grimmig ihre steinernen Schwingen ausbreiteten, und auf Grabplatten drapiert bleiche Jungfrauen aus Marmor in sterbenden Posen.

Jude kannte die Leute, die hier wohnten. Nicht alle von ihnen waren so redselig wie Gaskell, aber er kam mit den meisten von ihnen aus.

Sie passierten einen halbmondförmigen Ringbau aus eleganten Grüften, vor dem eine große Zeder stand.

»Da ist es«, verkündete Jude schließlich. »Die Ägyptische Avenue.«

»Sieht aus wie eine alte Stadt.«

»Ja und sie ist bewohnt.«

Von der Avenue zweigten verwinkelte Gassen und Treppen und Plätze ab. Stolze Sphinxe hielten Wache an Familiengrüften, die mit Säulen verziert waren.

»Wie Paläste eines Landes, in dem die Sonne niemals mehr aufgeht«, staunte das Mädchen.

Dann hörten sie es. Die Stille öffnete sich für eine Melodie, die lauter wurde, je näher sie den viktorianischen Grüften kamen. Jemand spielte Gitarre, zahlreiche Stimmen sangen dazu. Jude kannte das Lied. Es war *Yesterday Man*. Die Party war also noch in vollem Gange.

2.
Die verlorene Geschichte

Die Grüfte sahen aus wie ägyptische Grabstätten, Ehrfurcht und Respekt gebietend. Die Zeit, von der sie kündeten, hatte ihre Spuren in dem zerfurchten Stein hinterlassen, als wollte sie nicht in Vergessenheit geraten. Bleiches Mondlicht verfing sich in dem Moos, dem wild rankenden Efeu und anderen Pflanzen, die das Gemäuer in die Erde zurückzuziehen schienen.

Die letzten Takte von *Yesterday Man* verklangen im Eingang zur Gruft, der sie wie ein gähnender Schlund umfing. Als Jude das gusseiserne Gittertor hinter sich schloss, begrüßte sie aus der feuchten, modrigen Dunkelheit der Anfang von *Hang on Sloopy*; klar, dies war ja auch Gaskells Party.

Trotz der Finsternis folgte das Mädchen dem mausgrauen Jungen sicher die Stufen hinab. Die Musik wies ihnen beiden den Weg. *Hang on Sloopy* schien irgendwie unpassend zu sein für einen Ort wie diesen, andererseits aber auch wieder nicht. Auf halber Strecke bemerkten sie einen

Lichtschein, in dem viele Schatten tanzten und fröhliche Stimmen schwebten.

Nur noch wenige Stufen lagen vor ihnen.

»Wir sind da«, verkündete Jude.

Das Mädchen betrat hinter ihm die Gruft. Obwohl dieser Ort höchst merkwürdig, ja sogar Angst einflößend für sie war, beruhigte sie die Tatsache, dass ihr Begleiter sich mühelos in dieser fremden Welt zurechtfand, als wäre er hier zu Hause.

»Sie werden nett zu dir sein, keine Angst«, sagte Jude, als spürte er ihre Beklommenheit.

»Sie kennen mich doch gar nicht.«

»Das macht nichts. Sie sind offen für alles.« Die meisten jedenfalls, dachte er.

Es herrschte die gleiche ausgelassene Stimmung wie noch vor einer halben Stunde, als Jude beschlossen hatte, etwas frische Luft zu schnappen. Die recht illustre Gesellschaft bestand größtenteils aus Bewohnern der benachbarten Gräber und Grüfte. Daneben gab es auch ein paar wenige Besucher vom anderen Teil des Friedhofs (dem Teil auf der anderen Seite der Swains Lane, wo alles ein wenig moderner und gepflegter und *anders* war als hier).

Obwohl draußen ein eisiger Wind wehte, war es in der Gruft nicht kalt. Im Gegenteil, sie wirkte gemütlich und erinnerte eher an einen viktorianischen Salon als an eine Stätte, die für die ewige Ruhe bestimmt war. Alte Möbel füllten den Raum, die Wände zierten Poster und Wandbehänge. Kerzenleuchter warfen wohliges Licht an die Decke. Auf dem Sarg stand der Radioplayer, aus dem die Musik kam.

Unter den etwa zwanzig Gästen, die sich in der Gruft eingefunden hatten, befanden sich unter anderen: Sir Harvey Humblethwaite, der mit Tilda Murray tanzte. (Beide beherrschten den Hüftschwung perfekt, was bei Sir Humblethwaite, der im Ersten Weltkrieg bei der Erstürmung der Stadt Akkaba von einem türkischen Krummsäbel durchbohrt worden war, durchaus verwunderte — nicht jedoch bei Tilda Murry, einem Blumenkind der Sechzigerjahre, die, wie sie nicht müde zu betonen wurde, Zigaretten und Drogen dahingerafft hatten). Nettie Palliser, eine ehemalige Schriftstellerin, deren Bücher mit ihrem Tod in Vergessenheit geraten waren, unterhielt sich leicht angetrunken mit Albert Lament, dem jüngeren Bruder von Charles Dickens, während Miss Rathbone seit einer geschlagenen Stunde Carl Mayer in ein Gespräch über die Stummfilmzeit in Berlin verstrickte.

»Sind das alles Geister?«, fragte das Mädchen zögerlich.

Jude nickte.

Die anderen Gäste – da waren ein stiller Mann in einer lumpig abgetragenen Admiralsuniform, zwei Frauen in langen altmodischen Kleidern, ein Mann, der wie die schwarz-weiße Karikatur eines Professors aus einem Abenteuerfilm anmutete, und eine Reihe von weiteren Personen, deren Kleidung einen guten Überblick über die verschiedenen Modeerscheinungen der letzten hundert Jahre gab – hielten nur kurz inne, als Jude mit dem Mädchen die Gruft betrat.

»Und du glaubst, dass mir von denen jemand helfen kann?«

Jude nickte. »Warte, ich stelle dir ein paar von ihnen vor.«

Gaskell machte den Anfang – natürlich. »Jude, du hast uns deine Freundin mitgebracht.« Gaskell zwängte sich durch die Tanzenden hindurch und trat zu ihnen. Er zuckte unruhig wie ein Vogel mit dem Kopf – eine seiner Marotten – und warf das schüttere blonde Haar nach hinten. »Noch dazu zu so später Stunde und ganz spontan, welch Überraschung!« Der Rockstar trug einen dunkelblauen, glänzenden Anzug und ein buntes, wild gemustertes Hemd. Dazu hatte er einen eleganten tiefroten Seidenschal um den Hals geschlungen. Gaskell war dünn und drahtig und bewegte sich anmutig tänzelnd, als wäre er auf der Bühne.

»Sie ist nicht meine Freundin.«

»Oh, dann hast du sie gerade eben erst kennengelernt?«

Jude nickte.

Gaskell verbeugte sich vor dem Mädchen und sah dabei aus wie eine Mischung aus Gentleman und Krähe. »Sie ist verdammt hübsch.«

Jude räusperte sich.

»Schau sie dir doch mal näher an.« Er räusperte sich noch mal.

Das Mädchen senkte kurz verlegen den Blick, hob ihn aber gleich wieder und sah Gaskell erwartungsvoll an.

Doch der dachte gar nicht daran, auf Judes bedeutungsvolles Räuspern einzugehen, stattdessen sagte er (typisch Gaskell!): »Irre ich mich oder bist du nicht nach draußen gegangen, um zu pinkeln?« Seine tiefblauen, wachen Augen zwinkerten Jude durch die Brille zu.

Jude zog ein Gesicht, nickte und räusperte sich erneut.

»Ja, du hast dich geräuspert«, sagte Gaskell, »ich habe es vernommen.«

»Er hat mich gefunden.« Zum ersten Mal sprach das fremde Mädchen.

Quentin Gaskell zog eine Augenbraue in die Höhe. »Etwa hier auf dem Friedhof?«

»Drüben beim Nordtor.« Jude erklärte, wie und wo er das Mädchen aufgelesen hatte.

Im Hintergrund spielte noch immer Musik, tanzten die Partygäste ausgelassen weiter.

»Du bist zum Pinkeln bis rüber zum Nordtor gegangen?«

»Hier wohnen überall Leute, da wollte ich nicht . . .«

Gaskell nickte, wippte im Takt der Musik.

»Ich weiß nicht, wie ich dorthin gekommen bin«, sagte das Mädchen.

»Wie heißt du denn, meine Hübsche?«

Mit einem Mal wirkte sie verzweifelt. Sie schüttelte den Kopf.

»Okay.« Räuspern, diesmal von Gaskell. »Du hast also

keine Ahnung, wer du bist.« Der ehemalige Rockstar sah sie nachdenklich an. Er streckte die Hand aus, berührte das Mädchen vorsichtig am Arm und zog sofort die Hand wieder zurück. »Du bist eine von uns – und weißt nicht, wer du bist?« Er betrachtete sie ausgiebig. »Aber du fühlst dich warm an.« Er deutete auf ihr Bein. »Und du hinkst. Nun ja, tut mir leid, es ist mir nicht entgangen, auch wenn es nicht besonders auffällt.« Er sah sich um. »Weißt du, keiner von uns hinkt. Keiner von uns hat schlechte Augen, nicht einmal diejenigen, die in ihren besten Zeiten so kurzsichtig wie ein Kauz gewesen sind.«

»Sie tragen eine Brille«, bemerkte sie.

»Gut beobachtet, Kleine.« Gaskell tippte sich mit dem Zeigefinger an das altmodische Gestell. »Reine Eitelkeit«, erklärte er. »Ich brauche gar keine Brille. Aber sie steht mir. Wirklich klug, die Kleine.« Er räusperte sich betont laut und zwinkerte Jude zu.

Jude antwortete mit einer Grimasse.

Gaskell ließ sich nicht beirren. »Wenn man tot ist«, erklärte er dem Mädchen, »schwinden die Gebrechen, die man im Leben hatte.«

»Soll das heißen . . .?« Sie beendete den Satz nicht.

»Nein«, Gaskell schüttelte den Kopf und kratzte sich am Kinn. »Ich weiß nicht, was das zu bedeuten hat. Normalerweise erinnern wir uns an das Leben, das wir geführt haben. Wir erinnern uns an unseren Tod.« Gaskell seufzte. Dann machte er eine wegwerfende Handbewegung. »Nun ja, jedenfalls jene, die nicht haben sterben wollen.« Er lachte auf. »Die Toten, musst du wissen, träumen vom Leben. Immerzu. Das gibt uns die Kraft, die uns weiterleben lässt, sozusagen.« Er blickte sich um und hielt sein Glas in die Höhe.

Unwillkürlich prosteten ihm die anderen zu.

Gaskell lächelte verschmitzt. »Du musst entschuldigen, aber heute feiern wir meinen Todestag.« Er zuckte wieder leicht mit dem Kopf. »Dumme Sache.« Er berührte sich an der Brust. »Ein Herzinfarkt hat mich dahingerafft, einfach so.« Er lachte laut auf, aber es klang verlegen und nicht so fröhlich, wie es von ihm beabsichtigt war. »Ist das nicht banal? Jemand, der ein so glamouröses Leben geführt hat wie ich, ein Rockstar, hätte doch wahrlich einen spektakuläreren Tod verdient!« Er beugte sich zu ihr und flüsterte verschwörerisch: »Du weißt schon, Kleine, Drogen und Alkohol und so . . .« Er grinste.

»Sie waren ein Rockstar?«

Eine Frau trat aus der Menge hervor. »Nicht *war*«, sagte sie, »Gaskell *ist* ein Rockstar.«

Beide lachten.

»Rock 'n' Roll stirbt nie«, sagte die Frau, die wie eine richtige Dame aussah, »ebenso wenig wie Gaskell.«

Der fügte in aller Bescheidenheit hinzu: »Ich starb als Rockstar und wurde wiedergeboren als Legende.«

Jude sagte: »Das ist Miss Rathbone.«

Sie trat auf das Mädchen zu. »Ayelet Rathbone.«

»Sind Sie auch . . .?«

»Tot?« Miss Rathbone strich sich mit den langen Fingern durch das dichte Haar. In der anderen Hand hielt sie ein Glas Rotwein.

Das Mädchen nickte.

»Nein, ich lebe nur in der Nachbarschaft des Friedhofs.«

Das Mädchen starrte sie verwundert an und Jude wusste genau, wie verwirrend das alles für sie sein musste. Er nahm sich vor, ihr später den Fortgang seiner Geschichte zu erzählen – wie Miss Rathbone ihn zum ersten Mal hierhergeführt hatte.

»Du hast deine Geschichte verloren«, sagte Gaskell freundlich, »nennen wir dich also Story.« Er lächelte charmant. »Jeder von uns braucht doch einen Namen.«

»Auf dass du deine Geschichte wiederfindest!« Miss Rathbone erhob ihr Glas.

Und das Mädchen, das jetzt Story hieß, widersprach nicht, denn insgeheim war sie froh, wenigstens einen Namen zu haben. *Story* war immerhin besser als *das Mädchen* und viel, viel besser als *Niemand*. Ein wenig verlegen stand sie da, tief in der Gruft, die gar nicht so aussah, wie man sich eine altehrwürdige Gruft vorstellte, und wunderte sich.

»Wo sind wir hier?«, fragte sie.

»Das ist Gaskells Grab, das heißt sein Zuhause«, erklärte Miss Rathbone. »Die meisten der Gäste sind tot, sieht man von Mr Bronowski ab.« Sie deutete auf einen Mann in Latzhose und dickem Pullover. »Er gehört zum Personal.«

»Und er ist eine Krähe«, fügte Gaskell hinzu.

Story fragte nicht nach, was er damit meinte. »Dann sind die anderen alle Geister?«

Gaskell grinste. »Du hast es erraten, Kleine.«

»Und was, rätselhafte Story, bist du?«, fragte Miss Rathbone. »Bist du auch ein Geist?«

Story senkte den Kopf und zuckte ratlos die Schultern.

Ja, dachte Jude, und nein, denn sie ist anders.

»Du humpelst, ein wenig nur, aber du humpelst.«

»Und du hast vergessen, wer du bist.«

»Das ist ungewöhnlich. Das passiert Geistern normalerweise nicht.«

Story fragte zögerlich: »Können Sie mir helfen?«

Gaskell lachte freundlich und versicherte ihr: »Ich habe zwei Mal die Carnegie Hall brodeln lassen und Miss Füchsin hier hat nicht gerade wenige fremde Länder bereist.« Er zwinkerte Story voll Wärme und Zuversicht zu. »Natürlich versuchen wir, dir zu helfen, dich wiederzufinden, liebe Story, denn wer sollte es sonst tun? Aber lass mich zuerst mit Miss Rathbone und dem Professor reden. Dann sehen wir weiter«, verkündete er geheimnisvoll.

Und nachdem er den beiden bedeutet hatte, es sich auf dem Sofa gemütlich zu machen, zog er sich mit Miss Rathbone zu einer Beratung in eine Ecke zurück.

»Worüber sie wohl reden?«

»Über dich«, antwortete Jude.

Er und Story saßen auf dem Sofa und sahen dem Treiben zu. Sah man von dem ungewöhnlichen Ort ab, fühlte sich Jude fast wie auf einer gewöhnlichen Party. Neben dem Sofa stand eine Gitarre, Jude strich über die Saiten. Es war die Gitarre, auf der er vor einer Stunde noch *Green and Grey, Dear Prudence* und *I've Been to a Marvelous Party* gespielt hatte, während Quentin Gaskell und Miss Rathbone dazu im Duett gesungen hatten.

Die anderen Gäste grölten jetzt *My Generation* von The Who. Gaskell und Miss Rathbone standen am anderen Ende der Gruft und sprachen mit einem Mann.

Story seufzte. »Du siehst aus wie ein normaler Junge.«

»Ich *bin* normal«, erwiderte Jude in einem Ton, als müsste er sich verteidigen.

»Aber was bin ich dann?«, fragte sie und sah ihn flehend an. »Deine Freunde glauben offensichtlich nicht, dass ich einer bin. Ein Geist, meine ich.«

»Ich weiß es nicht.« Jude blickte zu Gaskell und Miss Rathbone hinüber. »Ich denke, darüber unterhalten sie sich gerade.« Jedenfalls schien es in ihrem Gespräch mit dem Professor um eine sehr ernsthafte Angelegenheit zu gehen. Nicht einmal Gaskell wippte im Takt der Musik, wie sonst immer. Er wirkte ganz konzentriert und die kleinen Augen funkelten hinter der Brille. Der Professor, ein gekrümmter alter Mann mit dem zerknautschten Gesicht eines Gelehrten, unterstrich seine Worte mit erhobenem Zeigefinger und blickte hin und wieder zum Sofa herüber. Dann wieder gestikulierte er mit den Händen und beschrieb seltsame Figuren in der Luft. Das und seine Mimik ließen ihn ziemlich exaltiert erscheinen.

Story neben ihm lächelte und berührte Judes Hand. Wieder schien ihre Haut dort, wo sie seine berührte, wie durchsichtig und verschwommen.

Ruckartig zog sie die Hand zurück. »Was passiert nur mit mir?« Ihre Augen waren vor Angst geweitet. »Sag mir, Jude, glaubst du, dass ich tot bin?« Er hörte, dass der Klang dieser Worte sie selbst erschreckte.

»Pass auf«, erwiderte er. »Ich weiß es nicht, aber ich bin sicher, dass meine Freunde Rat wissen und dir helfen können. Lass mich dir inzwischen meine Geschichte weitererzählen. Davon, wie Miss Rathbone mich hierhergeführt hat.« Vielleicht würde sie das ja ein wenig ablenken.

»Die Welt, in der wir leben«, sagte Miss Rathbone an jenem Frühlingstag, während der verletzte Geschäftsmann auf der anderen Straßenseite in die Ambulanz geschoben wurde, »ist wie das Herbstland – orange und braun und oktobergülden. Da, wo die Schatten lang und tief sind, herrscht selbst im Tod noch das blühende Leben.« Sie lächelte geheimnisvoll.

Nicht dass Jude irgendetwas davon verstand. Er wusste nur, dass er gerade einen Geist gesehen hatte. Meine Güte, einen richtigen Geist!

»Wenn du wissen möchtest, was es damit auf sich hat, dann besuche mich.« Miss Rathbone nannte ihm ihre Adresse und schrieb sie zusätzlich auf einen Kassenbon von Tescos. Sie reichte ihm das zerknüllte Stück Papier, dann verschwand sie die Straße hinab, bevor er eine weitere Frage stellen konnte.

Jude stand eine Weile ratlos da, dann steckte er den Kassenbon in seine Hosentasche und ging nach Hause. Den ganzen Nachmittag und den ganzen Abend, und als er schlaflos im Bett lag, dachte er über die seltsamen Worte der fremden Frau nach. Wer war sie? Warum konnte sie, wie er, Geister sehen? Das war doch total verrückt! Geister? Hier in London? Diese bange Frage im Herzen schlief er schließlich doch ein, aber es war kein Traum in Sicht, nur dumpfe Furcht im fahlen Licht der Straßenlaterne.

Am nächsten Tag konnte er das Ende des Unterrichts nicht erwarten. Müde und erschöpft kauerte er auf seinem Stuhl, ließ das Geschwafel wechselnder Lehrer über sich ergehen und fieberte dem Schulschluss am Nachmittag entgegen.

Als er endlich kam, quälend langsam, begab sich Jude schnurstracks zu der Adresse in Highgate, die auf dem zerknüllten Zettel stand.

Die Swains Lane war eine schmale Straße, die sich zwischen den beiden Friedhofsteilen hindurchschlängelte. Sie war gesäumt von mächtigen grünen Bäumen, die im lauen Frühlingswind rauschten. Jude hatte das Gefühl, mitten im Wald zu sein. Parkende Autos blockieren hier und da den Gehweg der schmalen Straße. Nur von fern waren die dumpf grollenden Geräusche der großen Stadt zu hören.

Mit einem Mal wusste Jude nicht so recht, was er hier eigentlich suchte.

Das Haus, dessen Anschrift Miss Rathbone ihm notiert hatte, sah aus wie eine jener geheimnisvollen Zeichnungen in Büchern, die in den weniger besuchten Regalreihen der öffentlichen Bibliotheken ein mehr oder weniger vergessenes Dasein fristen. Efeu rankte sich wuchernd an der roten Backsteinfassade empor, der schmale Turm mit dem spitzen Dach erhob sich aus dem Grün wie ein dürrer Zeigefinger.

Die alte Klingel gab ein krankes Rasseln von sich, das nur entfernt an das melodische Läuten erinnerte, das früher einmal ertönt haben mochte.

Jude wartete geduldig.

Schritte näherten sich.

»Sieh an, sieh an, du bist tatsächlich gekommen«, begrüßte ihn die Dame, deren Augen im Dämmerlicht des Hauseingangs funkelten. »Ich bin nicht überrascht, dich hier zu sehen. Du hast da diese Neugierde in den Augen, die nicht vielen Menschen eigen ist.«

»Hallo«, sagte Jude zögerlich.

»Hallo, mausgrauer Junge«, sagte sie freundlich. »Möchtest du Tee?«

Mausgrauer Junge?, dachte er, nickte aber nur, obwohl er eigentlich gar keinen Tee wollte.

Sie bat ihn ins Haus.

»Du musst dich nicht fürchten«, fuhr sie fort. »Nicht vor mir.« Was sofort die Frage aufkommen ließ, vor wem oder was er sich denn dann fürchten müsste. Doch Jude fragte nicht. Vielleicht, weil er Angst vor der möglichen Antwort hatte. »Du hast bestimmt viele Fragen — du siehst aus, als hättest du die ganze Nacht kein Auge zugetan. Lass dir sagen, dass das normal ist.«

»Warum kann ich Geister sehen?« Die entscheidende Frage war jetzt doch aus ihm herausgeschossen.

»Das«, erwiderte sie, »ist eine sehr schwierige Frage.« Lächelnd schloss sie die Tür hinter ihm. »Oder besser gesagt, die Antwort ist schwierig.«

»Aber Sie kennen die Antwort?«

»Komm mit.« Sie ging voran durch die hohe helle Diele. »Alles zu seiner Zeit.« Ihre Stimme war ganz behutsam zu ihm wie ein Lied auf einer zerkratzten Schallplatte.

Jude folgte ihr eine enge, knarrende Treppe hinauf. »Sind Sie auch ein Geist?«

»Nein.«

Miss Rathbone war nicht wirklich alt und auch nicht mehr jung. Vor allem ihre Augen schienen zeitlos, sie erinnerten Jude an die Schauspielerinnen in alten Filmen, die manchmal auf BBC2 liefen. Miss Rathbones Bewegungen waren geschmeidig, wie die eines wilden Tiers im Unterholz.

Auf den schmalen Treppenstufen standen Töpfe in allen Größen mit allerlei grünen Pflanzen darin. Wild wuchernde Gebilde mit großen, gezackten Blättern. Manche krochen an den Stufen hinab, andere die Wände hinauf. Oben angekommen durchquerten sie einen Korridor, von dem aus Jude in einige der Zimmer spähen konnte. Das Haus hatte etwas Höhlenartiges. Überall standen Pflanzen, Töpfe in allen Farben und Größen. Wie die Außenfassade des Hauses bedeckten Efeu und Ranken anderer Pflanzen auch die Innenwände und rahmten die Fenster ein. Im Vorbeigehen entdeckte Jude steinerne Figuren in manchen Zimmern, die aussahen wie ein Buddha mit dem Kopf eines Fuchses. Da waren Brunnen, in Form heller Steinschalen, in denen leise das Wasser plätscherte. In manchen schwammen Fische und kleine Wasserschildkröten. Das ganze Haus atmete etwas Lebendiges. Die Holzdielen der Böden sahen beinahe wie richtige Äste aus. Hie und da lagen Matten aus einem Material, das Jude nicht kannte.

»Das ist Reisstroh«, erklärte Miss Rathbone, »Tatami.«

Nirgendwo konnte Jude Möbel ausmachen. Stattdessen stapelten sich in den Ecken der Räume bunte Kissen, manche zu Bergen aufgetürmt, andere wie kleine Nester zusammengeschoben. Jeder Raum hatte eine andere Wandfarbe, sie wechselte von Orange über Gelb bis zu hellem Rot, aber auch sanftes Grün war darunter.

Paravents mit merkwürdigen Mustern teilten die Räume, an den Fenstern befanden sich Papierjalousien, die gedämpftes Tageslicht ins Haus strömen ließen.

Seltsam geformte Lampen baumelten von der Decke oder balancierten auf dünnen Holzstäben im Raum.

»Hayashi-Lampen spenden Licht, das der Seele guttut«, erklärte Miss Rathbone.

»Ist die Einrichtung japanisch?«, fragte Jude.

Sie nickte. »Wie gefällt es dir?«, wollte Miss Rathbone wissen.

»Sieht ein bisschen aus wie in einem Märchen«, meinte Jude.

»Genau. Meine Behausung ist eine Mischung aus einer Höhle, einem Wald und einem Tempel.«

Sie sagte tatsächlich »Behausung« und nicht »Haus«, das fiel Jude merkwürdigerweise sofort auf.

Dann führte sie ihn in einen Raum, wo sie auf einer Reihe von Tatami-Sitzkissen Platz nahmen. Der Schneidersitz war für Jude ziemlich gewöhnungsbedürftig. Miss Rathbone bot ihm Tee aus einer dunklen Keramikkanne an.

»Der Tee ist wie das Leben«, sagte sie.

Jude nippte an dem heißen Getränk. Er schmeckte eine Reihe unbekannter Gewürze und Aromen, die ihm ein wohliges Lächeln ins Gesicht zauberten.

»Und nun zu deiner Frage, mein Junge«, sagte sie. »Jeder Mensch, der stirbt, aber nicht sterben will, wird zu einem Geist. Sein Traum vom Leben lässt ihn nicht so einfach los.«

»Aber dann müsste es doch ganz viele Geister geben?«

»Was glaubst du?!« Sie schnupperte an ihrem Tee und schloss einen Moment lang die Augen. »Die Geister sind nichts anderes als die Träume der Toten. Sie träumen vom Leben und diese Träume helfen ihnen, nicht in Vergessenheit zu geraten.«

Jude überlegte nicht lange. »Warum kann ich sie sehen und andere Menschen können das nicht?«

Miss Rathbone sah ihn lange an. Sie nippte an ihrem Tee und atmete dabei ruhig. Stille senkte sich über das Zimmer mit den Kissen und Büchern und Pflanzen und den Tee in den flachen Schalen. »Du, mausgrauer Jude, bist etwas Besonderes«, sagte sie schließlich. »Andernfalls würdest du sie nicht sehen.« Sie nippte erneut an ihrem Tee. »Ja, du bist etwas Besonderes, Jude Finney.«

»Nein, das glaube ich nicht, warum auch.«

»Du hast eine Gabe, die die meisten Menschen nicht haben.« Sie legte den Kopf schief. »Bislang habe ich zumindest noch niemanden getroffen, der sie hat.«

»Sie sehen sie doch auch?«

Sie lächelte gütig. »Ich bin aber kein Mensch, mein mausgrauer Junge.«

Jude schluckte. Hatte er richtig gehört?

»Wenn du diese Gabe nicht besäßest, hättest du den armen Mann auf der Straße nicht gesehen, geschweige denn mit ihm sprechen können.«

»Er war ja auch nicht tot.«

»Nein, er war im Zwielicht. Er hat sich ans Leben geklammert und nur einen kurzen Blick auf die Welt erhascht, die beinah die seine geworden wäre.«

Jude nickte, auch wenn er nach wie vor nichts begriff, sondern nur Ratlosigkeit verspürte. Außerdem fragte er sich, was sie denn sonst war, wenn sie weder Mensch noch Geist sein wollte.

Miss Rathbone hingegen schien guter Dinge zu sein. »Du solltest die anderen treffen«, sagte sie voller Tatendrang und erhob sich von ihrem Kissen. »Komm mit!« Sie führte ihn zu einem der zahlreichen Fenster, die von außen wie zusammengekniffene Augen aussahen. Als sie das Rollo hochzog, blickte Jude auf die Straße und über die Mauer auf den dahinterliegenden Friedhof.

»Das sieht gar nicht aus wie auf einem Friedhof«, murmelte Jude, »eher wie ein Wald.«

»Es ist ein Wald. Ein Wald, in dem sich Gräber befinden.«

Dann gingen sie auf die andere Straßenseite und Jude traf zum ersten Mal Quentin Gaskell.

Im Sonnenschein saß er auf einem Grabstein und wirkte überhaupt nicht tot. Jude hatte sich einen Geist anders vorgestellt. Jedenfalls sah der Mann, der dort saß und in einem Buch las *(The Napoleon of Notting Hill* von G. K. Chesterton), aus, als genieße er den ausklingenden Frühlingstag. Er trug die altmodische Brille mit dem schwarzen Rand, die so etwas wie sein Markenzeichen war, wie Jude später feststellen sollte, und schaute auf, als er Miss Rathbone in Begleitung des Jungen den Weg entlangkommen sah.

»Verehrte Füchsin!«, begrüßte er sie lachend.

»Gaskell, das ist Jude Finney.«

»Er ist lebendig und kann mich sehen?«

Sie nickte.

»Hey Jude«, sagte er fröhlich, nachdem er sich einen Sekundenbruchteil lang gewundert hatte. Er sprach jede Silbe seltsam abgehackt. »Du bist zum ersten Mal hier, nicht wahr?«

»Ja«, sagte Jude höflich.

»Und du kannst mich wirklich sehen, hm?«

»Ja.«

Gaskell sah Miss Rathbone an und nickte erneut. »Ich bin Quentin Gaskell. Und du musst der geheimnisvolle Junge sein, den Ayelet gestern auf der Straße aufgegabelt hat.« Er lachte und klappte sein Buch zu. »Gut, dann will ich dir mal ein paar Dinge erklären. Du wirst von jetzt an ja womöglich öfter herkommen.« Er kicherte. »Der Highgate Cemetery ist alt, ein ruhiger alter Ort. Aber wenn man unachtsam ist, kann es auch ein gefährlicher Ort sein . . .« Er machte eine bedeutungsvolle Pause, ging aber nicht näher darauf ein. »Ansonsten lebt eine Menge netter Leute hier. Allesamt tot, natürlich. Geister, würdest du sagen. Ha! Viele von ihnen reden nicht viel. Die meisten sind eigenbrötlerisch. Aber es gibt auch gesprächige, so wie mich. Oder den Admiral und noch ein paar andere. Mit uns kannst du jederzeit reden, wenn du möchtest.« Er trat auf den Jungen zu. »Sag mir, Jude Finney, du spielst nicht etwa ein Instrument?«

»Doch, Gitarre.«

Gaskell klatschte in die Hände. »Perfekt.«

»Akustik.«

»Na, wenn das kein Glück ist.«

»Unsere Miss River Rathbone jedenfalls«, fuhr Gaskell

fort, »ist der Meinung, dass für die Entwicklung eines jungen Mannes deines Alters der Umgang mit mir förderlich sei.« Er gluckste belustigt. »Welch ein famoser Irrtum!«

Miss Rathbone grinste von einem Ohr zum anderen.

Zu diesem Zeitpunkt wusste Jude freilich noch nicht, dass Quentin Gaskell während seines Lebens ein berühmter Rockstar gewesen war. Von ihm stammten oft zitierte Aussprüche wie »Warum Drogen kaufen, werdet Rockstar, dann bekommt ihr sie umsonst« oder »Ich habe kein Problem mit der Gleichberechtigung, ich nehme alle Groupies mit ins Hotel«. Später konnte Jude sie im *Rolling Stone Magazine* oder im *New Music Express* nachlesen. Außerdem besorgte er sich in einem Antiquariat die Autobiografie mit dem Titel *Ich!,* die Gaskell Ende der Achtzigerjahre veröffentlicht hatte. Nun, nach fast zwanzig Jahren, war sie vergriffen, weil sich niemand mehr für die wilden Erlebnisse des Glam-Rockers interessierte.

Doch der Quentin Gaskell, den Jude kennenlernte, hatte kaum mehr Ähnlichkeit mit dem geschminkten Sänger von damals in den hautengen Hosen und den hohen Schuhen. Jetzt war er ein freundlicher, exzentrischer älterer Herr.

»Du kannst gerne öfter herkommen«, schlug Gaskell vor.

Und tatsächlich, von nun an suchte Jude Finney den Highgate Cemetery fast jeden Tag auf.

Er machte seine Hausaufgaben im Schatten der großen Grabsteine und konnte dabei sogar auf die Hilfe von Berühmtheiten zählen, in Mathe zum Beispiel auf Michael Faraday, die Schriftstellerin Radclyffe Hall hingegen offenbarte ihm, wie falsch die Gelehrten lagen, die ihre Gedichte zu deuten versuchten. Und an einem heißen Sommertag zeigte ihm Tom Sayers, wie man schon vor hundert Jahren seinen Gegner mit nur einem einzigen Schlag auf die Bretter schickte.

Dieser Sommer stellte Judes bisheriges Leben völlig auf den Kopf. Er lernte die Gepflogenheiten der Geister kennen. Manche erzählten ihm ihre Lebensgeschichte. An sonnigen Tagen lag er gern auf dem Hügel im Gras, dort, wo die Sonne den Boden berührte, und fragte sich, ob sein Vater ihn vermissen würde, wenn er nicht mehr da wäre. Oder ob es ihn ebenso gleichgültig ließe wie das Verschwinden jener Frau, die vermutlich Judes Mutter war.

Seine Mitschüler bemerkten die Veränderung, die in ihm vorging, nicht. Nach wie vor spielte Jude in seiner Band.

»Du greifst die Riffs jetzt besser«, sagte ihm Gaskell eines Tages. Oft brachte Jude seine Gitarre mit und Gaskell machte ihn mit neuen Techniken vertraut. »Du hast Talent, Jude, aber du darfst dich hier nicht vor dem Leben verstecken.«

»Ich verstecke mich nicht.«

»Du umgibst dich lieber mit Geistern als mit Jugendlichen deines Alters«, gab Gaskell zu bedenken.

»Ich habe Freunde.« Was ja auch stimmte.

»Aber du bist jeden Nachmittag hier.«

»Die Ruhe tut mir gut.«

»Ruhe – in deinem Alter?« Gaskell sah ihn an wie jemand, der eine Lüge erkennt. »Es ist kein Ort für die Lebenden. Du solltest dich in Bars und Eisdielen und Klubs herumtreiben. An Orten« – er beugte sich vertraulich zu ihm –, »wo du hübsche Mädchen triffst.« Er knuffte ihn in die Seite, eine Berührung kalt wie ein Windhauch.

»Hauptsache, ich muss nicht zu Hause sein.«

Quentin wurde ernst. »Für deinen Vater ist es bestimmt auch nicht einfach, seinen Jungen allein großzuziehen und einem anstrengenden Job nachzugehen.«

Gaskells Worte hatten Jude nachdenklich gemacht. Und er fing an, seinen Vater mit anderen Augen zu sehen.

»Und so«, schloss Jude seinen Bericht, »bin ich vor etwas mehr als einem halben Jahr nach Highgate gekommen.«

»Du bist also gern hier«, sagte Story. Das Mädchen hatte ihm die ganze Zeit aufmerksam zugehört. Da sie selbst keine Geschichte hatte, schien sie sich umso mehr für seine zu interessieren.

Jude nickte.

»Und dein Leben?«, fragte Story. »Ich meine, dein wirkliches Leben?

Jude zuckte die Achseln. »Ich lebe bei meinem Vater in Kentish Town.«

»Und deine Mutter?«

»Ich habe keine Mutter.«

»Keine Mutter?«

Er schüttelte den Kopf. »Nein, es hat sie nie gegeben.«

Story sah ihn von der Seite an. »Quatsch, jeder hat eine Mutter, auch wenn es sie nicht mehr gibt.«

»Ich nicht.«

»Bist du ein Waisenkind?«

Er lachte, aber es klang nicht fröhlich. »Eher ein Findelkind – eines Tages habe ich auf Vaters Türschwelle gelegen.«

Story schüttelte fassungslos den Kopf. »Irre! Du hast auf der Türschwelle gelegen?«

»An einem Frühlingstag hat mein Vater mich im Treppenhaus gefunden.« Er zögerte, während er nach den richtigen Worten suchte, die genauso bedeutsam klangen wie das, was er sagen wollte, für ihn war.

»Du musst mir nicht davon erzählen.« Story sah ihn an. »Na ja, es sei denn, du möchtest es.«

Jude erinnerte sich an die Geschichte, die zu den allerfrühesten gehörte, die ihm sein Vater erzählt hatte. Früher, als er noch klein gewesen war und sein Vater sich noch die Zeit genommen hatte, ihm vorzulesen oder Geschichten zu erzählen.

»Ich habe in einer Reisetasche gelegen, einer alten, fleckigen Reisetasche aus braunem Leder, um genau zu sein, mit Aufklebern von exotischen Orten. Die Tasche war mit einer warmen Decke und Kissen ausgelegt.«

»Wie alt warst du?«

»Fast ein Jahr.«

»Woher wusste dein Vater das?«

67

»In der Reisetasche lag ein Zettel mit meinem Geburtsdatum.«

Auf dem Zettel, der mittlerweile ganz fleckig war und in der Kommodenschublade oben in Judes Zimmer lag, stand in anmutiger Frauenhandschrift: *Das ist Jude. Er ist unser Sohn. Du weißt, warum er zu dir kommt. Bei mir kann er nicht bleiben.* Keine Unterschrift. Nur diese knappe Botschaft.

Damit war die Mutter aus seinem Leben entschwunden – Jude ging davon aus, dass es seine Mutter gewesen war, die ihn dort in der Reisetasche auf dem Treppenabsatz vor die Tür gelegt hatte.

»Was hat dein Vater gemacht?«

»Er hat mich behalten und mich großgezogen.«

George Finney, der über Nacht Vater geworden war, hatte damals oben in Bedford gewohnt, in der Nähe des Bahnhofs, wo zahlreiche Pakistanis und Inder lebten, einem Stadtviertel voller exotischer Farben, Düfte und Gerüche.

»Was hat er dir von deiner Mutter erzählt?«

»Nichts.« Das stimmte nicht ganz. George Finney hatte seinem Sohn im Lauf der Jahre ein paar Dinge über seine Mutter erzählt – dass er sie auf einer Reise getroffen hatte, an einem wunderschönen Fluss im Licht der untergehenden Sonne. Doch wo genau dies war, erzählte er nicht, nur dass es sich in einem fernen, exotischen Land abgespielt hatte und dass George Finney diese Frau, die Judes Mutter war, wirklich geliebt hatte. Am wehmütigen Ton seines

Vaters wurde Jude mit der Zeit klar, dass er nicht mit Absicht so viele Lücken in seiner Geschichte ließ. Sondern weil er so manche Dinge selbst nicht wusste. Oder sie anders erinnerte, als sie in Wirklichkeit stattgefunden hatten.

Die Erinnerungen, das hatte Jude bereits als Kind erfahren, waren eine knifflige Sache.

»Sie hat beschlossen, ihr Leben ohne uns zu leben«, pflegte George Finney zu sagen, »dabei wollen wir es belassen.«

Und Jude, der den Musikgeschmack seines Vaters kannte, stellte sich, als er älter wurde, bisweilen vor, dass seine Eltern John Lennon hörten, als sie einander liebten. Und er begann, die Lücken in der Geschichte seines Vaters zu schließen. In seiner Vorstellung wurde seine Mutter zu einer exotischen Schönheit, die George Finney auf einer seiner Indienreisen getroffen hatte. Sein Vater hatte damals als Hydrologe (was, wie Jude fand, besser klang als Gewässerkundler) immer wieder an Projekten in Indien und Pakistan teilgenommen. Doch auch wenn seine Mutter in seiner Fantasie weiterlebte, änderte das nichts an der Tatsache, dass er mutterlos aufwuchs.

»Außer der alten Reisetasche und dem Zettel hat sie keine weiteren Spuren hinterlassen«, sagte Jude.

Mit einem Mal verfiel er in Schweigen. In der Gruft dröhnte *Let's Dance* von David Bowie.

»Du bist traurig«, sagte Story.

»Es ist nur . . .« Er stockte. »Na ja, es ist so seltsam, dass ich dir während dieser Party etwas erzähle, was ich noch nie jemandem erzählt habe ... Ich kenne dich ja gar nicht.«

Sie sah ihn an. »Ich würde dir gerne etwas von mir erzählen«, sagte sie, »aber da ist nichts.«

»Ich weiß. Für dich muss es noch viel schlimmer sein als für mich. Ich kenne nur meine Mutter nicht, während du nicht einmal dein Leben kennst.«

Sie sah ihn schweigend an, wartete, dass er fortfuhr.

»Weißt du, als ich anfing, die Geister zu sehen, hatte ich das Gefühl, dass es mit meiner Mutter zu tun hat.« Er betrachtete das Partygewimmel. »Schon komisch. Und jetzt sitzen wir beide hier in dieser merkwürdigen Umgebung, jeder mit seiner merkwürdigen Geschichte. Ich bin sicher, dass es einen Grund dafür gibt, auch wenn er uns noch verborgen ist. Ich glaube, nichts passiert ohne Grund.«

»Ich weiß, was du meinst.«

»Und wie fühlst du dich?«, wollte er wissen.

»Einsam, irgendwie. Leer. Verloren.« Mit einem Mal lachte sie laut auf. »Verdammt, ich sehe aus wie ein Geist und bin doch keiner. Bis heute habe ich nicht einmal an Geister geglaubt. Und jetzt bin ich hier. Auf dieser Party. Unter Fremden.« Wieder ein Lachen. »Unter Geistern.«

»Es sind nette Geister.«

»Ja«, murmelte sie und ihre Stimme war nur ein Hauch.

Miss Rathbone löste sich aus dem Gespräch mit Gaskell und kam auf das Sofa zu.

»Story wird mit zu mir kommen«, verkündete sie in einem Ton, der keinen Widerspruch duldete. »Ich wohne gleich drüben auf der anderen Straßenseite. Dort kannst du dich ausruhen. Alles Weitere sehen wir dann morgen.«

»Schlafen Geister denn?«, wollte Story wissen.

Miss Rathbone lächelte nachsichtig. »Erstens wissen wir nicht einmal, ob du ein Geist bist, und zweitens, ja, Geister können schlafen. Sie tun meistens genau das, was sie auch im Leben getan haben. Sie sind einfach nur ein wenig . . . eingeschränkt, könnte man sagen.«

»Was heißt das?«

»Sie können sich nicht überallhin begeben.«

»Warum?«

»Sie sind an ihren Körper gebunden.«

Story zuckte zusammen.

Jude wusste, woran sie in diesem Augenblick dachte. Bislang hatte er diesen Gedanken verdrängt. Der Gedanke an den Leichnam des Mädchens. Wenn sie denn tot war. Denn dann musste es irgendwo einen Leichnam geben. Einen leblosen Körper, der aussah wie sie.

Miss Rathbone legte beruhigend die Hand auf Storys Schulter und Jude bemerkte, dass sie nicht hineinsank, wie es bei einem wirklichen Geist der Fall gewesen wäre, sondern dass Storys Haut nur ein wenig nachgab. »Du musst keine Angst haben. Wir haben uns jetzt eingehend mit dem Professor beratschlagt und er glaubt, dass du noch nicht tot bist.«

Storys Stirn legte sich in Falten. »Sie meinen . . .?«

»Genau«, sagte Miss Rathbone, »wir glauben, dass du dem Tod sehr nahe bist, aber du lebst noch.«

Das Mädchen schnappte aufgeregt nach Luft. »Und das heißt?«

Miss Rathbone zuckte die Schultern. »Ich habe keine Ahnung, was das heißt. Es ist, wie es ist. Es ist ein gemeines Rätsel, dessen Geheimnis gelöst werden möchte. Weißt du, normalerweise ist ein Geist nie weit von seinem Körper entfernt.« Sie vermied es, *Leichnam* zu sagen. »Denn wenn jemand stirbt, lebt sein Geist an dem Ort, wo seine Überreste beerdigt wurden, weiter.«

Story nickte benommen.

»Aber wie ist sie hergekommen?« Jude fragte sich, wie Story auf der Parkbank beim Nordtor aufgetaucht war. Wenn ihr Grab dort in der Nähe wäre, hätte doch ein Begräbnis stattfinden müssen. In den vergangenen beiden Tagen hatte es jedoch keinen Neuzugang gegeben. Davon hätten Miss Rathbone und die anderen gewusst.

Nein, etwas stimmte ganz und gar nicht.

Story stellte die entscheidende Frage. »Was sollen wir jetzt tun?«

Miss Rathbone war trotz all der Ungewissheit guter Dinge. »Gaskell hört sich in der Gegend um. Irgendjemand hat bestimmt etwas gesehen. Dies hier ist ein Friedhof. Da passiert nichts unbeobachtet. Die Toten sind neugierig wie die Spatzen.«

»Und Sie glauben, dass ich den Friedhof verlassen kann?«

Die Füchsin nickte. »Davon bin ich überzeugt, Kleines. Selbst Gaskell hat mir schon einen Besuch abgestattet.«

»Er mag Ingwertee«, warf Jude ein.

»Mit Zitrone«, ergänzte sie.

»Und dafür ist ihm kein Weg zu weit.«

»Bei jedem Wetter.«

Story sah beide verwirrt an. »Aber was passiert mit mir, wenn ich mich zu weit entferne?«, gab sie ängstlich zu bedenken.

»Das weiß ich nicht.« Miss Rathbone tätschelte ihr die Hand. »Aber bis zu meinem Haus ist es nicht weit.«

»Und was mache ich?«, fragte Jude, fast ein wenig beleidigt.

»Du willst wohl bei ihr bleiben?« Miss Rathbone konnte manchmal sehr direkt sein.

»Nein, ich . . .«, stammelte er verlegen, dann sagte er einfach: »Ja.« Um dann verteidigend hinzuzufügen: »Ich habe sie immerhin gefunden.«

»Du bist über sie gestolpert, ich weiß. Aber du musst morgen früh in die Schule.« Miss Rathbone zwinkerte ihm zu. »Du musst ausgeschlafen und bei Verstand sein, wenn du Story helfen willst.«

»Kann ich nicht bei Ihnen übernachten?«

»Nein, du gehst besser nach Hause.« Miss Rathbone sah Story an, dann wieder den Jungen. »Himmel, wenn dein Vater dich morgen früh vermisst, bekommst du Ärger. Und das wollen wir doch beide nicht.«

»Er ist nicht da.«

Sie musterte ihn streng.

»Dienstreise, das Übliche. Er ist in der Gegend von Manchester und schaut sich irgendwelche Tümpel an. Außerdem muss ich sowieso in fünf Stunden aufstehen.« Er wusste, dass er feilschte. »Wenn ich nicht nach Hause muss, sondern gleich hier um die Ecke übernachte, schlafe ich früher ein. Und bin morgen schneller wach. Und leistungsfähig.«

Story schmunzelte. Jude fragte sich, wo sie zur Schule ging und welches Leben sie führte – geführt hatte, ehe sie hierherkam.

»Na gut«, gab Miss Rathbone schließlich nach, »aber dass du mir ja rechtzeitig zum Unterricht kommst, haben wir uns verstanden?«

Jude grinste. »Klar.«

Und so verließen sie die Party. Der Rest der Nacht war bereits Geschichte.

3.
Das Echo höchst unheilvoller Begebenheiten

Am nächsten Morgen erwachte Jude, als ein riesiger, altmodischer Wecker laut scheppernd klingelte und ihn aus dem Schlaf riss. Halb blind vor Müdigkeit tastete er mit der Hand in die Richtung, aus der das ohrenbetäubende *Ringringring* plärrte, und als er das klobige Ding endlich erwischte, beendete er das nervige Klingelgeräusch mit einem Schlag. Dann erst wurde ihm bewusst, dass er gar nicht zu Hause war, sondern bei Miss Rathbone übernachtet hatte.

Er blinzelte und sah Story, die ihm gegenüber auf einer Tatami-Matte lag. Sie schlief noch, zusammengerollt wie eine Katze, die bunt gemusterte Wolldecke bis zum Hals hochgezogen. Die Decke hob und senkte sich sachte im Rhythmus ihres Atems und die Lider des Mädchens flatterten wie Seidentücher im leisen Wind.

Es sah nicht so aus, als hätte sie den Wecker gehört. Und sie sah ganz und gar nicht aus wie ein Geist.

Jude fragte sich, wovon sie geträumt haben mochte. Sie wirkte friedlich, wie jemand, der sich behaglich und geborgen fühlte.

Die Sonne war bereits aufgegangen und dünne Strahlen herbstfarbenen Lichts fielen, gedämpft von der halb heruntergelassenen Papierjalousie, in den Raum, wo sie sich im Haar des Mädchens verfingen, eine Sinfonie aus Rot und Braun. Ein Steinbrunnen plätscherte und es roch orange und rötlich nach blumigen Räucherstäbchen.

Jude, der in seinen Klamotten eingeschlafen war, setzte sich langsam auf und rekelte sich. Dann blieb er einen Moment still sitzen und betrachtete das Mädchen.

Story – er ließ den Namen in seinen Gedanken klingen, bis er fast zu einem Lied geworden war.

Für einen Geist hatte sie einen gesegneten Schlaf. Ihr Atem ging ruhig und nichts ließ vermuten, dass sie kein Mensch war. Einzig die Tatsache, wie die Sonnenstrahlen ihr Haar zum Leuchten brachten, deutete auf ihre Andersartigkeit hin.

Sie war ausgesprochen hübsch und Jude fragte sich erneut, welches Leben wohl zu ihr gehörte.

Sie *schimmerte,* wenn auch nur leicht.

Jude seufzte stumm.

Er rappelte sich auf, sammelte seine Sachen ein, streifte sich die Jacke über, ergriff die Gitarre und schlüpfte, nachdem er einen allerletzten Blick auf das schlafende Mädchen geworfen hatte, leise aus dem Haus.

Er wusste, dass Miss Rathbone kaum vor Mittag erwachte. Sie liebte die Nächte und genoss es, lange in den Tag hinein zu schlafen.

Jude lief durch die träge erwachenden Straßen von Highgate zurück in die Twisden Road. Nach einer schnellen Katzenwäsche schnappte er sich seine Schultasche, hoffte, dass alles, was er heute brauchen würde, darin lag, und rannte los. Er schaffte es gerade rechtzeitig zur ersten Stunde. An seinem Platz verschanzte er sich so gut wie möglich hinter der Tasche, die vor ihm auf dem Tisch lag, und gab sich redlich Mühe, nicht einzuschlafen.

Der Vormittag verlief erwartungsgemäß ereignislos. Einer dieser stinklangweiligen Schultage. Immerhin blieb ihm heute Mr Ackroyd erspart. Als die Schule endlich vorbei war, rannte Jude schnurstracks zur Swains Lane und zu Miss Rathbones Haus.

Story war inzwischen wach, ebenso Miss Rathbone.

»Wo hast du gesteckt?«, begrüßte sie den Jungen.

»In der Schule.«

»Ach, ja.« Als hätte sie es vergessen.

Story saß auf dem Boden und betrachtete das Wasser, das in einer Basaltschale plätscherte. Als Jude den Raum betrat, sah sie auf und lächelte. »Wir haben gefrühstückt«, sagte sie.

Jude wusste, dass auch Geister frühstücken konnten, und wunderte sich nicht.

»Gaskell erwartet uns, es gibt Neuigkeiten«, verkündete Miss Rathbone. Sie wirbelte durch den Raum zu der Stelle, wo ihr Strickmantel und der bunte Schal lagen, und zog sich an. Flink setzte sie sich eine Sonnenbrille auf die Nase und sah mit einem Mal aus wie eine exzentrische Diva.

»Worauf wartet ihr beiden?«

Und so begaben sie sich erneut zum Friedhof auf der anderen Straßenseite.

»Wie war die Schule?«, fragte Story unterwegs.

»Langweilig.«

»Ich weiß zwar nicht, auf welche Schule ich gehe. Aber ich weiß, dass wir einen Aufsatz schreiben mussten. Das Thema war *Social Media Networks – Segen oder Fluch?*, aber ich habe keine Ahnung, wann das war.«

Das klingt nach A-Level, dachte Jude. Dann war sie ja gar nicht älter als er . . . »Vielleicht ist das ein Hinweis«, sagte er. »Wir haben gestern auch einen Test geschrieben, der für das GCSE zählt. Vielleicht bist du im selben Schuljahr wie ich.«

»Dann wären wir gleich alt.«

Bingo! »Ja, könnte sein.«

Miss Rathbone drehte sich zu ihnen um und musterte sie schweigend. Jude wollte gar nicht wissen, wie ihr Blick hinter der Sonnenbrille aussah. Irgendwie fühlte er sich von ihr ertappt.

»Vielleicht finden wir so heraus, auf welcher Schule du bist. Ich könnte doch nach dem Thema des Aufsatzes googeln.« Das wäre immerhin ein Anfang.

Miss Rathbone bemerkte: »Eine gute Idee.« Und ging zielstrebig weiter.

Jude und Story eilten ihr hinterher.

Am unteren Ende der Friedhofsmauer war eine Lücke, in der eine Brombeerhecke wucherte, wie Jude wusste. Sie schoben sich hindurch und betraten den Westteil des Friedhofs. Es war ruhig dort. Die Grabstätten ruhten im Schatten mächtiger Bäume. Der Herbst hatte großzügig buntes Laub über den Friedhof ausgeschüttet, das mit jedem Windhauch raschelnd über den Boden wehte. Es bedeckte die Grabplatten und häufte sich in den Zwischenräumen zwischen den Gräbern und den Ecken der Mausoleen zu kleinen Hügeln. Das matte Licht der Mittagssonne berührte die Köpfe der steinernen Engel und Tiere, verlieh den Denkmälern etwas Unwirkliches.

Miss Rathbone folgte einem ausgetretenen Pfad, der zwischen Gestrüpp und Hecken bergaufwärts führte. Der Highgate Cemetery war eine hügelige Landschaft, abgeschieden von der Stadt. Eine eigene Welt, ein Dickicht aus Wald, Gräbern und verborgenen Ecken.

Gaskell erwartete sie bereits. Nahezu reglos stand er auf einer Lichtung, von der aus man einen guten Überblick auf die Ägyptische Avenue hatte.

»Du siehst aus, als hättest du etwas herausgefunden«, sagte Miss Rathbone, die offenbar eine Nachricht von ihm erhalten hatte. Vermutlich hatte Gaskell einen Fuchs zu ihr geschickt, um sie zu sich zu rufen.

»Du kennst doch Mr Monkford, der drüben beim Denkmal mit dem Löwen wohnt?«

»Mr Monkford, der Buchhalter?«, fragte Jude. Er war ein Nachbar des toten Boxers, der dem Jungen die Kniffe des

Faustkampfes erklärt hatte (für ein Referat, das Jude in Geschichte halten musste).

»Genau der.«

Mr Monkford war 1892 gestorben, unfreiwillig versteht sich, denn sonst wäre er ja nicht in Highgate gelandet. Er redete nicht besonders viel und erinnerte ein wenig an den grantigen Mr Scrooge. Der ehemalige Buchhalter schimpfte gern und oft und hatte nichts für Besucher übrig. Jude ging ihm wenn möglich aus dem Weg.

»Er hat gestern Abend auf der Mauer gesessen.«

»Mr Monkford?«

»Sagte ich doch.«

Miss Rathbone wirkte überrascht. »Warum, in aller Welt, hat er auf der Mauer gesessen?«

»Er wollte die Nacht genießen.«

»Seit wann genießt der alte Miesepeter die Nacht?«

»Er hat die Ruhe gesucht und dabei hat er etwas gesehen.«

»Du machst es spannend.«

»Eine Geschichte, wovon auch immer sie handeln mag, ist nur so gut, wie sie erzählt wird«, gab Gaskell zu bedenken. »Das haben gute Geschichten mit guten Rocksongs gemeinsam.«

»Jaja. Aber konnte er dir einen Hinweis geben?«, fragte Miss Rathbone ungeduldig.

Gaskell deutete auf Story. »Ja und es hat mir ihr zu tun.«

Alle starrten ihn an.

»Wer hätte das gedacht!«, erwiderte Miss Rathbone ironisch. »Könntest du jetzt vielleicht auf den Punkt kommen?«

Gaskell machte ein unschuldiges Gesicht und Story musste schmunzeln. Jude beobachtete sie verstohlen.

»Mr Monkford soll euch die Geschichte selbst erzählen«, sagte Gaskell. »Immerhin ist es seine Geschichte, also hat er ein Anrecht darauf, sie uns selbst zu erzählen.« Mit den Geschichten war es nun mal eine besondere Sache, das wusste jeder auf dem Friedhof. Und alle respektierten es.

»Worauf warten wir dann noch!«, verkündete Miss Rathbone.

Sie machten sich auf den Weg zu Mr Monkfords Grab. Gaskell schritt voran.

Wieder einmal kam es Jude vor, als sei der Friedhof endlos. Er fühlte sich wie in den Kulissen eines Films. Überall wuchsen Bäume in den Himmel: hohe Eschen, dunkle Tannen, mächtige Ahornbäume, uralte Eichen und ausladende Kastanienbäume. Die Sonnenstrahlen, die durch das Blätterdach stachen, tauchten den Ort in ein magisches Licht. Die noch verbliebenen Vögel sangen ihre Lieder in der Stille. Auf den Grüften drüben beim großen Satyrbrunnen hockten Raben und hin und wieder glaubte Jude, einen Fuchs durchs Unterholz huschen zu hören.

»Wer ist dieser Mann, den wir aufsuchen?«, fragte Story.

»Ein toter Buchhalter.« Mehr wusste Jude nicht zu Mr Monkford zu sagen.

»Du kennst ihn?«

»Ja, aber ich meide ihn normalerweise.«

»Ist er gefährlich?«, fragte sie vorsichtig.

Jude schüttelte den Kopf. »Nein, nur merkwürdig. Ein Eigenbrötler.«

Miss Rathbone und Gaskell blieben stehen.

»Mr Jonathan Hamish Heathcliff Monkford wohnte in einem der kleineren Gräber, die heimeliger wirkten als die kolossal anmutenden Grüfte. Dickes Moos bedeckte den Grabstein und Efeu rankte sich um die Inschrift mit dem Namen und den Lebensdaten des Verstorbenen.

Gaskell trat vor und klopfte auf den Grabstein. »Mr Monkford«, rief er, »wir sind da!«

Miss Rathbone stand still im Sonnenlicht.

Story trat neben Jude und er spürte den Hauch ihrer Gegenwart wie einen Duft.

Als sich der Gerufene nach einer Weile immer noch nicht blicken ließ, sagte Miss Rathbone ungeduldig: »Mr Monkford, bitte!«

Das herbstlich bunte Blätterwerk neben dem Grab begann zu rascheln, dann materialisierte sich eine Gestalt im Sonnenlicht. Sie war fast durchsichtig und trug einen braunen Anzug, der abgetragen und schäbig aussah. Ein Schal war um den Hals geknotet, auf dem sich dunkle Flecken abzeichneten. Das Gesicht mit der langen Nase war hager. Er nickte allen zu, dann blieb sein Blick an Story haften.

»Das ist sie, ja, ganz sicher«, sagte er. »Sie ist das Mädchen, das sie fortgebracht haben.« Wieder nickte er.

Story starrte ihn an. »Ich habe Sie noch nie gesehen.«

Der Mann hatte das Gesicht eines Backenhörnchens, ein Eindruck, der durch den dichten Backenbart noch verstärkt wurde. Die Äuglein in dem bleichen Gesicht waren klein und wachsam. Noch immer konnte man den trübseligen Blick darin erkennen, mit dem der Buchhalter zu Lebzeiten im schummrigen Licht flackernden Kerzenlichts bis spät in die Nacht Geldstücke gezählt und Bilanzen addiert hatte.

»Du starrst mir auf den Schal, Mädchen«, beschwerte er sich, »das gehört sich nicht.«

Story sah verwirrt auf. Hilfe suchend blickte sie zu Miss Rathbone hinüber.

»Er wurde ermordet«, flüsterte diese ihr zu, »und, nun ja, das ärgert ihn noch immer.«

»Das habe ich gehört«, sagte das alte Männlein.

»Ich wollte nicht unhöflich sein.«

»Wenn Sie schon eine Geschichte erzählen, meine Liebe, dann tun Sie es bitte richtig«, erwiderte der ehemalige Buchhalter tadelnd.

»Gut, ich werde es mir merken. Erzählen Sie sie doch bitte selbst!«

Der Buchhalter seufzte. »Es war mein ehemaliger Partner, Roderick Garlick. Ja, er war es gewesen, er hat mich ermordet. Und warum? Aus reiner Habgier! Er hat mich auf einer Wiese verscharrt, drüben im Park, und mich dann als vermisst gemeldet. Auf diese Weise hat er sich unser gemeinsames Geschäft unter den Nagel gerissen.«

Mr Monkfort rieb sich genüsslich die Hände. »Doch dann

83

hat man mich gefunden und hierher nach Highgate verlegt. Und Roderick, der Halunke, wurde gefasst und gehängt.« Er schnaubte verächtlich. »Nur gut, dass er nicht hier ruht. Sie haben ihn irgendwo vergraben.«

»Das ist traurig«, sagte Story.

»Ja, ist es, aber was mit dir passiert ist, Mädchen, ist mindestens genauso traurig. Wir, also Roderick und ich, wollten expandieren. Eine Niederlassung in Massachusetts gründen. Florierende Geschäfte im Export und Import.« Noch immer, es war kaum zu glauben, funkelten die Äuglein beim Gedanken an das Geld, das sie damals hätten scheffeln können.

»Mr Monkford«, unterbrach Miss Rathbone seine Erinnerungen, »wir alle wissen durchaus Ihre Ausführungen zu schätzen, aber wir sind aus einem anderen Grund hier.« Sie bedachte ihn mit einem strengen Blick. »Gaskell meinte, Sie wüssten, wer dieses Mädchen ist.« Sie deutete auf Story.

»Ich sagte, ich habe sie gesehen. Nicht, dass ich weiß, wer sie ist.«

»Nun?«, fragte Gaskell.

Während alle gespannt um die Grabplatte herumstanden, berichtete der Buchhalter, was sich zugetragen hatte.

»Ich habe auf der Mauer gesessen, weil ich die Nachtruhe genießen wollte.«

Miss Rathbone konnte ihre Ungeduld nicht mehr verbergen. »Und?«

»Nicht viel los in der Gegend.« Beim Reden schlenderte

Mr Monkford unentwegt um den Grabstein herum. »Die verrückte Dorothy Gissing ist drüben am Teich durch die Nacht geschlichen und hat wie immer erbärmlich gejammert.«

Gaskell warf erklärend ein: »Dorothy Gissing aus Spitalfields, die jede Nacht auf der Suche nach ihren beiden Kindern ist. Sie kamen ums Leben, als das Haus über ihren Köpfen zusammenstürzte. Dorothy starb kurz darauf aus Kummer und Gram und wurde hier begraben, während man ihre Kinder woanders beigesetzt hat. So viel Pech auf einmal! Seither muss sie Nacht für Nacht umherwandern und sucht nach ihren Kindern.«

Story zeigte eine bekümmerte Miene. All diese Schicksale erinnerten sie wohl an ihre eigene (fehlende) Geschichte.

Endlich kehrte Mr Monkford zu seiner Erzählung zurück. »Ansonsten war es ruhig, bis auf den Lärm, den gewisse Leute veranstalteten, die meinen, eine Party geben zu müssen.« Er sah Gaskell mit zusammengekniffenen Augen streng von der Seite an. Er gab sich alle Mühe, nachtragend auszusehen. »Ein solcher Lärm mitten in der Nacht, wirklich ungehörig«, betonte er.

Gaskell nahm es schweigend zur Kenntnis.

»Abgesehen davon haben sich die beiden traurigen Steinengel hinten auf dem Hügel herumgetrieben.«

Jude horchte auf. Er wusste, dass man sich vor den Engeln in Acht nehmen musste. Insgeheim hoffte er, nie einem zu begegnen.

»Ich habe mich also auf die Mauer niedergelassen und ein wenig das rege Treiben außerhalb des Friedhofs beobachtet. Einige Autos fuhren die Swains Lane entlang, ein Paar kam vorbei und hatte Streit, über irgendwelche belanglosen Dinge. Die tote Ente vom Teich watschelte den Gehweg hinunter, machte kehrt und watschelte zum Brunnen im Waterlow Park zurück. Das war es dann auch schon.«

Gaskell lehnte lässig am Grabstein und verlagerte immer wieder das Gewicht von einem Bein auf das andere. Ab und zu schob er die Brille auf seiner Nase zurecht.

»Doch dann«, sagte Mr Monkford, »dann habe ich *sie* gesehen.« Mit einem Nicken deutete er auf Story, die angespannt dastand.

»Was habe ich gemacht?«, fragte Story.

»Du bist sehr zielstrebig die Swains Lane hinabgelaufen«, erinnerte sich Mr Monkford. »Du bist vom Pond Square gekommen und hast dich immerzu umgeschaut. Es schien, als würde dich jemand verfolgen, aber da war niemand zu sehen.«

»Wer sollte mich verfolgen?«

Mr Monkford fuchtelte mit den Händen in der Luft herum. »Hör einfach zu, Mädchen, die Geschichte geht weiter.« Er schnaubte, ehe er fortfuhr: »Dann ging es ganz schnell.«

Alle lauschten gespannt. Die Schatten auf dem Boden und den Steinskulpturen wurden allmählich länger.

»Plötzlich sind zwei Männer aus einem Wagen gesprungen, der ruhig und unverdächtig am Straßenrand parkte. Zumindest ist er mir vorher nicht aufgefallen. Die Männer haben dich gepackt und in den Wagen gezerrt. Du hast dich verzweifelt gewehrt, konntest dich sogar kurz befreien, doch sie haben dich wieder überwältigt.«

Jude konnte seine Ungeduld nicht länger bezwingen. »Wie sahen diese Männer denn aus?«

»Gefährlich.«

»Geht es etwas genauer?« Miss Rathbone wusste, dass es auf die Details ankam.

»Sie trugen dunkle Anzüge. Ihre Gesichter konnte ich nicht erkennen.«

»Aber das Mädchen haben Sie doch auch erkannt.«

Mr Monkford machte eine abwehrende Handbewegung. »Das ist etwas anderes«, murrte er. »Ich habe das Gesicht des Mädchens sehen können. Aber diese Männer sahen aus, als hätten sie keine Gesichter.«

Jude schluckte. Mr Monkfords Erzählung hatte so vielversprechend begonnen, und nun das!

Auch Story wirkte enttäuscht.

»Keine Gesichter, sagen Sie?« Miss Rathbones Augen waren mit einem Mal hellwach.

»Ja«, bestätigte der Buchhalter.

»Glaubst du, dass *sie* es waren?«, fragte Miss Rathbone, an Gaskell gewandt.

Gaskell zuckte die Schultern und seufzte kaum merklich. »Lassen wir Mr Monkford erst einmal weitererzählen.«

Miss Rathbone wandte sich wieder an den Buchhalter. »Was war mit dem Wagen?«

»Der war ganz schwarz, sogar die Fenster«, antwortete Mr Monkford.

»Klasse«, murmelte Story leise, »ich bin von Torchwood entführt worden.«

Jude sah sie erstaunt an. »Du erinnerst dich an diese Fernsehserie, aber nicht an deinen Namen?«

Sie nickte verwirrt. »Ja, seltsam, nicht?« Ihr Gesicht wurde ganz fahl. »Ich erinnere mich an die Folge mit dem Außerirdischen, der wie ein Pelikan aussieht.« Versonnen berührte sie ihre Lippen. »Ich habe etwas gegessen, als ich sie gesehen habe.« Sie dachte angestrengt nach. »Toast mit Ananas und Käse. Und Ketchup.« Sie suchte Judes Blick. »Warum kann ich mich daran erinnern und an sonst nichts?«

»Wir werden es herausfinden«, versprach Miss Rathbone.

Story schloss kurz die Augen, atmete tief ein und aus. »Ja«, flüsterte sie so leise, dass es nur Jude hörte.

Miss Rathbone wandte sich wieder an den alten Buchhalter. »Was war es für ein Wagen?«

Darauf konnte Mr Monkford eine präzise Antwort geben: »Es war ein Rolls-Royce Silver Wraith. Baujahr 1947.«

Gaskell richtete sich abrupt auf, als er das hörte, und sein Kopf zuckte. »Ein Leichenwagen?«

Mr Monkford nickte. »Ja. Ein sehr alter Leichenwagen. Aber er sah nicht alt aus. Im Gegenteil.«

Gaskell lehnte sich wieder an den Grabstein. Mit hochgezogenen Augenbrauen sah er Miss Rathbone an. »Ein Silver Wraith. Wahrlich ein kniffliges Rätsel, das es hier zu lösen gilt.«

Mr Monkford nahm den Faden wieder auf. »Nun ja . . .« – er wandte sich an Story –, »du hast dich, wie ich bereits sagte, gewehrt.«

Storys Augen weiteten sich erschrocken. »Was haben sie mir angetan?«

»Du hast gezappelt und um dich getreten und einer der Männer hat dir einen Lappen vor Mund und Nase gehalten. Da hast du sofort aufgehört, dich zu wehren, und sie haben dir eine Spritze gegeben.« Er kraulte sich den Backenbart. »Als du dich nicht mehr rührtest, haben sie dich in den Kofferraum gelegt.«

Jude fand, dass »Kofferraum« eine merkwürdige Bezeichnung in Verbindung mit einem Leichenwagen war, ihm fiel aber auf Anhieb auch keine treffendere ein.

»Und dann?« Gaskells Gesicht war sorgenvoll.

Jude kam die geschilderte Szene vor, als entstamme sie einem gruseligen Krimi. Die Türen des Silver Wraith schlagen zu, die Reifen quietschen, der Motor heult auf und der Wagen entschwindet in der Nacht. Mit zwei Gesichtslosen, die ein junges Mädchen entführt haben.

»Was ist dann passiert?«, fragte Miss Rathbone.

»Sie sind weggefahren.«

»Haben Sie ein Nummernschild erkannt?«, fragte Jude hoffnungsvoll.

Mr Monkford schüttelte bedauernd den Kopf. »Leider nicht. Aber da war ein Schriftzug auf dem Wagenfenster.«

Also doch ein Hinweis!

»Lightwood & Son.«

»Aber warum bin ich jetzt hier?« Story ahnte, dass dies nicht alles gewesen war.

Mr Monkford blinzelte ins Sonnenlicht. »Ich wollte gerade von der Mauer verschwinden«, fuhr er fort, »als ich dich mitten auf der Straße habe liegen sehen. Du warst nur der Schatten eines Geists, zart und durchsichtig. Ein armes Wesen, das gerade erst geboren worden war.«

Story hielt sich die Hand vor den Mund.

»Dann hat ein Windstoß dich erfasst und zum Friedhof herübergeweht, wo du in der Dunkelheit verschwunden bist.«

»Sie sind ihr nicht gefolgt?«, fragte Jude entrüstet.

Doch Mr Monkford starrte den Jungen nur verständnislos an. »Weshalb hätte ich ihr denn folgen sollen?«

»Na, um herauszufinden, wer sie ist«, meinte Jude.

»Das hat mich aber nicht interessiert«, gab der Buchhalter freimütig zu. »Ich war müde und wollte nach Hause.«

»Warum haben Sie mir nicht geholfen?« Story rang mit ihrer Verzweiflung.

»Was hätte ich denn tun sollen? Dem Wagen hinterherrennen? Der ist davongebraust und ich kann mich nicht weit vom Friedhof entfernen.« Mr Monkfort deutete bedrückt auf das Grab unter ihm. »Das, was vor vielen Jah-

90

ren einmal ein stattlicher Mann gewesen ist, liegt hier unter der Erde und es bindet mich für immer an diesen Ort – ob ich will oder nicht.

»Okay, und jetzt? Was können wir jetzt mit dieser Information anfangen?«, fragte Jude.

»Wir wissen, dass gesichtslose Männer in einem schwarzen Silver Wraith sie entführt haben.« Wie Gaskell das sagte, klang es so, als handelte es sich um einen ganz alltäglichen Vorgang.

»Was haben die Männer mit mir gemacht?«

»Sie haben dich in einen Zustand versetzt«, sagte Miss Rathbone, »in dem du nicht tot, aber auch nicht mehr ganz lebendig bist.«

Story konnte die Tränen nur noch mühsam zurückhalten. Ihre Lippen bebten und ihr Atem ging schnell.

»Sie haben dir etwas gegeben, das dich fast umgebracht hätte.«

»Warum sollten sie mich umbringen wollen?«

Wie gern Jude ihr geholfen hätte! Stattdessen stand er nur untätig herum und fühlte sich genauso ratlos wie die anderen. »Es ist vielleicht so wie bei dem verletzten Geschäftsmann«, sagte er, indem er verzweifelt nach einer Erklärung suchte, »der, von dem ich dir erzählt habe.«

»Ich bin noch nicht wirklich tot.« Sie klammerte sich an diesen Gedanken wie ein Schiffbrüchiger an einen Rettungsring. »Ich bin nicht tot, noch nicht . . .«

Gaskell schüttelte den Kopf. »Du bist *dazwischen*.«

Story räusperte sich, wischte mit einer trotzig anmutenden Geste die Tränen aus dem Gesicht. »Aber werde ich bald sterben?«, fragte sie. »Was passiert, wenn ich sterbe?«

Und Jude wurde mit einem Mal bewusst, dass sie wahrscheinlich gar nicht mehr viel Zeit hatten, um das Rätsel zu lösen und Story zu retten. Irgendwo befand sich ihr Körper und dieser Körper rang mit dem Tod. »Wir sollten deinen Körper so schnell wie möglich finden«, sagte er aufgeregt. Plötzlich hatte er das Gefühl, keinen Moment länger mehr hier vergeuden zu dürfen. »Ich meine, darum geht es doch.« Hilfe suchend schaute er die anderen an. »Miss Rathbone, Gaskell!«

Die beiden ließen ihre Blicke nachdenklich über die Reihen alter Gräber schweifen. Hier und da hörte man das dumpfe Plumpsen, wenn wieder eine Kastanie zu Boden fiel.

»Lasst mich euch zuerst noch eine Geschichte erzählen«, sagte Miss Rathbone. Sie nahm die Sonnenbrille ab, und als Jude den Ausdruck in ihren Augen sah, wurde ihm ganz kalt. Story, das war unschwer zu erkennen, erging es nicht anders. Dann begann die alte Füchsin zu erzählen und sie alle lauschten dem Echo höchst unheilvoller Begebenheiten, die sich, wie sie ihnen versicherte, nicht erst vor langer Zeit zugetragen hatten.

Eine Wolke schob sich vor die Sonne und löschte für einen kurzen Moment die Farben aus. Jude spürte in diesem Augenblick, wie sich der nahende Winter im Herbstlaub verbarg, nur darauf lauernd, bald schon sein Versteck zu verlassen.

»Hoch oben in den Hügeln der Grafschaft Staffordshire gab es ein Dorf«, sagte Miss Rathbone, »dessen Name Lud-on-Trent war.«

Allein der Name beschwor Bilder herauf, die nicht schwarz-weiß waren, aber so wenig Farbe besaßen wie die Landschaft frühmorgens, wenn die dichten Nebel, die tief-grau über den Tälern liegen, allmählich abziehen.

»Dort geschah es, nicht erst vor langer Zeit.«

Jude und Story hatten sich auf eine rissige Grabplatte aus fleckigem Marmor gesetzt. Gaskell stand neben Miss Rathbone und Mr Monkford hatte sich bereits wieder empfohlen.

»Nach all der Aufregung in der Nacht«, hatte er gesagt, »benötige ich nun dringend meine Ruhe.« Damit war er in sein Grab zurückgekehrt. Nicht ohne ihnen viel Glück zu wünschen bei ihrer Suche.

Ein warmer Wind, der frische Kälte herantrug, wehte zwischen den Gräbern.

Story und Jude lauschten gebannt den Worten, die ih-nen geschenkt wurden. Denn das gehörte sich so, wenn je-mand auf dem Friedhof eine alte verstaubte Geschichte mit einem teilte. Geschichten, das wusste Jude, waren wertvoll, denn sie halfen einem, die Welt zu verstehen. Sie lenkten von den wirklich schlimmen Dingen ab und manchmal, in den besten Fällen, ließen sie Hoffnung auf-keimen.

Miss Rathbone, die sich der Aufmerksamkeit ihrer Zuhörer vergewissert hatte, genoss es, die Fäden zu spinnen.

»Es war ein recht kleines Dorf«, fuhr sie fort, »mit Häusern, die früher einmal Hütten gewesen waren. Ein Ort wie jene, in denen sich Robin Hood und Bruder Tuck auf ihrer Flucht vor den Männern des Sheriffs versteckten.«

Jude stellte sich das Dorf genau so vor, wie Miss Rathbones raue Stimme es heraufbeschwor.

Ein kleines Dorf, inmitten grüner Hügel gelegen, durch die sich ein schmaler Fluss windet. Er konnte die Wolken sehen, die am fernen Horizont die Hügel berührten, er konnte den Wind spüren, der durch die Weiden wehte, und sogar das Ächzen der Bäume hören. Das Dorf selbst eine Ansammlung kleiner Häuser mit spitzen Dächern, aus denen schiefe Schornsteine ragten und Rauch in den Himmel bliesen. Die Straßen aus Kopfsteinpflaster, das womöglich noch aus der Zeit der Römer stammte. Auf dem Dorfplatz ein Brunnen, genauso alt. Am Dorfrand von Lud-on-Trent ein Friedhof, umgeben von einer groben Steinmauer. Auf den Gräbern schiefe Kreuze mit bis zur Unleserlichkeit verwitterten Namen und Jahreszahlen.

»Die Toten dort lebten unauffällig und ruhig«, erzählte Miss Rathbone, »bis eines Sommertages etwas geschah; etwas, mit dem niemand, aber auch wirklich niemand, gerechnet hatte.«

Story saß dicht neben dem Jungen und er spürte nicht nur ihre Gegenwart, sondern nahm auch ihren Duft wahr, das erdige Orangebraun der Blätter. Er hatte schon neben vielen Geistern gesessen, doch die konnte man nicht riechen.

»Was ist passiert?«, fragte Story ängstlich.

»Sie verschwanden.« Miss Rathbone wirkte nachdenklich. »Eines Tages waren sie einfach fort.« Die Wolken verflüchtigten sich und die Sonnenstrahlen streiften wie ein Versprechen Miss Rathbones Gesicht. »Der Fuchs, der sich um den Friedhof kümmerte, kam eines Morgens dorthin zurück und fand den Ort völlig verlassen vor.«

Gaskell zog ein mürrisches Gesicht, während er rastlos mit seiner Brille herumspielte.

»Was soll das heißen?« Jude runzelte die Stirn.

»Die Geister waren verschwunden. Einfach fort.«

Gaskell nickte bedeutungsschwanger. »Und Geister, das sollte man wissen, verschwinden nicht so einfach vom Erdboden.«

»Der Fuchs, Mr Fosbrooke hieß er, suchte den ganzen Friedhof ab.«

Miss Rathbone und ihre Füchse, dachte Jude und fragte sich insgeheim, wann Story von ihm wissen wollen würde, was es mit diesen Füchsen auf sich hatte.

Miss Rathbone hatte die ureigene Melodie ihrer Geschichte gefunden und folgte ihr. »Er stieß auf den Geist einer Hexe, die nicht einmal ein richtiges Grab besaß.«

Jude nickte wissend. Früher hatte man Hexen tief in der Erde verscharrt, ohne das Grab für die Nachwelt zu kennzeichnen. Kein Grabstein sollte davon künden, dass die

95

böse, schuldige Frevlerin jemals gelebt hatte, und keine Christenseele sollte um sie trauern.

»Sie war noch ein sehr junger Geist«, fuhr Miss Rathbone fort. »Die ganze Zeit über hatte sie sich in ihrem Erdloch verborgen gehalten. Denn mehr war ihr nicht vergönnt gewesen. Man hatte sie in der Erde beigesetzt, vermutlich nachdem man sie qualvoll dem Tod überantwortet hatte.«

»Und sie hat gesehen, was passiert ist?«, fragte Jude.

»Warte, Junge, nicht so hastig«, erwiderte Miss Rathbone. »Nachdem er sie gefunden hatte, berief der alte Fuchs augenblicklich den Rat ein.« Während sie erzählte, ging sie vor der Grabplatte, auf der Jude und Story saßen, auf und ab. Die Sohlen ihrer Stiefel knirschten im Kies. »Alle Füchse aus Staffordshire kamen herbei und auch jene, die über die weit entfernten Friedhöfe jenseits von Wolverhampton wachten; sie alle kamen nach Lud-on-Trent und hielten Rat.«

Gaskell schaltete sich ein. »Und die Hexe erzählte eine höchst merkwürdige Geschichte.«

»Gelinde ausgedrückt«, bemerkte Miss Rathbone.

Gaskell sah sie nachdenklich und schweigsam an.

»Folgendes«, fuhr sie fort, »war angeblich geschehen: In der Nacht waren fremde Männer auf den Friedhof gekommen. Sie trugen Laternen, in denen seltsame Lichter brannten.« Miss Rathbone machte eine bedeutsame Pause, ehe sie fortfuhr. »Die Hexe sagte, die seltsamen Lichter hätten ausgesehen wie Dunkelheit in Form von Flammen.«

Diese Beschreibung ließ Jude frösteln. »Klingt seltsam«, flüsterte er, während Story neben ihm mit aufgerissenen Augen lauschte.

Miss Rathbone nickte. »Die Fremden bahnten sich mit dieser Dunkelheit, die wie Licht in Laternen brannte, den Weg. Sagte die Hexe.«

Jude stellte sich eine Reihe verhüllter Gestalten vor, die dunkle Laternen in die Höhe hielten. Er konnte die neugierigen Geister förmlich vor sich sehen; Geister, die hinter ihren Gräbern hervorlugten und sich über die merkwürdigen Besucher wunderten.

»Die Geister waren, wie es ihre Art ist, freundlich. Ihr Wortführer, ein ehemaliger Priester, sprach die Fremden an, doch die antworteten ihm nicht. Während die meisten Bewohner den Fremden freimütig entgegentraten, verbarg sich die kleine Hexe hinter einem Grabstein.« Miss Rathbone blieb stehen und unterbrach sich erneut. »Die Hexe war ein junges Ding und noch nicht sehr lange tot, sodass sie den Dingen, die auf dem Friedhof passierten, mit großer Vorsicht und Misstrauen begegnete.

Auch wenn sie diese Fremden nicht kannte, so erinnerten sie sie an die Menschen, die sie gefoltert hatten und anschließend versuchten, sie in den Fluten des Flüsschens Trent zu ertränken. Wie die heuchlerischen Priester, die ihr so viel Leid angetan hatten, trugen auch diese Fremden grobe Kutten, an denen das Mondlicht zerfloss, mit Kapuzen, die nichts erkennen ließen. Die junge Hexe hatte also große Angst. Noch immer konnte sie kaum ein Auge zutun, weil sie nach wie vor die hungrigen Flammen knistern hörte (sie hatte die Versuche, sie im Fluss zu ertränken, kläglich überlebt; jedoch nur, um kurz darauf auf den Scheiterhaufen gebunden zu werden, nachdem ihre Peiniger meinten, sie der Hexerei überführt zu haben).

Und sogleich wurde sie in ihrer düsteren Vorahnung bestätigt.« Miss Rathbones Stimme senkte sich zu einem düsteren Gemurmel. »Die Fremden zogen ihre Kapuzen zurück und die junge Hexe sah, was sie verborgen hatten.«

Gaskell verkündete: »Sie hatten keine Gesichter.«

Miss Rathbone blickte nachdenklich in die Sonne und ließ die Stille ihren Teil zur Geschichte beitragen. Nachdem sie sie einen Moment lang hatte wirken lassen, fuhr sie fort: »Man sagt, dass es einen um den Verstand bringt, wenn man ein Wesen sieht, das kein Gesicht hat.«

»Wie meinen Sie das?«, fragte Jude.

»Sie hatten kein Gesicht, ganz einfach.«

Story sagte in bangem Ton: »Deswegen konnten sie nicht sprechen. Sie hatten keine Münder.«

Miss Rathbone nickte nur. »Der Hexe war es ein Rätsel, wie sie sich untereinander verständigten.«

»Wie viele waren es?«

»Unzählige«, sagte Gaskell. In seinem Gesicht stand Sorge.

»Hatten sie Augen?«

»Nein.«

»Wie konnten sie dann sehen?«

»Es gibt andere Sinne, von denen nicht einmal die Toten etwas wissen«, erwiderte Miss Rathbone geheimnisvoll.

»Was ist dann passiert?« Story konnte ihre Ungeduld nicht länger bezwingen.

»Sie sind über den Friedhof gekommen wie eine Krankheit.« Miss Rathbone ließ den Blick über die Gräber wandern, als befürchte sie, die Gesichtslosen könnten jeden Augenblick auf dem Highgate Cemetery auftauchen. »Die Geister«, fuhr sie fort, »die in Lud-on-Trent lebten, hatten keine Ahnung, mit wem sie es zu tun hatten. Einige wollten die Neuankömmlinge einfach nur begrüßen, doch ...« Sie stockte. »Doch mit einem Mal wurden erste Schreie laut.«

Jude wollte sich lieber nicht vorstellen, wie es sich anhörte, wenn Geister in Panik verfallen.

»Die Geister der Toten, die in jener Nacht noch still in ihren Gräbern ruhten, wurden vom Geschrei ihrer Freunde und Nachbarn geweckt und krochen ebenfalls aus ihren Heimstätten.«

Jude malte sich in Gedanken die beschriebene Szene aus und schauderte.

»Die Gesichtslosen wanderten auf dem Friedhof umher und hielten dabei die Laternen in die Höhe.«

Judes linke Hand ruhte auf der Grabplatte. Story rückte noch ein Stück näher zu ihm und legte ihre Hand auf seine. Er spürte, wie sie zitterte, und sah, dass die schmale Hand nicht in seine hineinsank. Sie berührte sie kaum, sondern lag ganz sacht auf ihr.

Jude wagte es nicht, sich zu bewegen.

Miss Rathbone, der die zarte Bewegung nicht entgangen war, fuhr unbeirrt fort: »Jeder Geist, den der Schein des Lichts, das Dunkelheit war, traf, wurde ein Teil davon.«

Die Geister konnten nur in kreischender Verzweiflung mit ansehen, wie sie sich einer nach dem anderen auflösten. Jude versuchte, sich den Vorgang vorzustellen, aber es gelang ihm nicht. Wohl sah er die Laternen vor seinem geistigen Auge, doch das Licht, das Dunkelheit war, bekam er nicht zu fassen.

»Sie wurden ins das Licht, das tief wie ein Abgrund war, hineingezogen. Panik brach auf dem Friedhof aus. Seine Bewohner hatten nicht die geringste Chance zu fliehen«, flüsterte Gaskell, der wie ein Habicht durch die dicken Brillengläser spähte. »Wie ihr wisst, muss jeder von uns in der Nähe seiner Überreste bleiben.«

Miss Rathbone nickte. »Die Gesichtslosen mit ihren Laternen gingen in aller Ruhe zwischen den Gräbern umher. Sie stiegen in die Gräber hinab, leuchteten alles mit ihren dunklen Laternen aus und jeder Geist, der sich in ihrem Schein verfing, verschwand darin.«

Story flüsterte: »Sie wurden in den Laternen gefangen.«

»Wie ist denn das möglich?«

»Es ist nur eine Geschichte, die seit langer Zeit erzählt wird.« Gaskell rückte sich die Brille zurecht und zog die Mundwinkel nach unten.

Doch Jude wusste, dass an den Geschichten, die seit langer Zeit erzählt werden, immer etwas dran war.

Miss Rathbone nahm den Faden der uralten Geschichte wieder auf. »Die Füchse glaubten, dass die junge Hexe den Verstand verloren habe. Nie zuvor hatte jemand von den Gesichtslosen berichtet.« Sie atmete tief durch, um dann leise hinzuzufügen: »Nicht in diesem Land jedenfalls.«

»Aber wie kann man sich denn sicher sein, dass es wirklich genau so passiert ist?«, fragte Story.

»Wir wissen es nicht«, betonte Miss Rathbone.

Und Gaskell sagte: »Jedenfalls ist Lud-on-Trent seitdem verflucht.«

Miss Rathbone fügte hinzu: »Bereits am nächsten Tag waren alle Geister fort. Kein einziger war mehr auf dem Friedhof.«

»Und die Hexe?«

»Sie hatte sich in ihrem Erdloch zusammengekauert und gewartet, bis alles vorüber war.«

Jude stellte sich vor, wie sie die Schreie der anderen vernahm, hilflos, ohne irgendetwas tun zu können.

»Ihr Grab hatten sie übersehen, weil es kein Grab zu sehen gab.«

Jude schauderte erneut. »Warum kam ihnen niemand zu Hilfe?«, fragte er.

Gaskell zuckte nervös mit dem Kopf. »Wer, glaubst du, hätte ihnen helfen sollen? Menschen hören die Schreie der Geister nicht. Und die Tiere? Die Tiere spürten eine ebenso abgrundtiefe Angst wie die Geister.«

»Mr Fosbrooke war in jener Nacht nicht auf dem Friedhof. Er war unterwegs.«

»Wo war er denn?«, erkundigte sich Jude.

»Manchmal«, entgegnete Miss Rathbone rätselhaft, »muss ein Fuchs füchsische Dinge tun.« Ihre Stimme bekam einen wehmütigen Klang. Doch dann fegte sie die Wehmut mit einer Handbewegung fort. »Etwas Unvorstellbares und nie Dagewesenes hatte sich in Staffordshire ereignet, etwas, was das Dorf am Fluss Trent all seiner Geister beraubte.«

»Was ist danach passiert?«, fragte Story, deren Hand noch immer auf der Judes ruhte.

Ein Räuspern. Es kam von Gaskell. »Das, was immer passiert, wenn die Geister der Toten nicht mehr da sind.« Gaskell sah aus wie eine Vogelscheuche; eine elegante Vogelscheuche allerdings.

Miss Rathbone ließ erneut den Blick über die Gräber schweifen. »Die Menschen von Lud-on-Trent wurden von seltsamen Träumen heimgesucht.« Sie seufzte. »Und sie hatten das zunehmend stärker werdende Gefühl, dass ihnen etwas fehlte. Etwas, auf das sie nicht verzichten konnten.« Sie sah Jude und Story ernst an. »Wisst ihr, die Geister der Toten sind viel mehr, als man zunächst sieht.« Ihre Stimme senkte sich zu einem geheimnisvollen Flüstern. »Sie sind Erinnerungen. Wenn sie nicht mehr da sind, fehlt den Menschen etwas ganz Wichtiges.«

»Spürt man das?«

Sie schüttelte den Kopf. »Man ist sich dessen nicht bewusst.« Sie blinzelte ins Sonnenlicht.

»Wenn die Geister der Toten verschwinden«, schaltete

Gaskell sich ein, »verändern sich die Menschen, die ihnen einmal nahe waren. Und die Dinge verändern sich. Ja, sie werden irgendwie . . . *falsch*. Man hat Pech anstatt Glück. Es passieren einem andauernd Missgeschicke. Man hat schlechte Träume, und wenn man durch die Straßen und Gassen seines Dorfes geht, erscheint einem plötzlich alles leer und farblos. Es ist nur ein unbestimmtes Gefühl. Ein Gefühl der Leere und des Verlustes.«

»Und die Menschen verwandeln sich«, fuhr Miss Rathbone fort. »Sie werden mürrisch. Sie bleiben in ihren Häusern, weil sie die Gesellschaft der anderen meiden, und werfen sich argwöhnische Blicke zu, weil sie insgeheim die Vermutung hegen, dass die anderen die Schuld an dem tragen, was sie bedrückt.«

»Und dann?« Storys Augen hingen an Miss Rathbones Lippen.

»Dann geschieht das, was auch in Lud-on-Trent passiert ist.« Die Füchsin betrachtete das Mädchen.

Und Gaskell warf ein: »Die Bewohner von Lud-on-Trent wurden *unheimlich*.«

»Niemand fühlte sich länger willkommen in diesem seltsamen Dorf, wo die Menschen über Nacht ganz anders geworden waren«, fuhr Miss Rathbone fort. »Weder Händler, Reisende, Gaukler noch anderes fahrendes Volk kamen mehr nach Lud-on-Trent. Schließlich zogen auch die Jungen fort aus diesem Ort.«

»Die Alten starben der Reihe nach und man setzte sie auf dem Friedhof bei.«

»Doch sie wurden keine guten Geister.« Miss Rathbone hob warnend den Finger. »Wenn Menschen an ihrem Leben, das sie eigentlich verabscheuen und hassen, festhalten und trotzdem sterben, werden sie zu bösen, misstrauischen Geistern.«

Jude schluckte.

»Kurz und gut, Lud-on-Trent wurde zu einem Geisterdorf«, brachte es Miss Rathbone auf den Punkt. »Na ja, im übertragenen Sinn.«

Und Jude versuchte, sich ein Dorf vorzustellen, wo sich niemand mehr in den Fenstern spiegelte, wo sich keine Stimme mehr erhob und nicht mehr gelacht wurde. Wo der eisige Wind die kargen Äste der Bäume wiegte und niemand sich mehr daran erfreute.

»Und die Gesichtslosen? Was ist mit ihnen?«, fragte Story.

»Sie wurden nie mehr gesehen.«

»Was haben sie mit den Geistern in den Laternen gemacht?« Die Worte schienen ihr nur schwer über die Lippen zu kommen.

Miss Rathbone zuckte die Achseln. »Niemand weiß, was mit den Geistern in den Laternen geschehen ist. Vielleicht ist es auch nur eine Geschichte, um uns zur Vorsicht gegenüber Fremden zu mahnen.«

»Und wenn es sie doch gibt, die Gesichtslosen?« Es war Story, die jene Frage stellte, die allen auf den Nägeln brannte. »Wenn Mr Monkford die Gesichtslosen wirklich gesehen hat, dann bedeutete das doch, dass . . .« Story zitterte. Langsam und behutsam löste sich ihre Hand von Judes Hand, um zur Grabplatte zu wandern und den grauen Stein zu berühren.

Miss Rathbone blickte schweigend zu einem der Bäume empor, dessen Äste sich im Herbstlicht sonnten.

»Was habe ich mit den Gesichtslosen zu tun?«, fragte das Mädchen bang.

Miss Rathbone zuckte die Achseln. »Das, mein Kind, ist die Frage, auf die wir eine Antwort finden müssen. Und zwar möglichst bald.«

Und das war der Moment, in dem Story zu weinen begann, ganz einfach weil sie die Tränen schon viel zu lange unterdrückt hatte.

Jude Finney hatte keinerlei Erfahrung darin, ein Mädchen, das weinte, in den Arm zu nehmen; und erst recht hatte er keine Erfahrung darin, ein weinendes Mädchen, das womöglich ein Geist war, zu trösten; und wenn er ganz ehrlich war, hatte er auch kaum Erfahrung darin, ein Mädchen, das *kein* Geist war, in den Arm zu nehmen. Bei den paar wenigen Gelegenheiten, bei denen er es gewagt hatte, war er sich recht linkisch und schüchtern vorgekommen. Und dennoch tat er jetzt im goldenen Licht dieses Herbsttages das, worin er kaum Erfahrung hatte. Er legte einen Arm um das Mädchen, das neben ihm saß, und obgleich sie ein Geist war – oder eine Art Zwischenwesen zwischen Mensch und Geist –, wich sie ihm nicht aus.

Jude berührte sie behutsam. Sie war da und ihre Gegenwart war wie ein Duft, den man kaum fassen konnte, zart und leicht und unwirklich. Für die Dauer eines köstlichen Augenblicks saßen sie so nebeneinander und sie ließ sich seine Umarmung bereitwillig gefallen.

Dann spürte Jude, wie das Mädchen das Schluchzen hinunterschluckte. »Lass das«, sagte sie plötzlich und entzog sich seinem Trost, indem sie ein Stück von ihm wegrutschte.

»Okay«, murmelte Jude schnell. Unschlüssig faltete er die Hände im Schoß, und als er sich dessen bewusst wurde und befand, dass diese Geste bescheuert aussah, stützte er sich mit beiden Händen auf dem Grabstein ab.

Der Moment war vorbei.

Story stand auf und ging einige Schritte auf dem Kiesweg entlang, bevor sie mit dem Rücken zu den anderen stehen blieb. Ein Windhauch streifte ihr Haar und ihr Körper wiegte sich im Takt einer Melodie, die nur sie hören konnte.

»Tut mir leid, ich . . .« Ihr Blick war auf eine Gruppe verwitterter Steinkreuze gerichtet, die im Schatten lag.

»Kein Problem«, sagte Jude und gab sich Mühe, locker und lässig zu klingen.

Story drehte sich zu ihm um. Tränen schimmerten in ihren Augen. »Ich weiß nicht einmal, wer ich bin, und . . .« Sie kam zurück, blieb vor ihm stehen. »Tut mir leid, ich bin völlig durcheinander.«

»Verständlich.«

Sie lächelte. »Danke jedenfalls«, sagte sie leise und sah

ihm in die Augen, so tief, dass er in den Seen, in denen sich die Sonne spiegelte, hinabsank bis auf den Grund.

Gaskell räusperte sich geräuschvoll. Er lehnte noch immer am Grabstein und fand offensichtlich Gefallen an Judes Verlegenheit.

»Es gibt da jemanden«, sagte Miss Rathbone unvermittelt, »der dir vielleicht helfen kann.«

Story starrte sie an. »Ach?«

»Jude müsste dich dorthin begleiten, denn ich kann es leider nicht tun.«

»Aber kann ich mich denn vom Friedhof entfernen?«

»Das, mein Kind, werden wir sehen, aber ich denke schon.« Miss Rathbones Augen verengten sich nachdenklich. »Du konntest bis zu meinem Haus gehen, also müsstest du dich vielleicht auch weiter entfernen können. Es kommt auf einen Versuch an. Die fragliche Person befindet sich nämlich nicht in der Nähe.« Sie sah Jude an. »Ihr solltet heute noch zu ihr fahren, am besten ihr nehmt die U-Bahn.«

»Das ist nicht dein Ernst?«, fragte Gaskell, mehr als nur leicht entrüstet. »Du willst sie doch nicht zur *Lieblosen* schicken?«

Miss Rathbone warf ihm einen strengen Blick zu, bevor sie leicht schnippisch entgegnete: »Hast du eine bessere Idee?«

Gaskell rückte sich die Brille zurecht. »Nein.«

»Bitte schön!«, sagte sie und an Jude und Story gewandt: »Sie heißt Lady Lovelace, Loreena Lovelace.«

107

»Loveless Lovelace«, warf Gaskell ein. »Die *Lieblose*.«

Klingt ja vielverheißend, dachte Jude. Ein Blick zu Story sagte ihm, dass sie das Gleiche dachte.

»Wer ist sie?«, erkundigte sich Story.

Miss Rathbone setzte sich auf ein breites Steinkreuz, ließ die Füße baumeln und erwiderte: »Sie ist eine Statue drüben im Abney Park Cemetery. Ja, eine Statue. Aus Stein. Nun ja, zumindest mit einem steinernen Herzen.«

Jude und Story sahen einander fragend an.

»Die Terra Incognita«, murmelte Gaskell und für Jude hörte sich das wie eine Warnung an. Im ersten Moment wusste er nicht genau, ob Gaskell den Friedhof oder die *Lieblose* meinte.

»Und warum sollen wir zu ihr gehen?«, fragte Story. »Ihr Name klingt nicht gerade nach jemandem, den man um Rat fragen möchte.«

»Ja«, stimmte Jude mit ihr überein, »sondern eher nach jemandem, um den man einen großen Bogen machen sollte.«

»Das Problem ist, dass ihr beide *ganz allein* zu ihr gehen müsst.« Gaskell seufzte. »Im Übrigen: Was wissen wir denn schon von der Lieblosen?«

»Dass sie denen hilft, die sich in einer ausweglosen Situation befinden.«

»Sagt wer?«

Miss Rathbone verdrehte die Augen. »Meine Güte, Quentin, du kennst die Geschichten.«

»Deswegen bin ich beunruhigt.«

108

»Aber«, gab Miss Rathbone zu bedenken, »sie weiß Dinge, die sonst niemand weiß.«

Gaskell stieß mit der Stiefelspitze in den Kies. »Mag sein.«

»Sie ist eine Art Orakel.«

Jude hob beide Arme und sagte laut: »Moment, Pause, Einspruch. Das alles klingt nicht sehr . . .«

». . . verlässlich«, ergänzte Story.

Beide nickten.

Und ausgerechnet Gaskell fragte: »Warum?«

Jude starrte ihn an. Das war wieder mal typisch für Gaskell! Immer musste er einen verunsichern. »Ist sie nun gefährlich oder nicht?«

»Kommt darauf an«, lautete Miss Rathbones Antwort.

Jude seufzte. »Worauf?«

»Darauf, ob die Geschichten wahr sind.« Gaskell zuckte wieder nervös mit dem Kopf hin und her.

»Die *Lieblose* mag keine Füchse«, sagte Miss Rathbone. »Das ist der Grund, weswegen ich euch nicht begleiten kann.«

Jude sah sie erstaunt an. Ach so!

Story fragte: »Was hat das mit Ihnen zu tun?«

Miss Rathbone lächelte gütig wie gegenüber einem begriffsstutzigen kleinen Kind.

»Ayelet *ist* eine Füchsin«, erklärte Gaskell.

»Wie bitte?«

»Ich bin eine *Kitsune*«, sagte Miss Rathbone, als sei dies etwas ganz Alltägliches. »Ich war eine Füchsin, die sich in eine Frau verwandeln konnte.« Sie zog ein Gesicht. »Und jetzt bin ich eine Frau, die sich leider nur noch selten in eine Füchsin verwandelt.« Das war der Teil der Geschichte, den auch Jude noch nicht kannte.

»Deshalb nennt man Sie *die Füchsin?*« Story konnte sich ein Lächeln nicht verkneifen.

»Ja.«

»Ich dachte, das kommt daher, weil Sie so gewitzt sind.«

Miss Rathbone strich sich theatralisch eine Strähne ihres fuchsfarbenen Haars aus der Stirn. »Oh ja, das *bin* ich durchaus.«

»Was ich bestätigen kann«, Gaskell nickte anerkennend.

»Wie auch immer, jedenfalls bin ich eine Kitsune.«

»Sie behütet diesen Friedhof«, erklärte er Story.

»Denn das ist es, was die Kitsune tun«, ergänzte Miss Rathbone. »Auf jedem Friedhof gibt es Füchse, die nach dem Rechten sehen. Und es gibt auf jedem Friedhof eine Kitsune. Einen guten Fuchs, der sich um alles kümmert.«

»So eine ist sie«, sagte Gaskell.

»Tja.«

»Du bist magisch.«

Miss Rathbone lächelte geschmeichelt.

Gaskell sagte: »Manche Füchse erlangen die Fähigkeit, menschliche Gestalt anzunehmen, wenn sie ein gewisses Alter erreicht haben.«

»Wie alt sind Sie denn?«, fragte Story neugierig.

Die Füchsin hob gespielt tadelnd den Finger. »Frag eine Dame niemals nach ihrem Alter. Ich bin zwar älter, als du denkst, sehe jedoch jünger aus, als ich bin. Hoffe ich.« Sie grinste breit und das füchsische Wesen gewann kurz die Oberhand. Wenn man wusste, dass sie eine Kitsune war, konnte man es klar und deutlich sehen. An ihren Haaren, den schmalen Augen, dem Mund, jeder verborgenen Regung und noch so kleinen Geste.

»Aber was ist denn nun mit der *Lieblosen?*«, fragte Jude, der wieder von dieser dumpfen Ungeduld erfasst war.

Miss Rathbone schlug die Beine übereinander. »Vor langer, langer Zeit verliebte sich Lady Lovelace in einen Kitsune.«

Story lauschte ihren Worten wie gebannt und Jude fragte sich, ob sie in ihrem vergessenen Leben ebenso wie er gute Geschichten und Bücher gemocht hatte.

»Sie begegnete dem Mann, der ihr Herz eroberte, auf einer der Gesellschaften im viktorianischen London und verliebte sich augenblicklich in den fremden Gentleman. Von da an traf sie ihn immer wieder, doch nur kurz, und nie gewährte er ihr tiefere Einblicke in sein Leben, während sie sehnsüchtig dieser Begegnungen harrte.« Miss Rathbone verfügte über die Gabe, mit ihrer Stimme das gaslichterhellte London von damals einzufangen. Mühelos zauberte sie elegante Männer mit Zylindern und feine Damen in erlesenen Gewändern vor das geistige Auge ihres Publikums. »Er führte sie in den Kensington Park aus, gemeinsam besuchten sie den Kristallpalast.« Sie machte eine Pause, sah in die Gesichter ihrer Zuhörer. »Doch nach jedem dieser Treffen verschwand er in ein Leben, das Lady

111

Lovelace verborgen blieb.« Miss Rathbone zwinkerte Jude zu. »Die Lady indes war, wie die meisten Frauen, gewitzt.«

»Hört, hört!«, warf Gaskell ein.

»Eines Nachts«, fuhr Miss Rathbone unbeeindruckt fort, »folgte sie ihm durch die Straßen, weil sie wissen wollte, wo er lebte. Sie wollte in Erfahrung bringen, was jeder Frau schlaflose Nächte bereitet — ob er es ernst mit ihr meinte.« Miss Rathbones Stimme bekam einen nachtfarbenen Klang. »Und so folgte sie ihm bis zum Friedhof. Er schritt einfach durch das Tor und entschwand in den Schatten.«

Storys Augen leuchteten, längst dem Zauber der Geschichte erlegen. Oh ja, dachte Jude, sie mag gute Geschichten.

»Und so streifte Lady Lovelace über den Friedhof, um ihn zu suchen.«

»Den Abney Park Cemetery!«, gab Gaskell unheilvoll zu bedenken.

Story, die offenbar auch wusste, wie man Geschichten erzählte, flüsterte: »Und schließlich fand sie ihn.«

Miss Rathbone lächelte. »Er saß im Mondlicht in seiner Menschengestalt auf einem Grabstein. Lady Lovelace ging zu ihm und gab sich ihm zu erkennen. Und da stellte sie ihm die einzige entscheidende Frage.«

»Und er gestand ihr, wer er wirklich war?«

»Ja.«

Story nickte zufrieden und gleichzeitig bang, denn sie ahnte, dass die raue Stimme der Füchsin die Geschichte genau hier und jetzt in eine andere Richtung lenken würde.

»Dann aber«, fuhr Miss Rathbone prompt fort, »geschah das, was das Schicksal für beide bereitgehalten hatte.«

Etwas Schlimmes – Jude hatte es geahnt.

»Ein trauriger Steinengel hatte sich den beiden unbemerkt genähert.«

»Und der Kitsune?«

»Lady Lovelace hatte noch nie zuvor einen Steinengel erblickt. Jedenfalls keinen, der sich bewegt. Der Kitsune jedoch wusste, wie gefährlich diese Kreaturen waren.«

Story kaute aufgeregt auf ihrer Lippe. »Er hat sie im Stich gelassen.«

Miss Rathbone nickte.

»Der traurige Steinengel näherte sich ihnen und der Kitsune ergriff Hals über Kopf die Flucht.«

»Der Schuft«, flüsterte Story.

»Lady Lovelace sah den vermeintlichen Gentleman, dem sie ihr junges Herz geschenkt hatte, in seiner Fuchsgestalt im dichten Unterholz verschwinden. Er überließ sie ihrem Schicksal.«

Jude hatte noch nie einen traurigen Steinengel gesehen, aber er konnte sich gut vorstellen, wie grausam der Anblick einer solchen Kreatur sein musste. Bisher hatte er nur Geschichten über sie gehört, in manchen Nächten sollten sie auch hier in Highgate anzutreffen sein. Doch bisher war ihm eine Begegnung erspart geblieben.

»Die bittere Verzweiflung verwandelte ihre Liebe in

113

Hass.« Miss Rathbone machte eine dramaturgische Pause. »Doch genau deshalb ließ der traurige Steinengel von ihr ab. Aber ihr Leben war von nun an kein Leben mehr. Denn Liebe, die zu Hass wird, ist wie bitter gewordener Wein.« Die Füchsinnenaugen glänzten matt. »Ein Rest des müden Lebens, das nunmehr bitterer Hass war, lebte in der Lady fort. Und so wurde sie zu einem Wesen, halb Steinengel und halb Mensch, nicht wirklich lebendig und doch nicht tot. Sie wurde zu grauem kaltem Stein, der mit Leben erfüllt war.«

»Die *Lieblose* war geboren worden«, brachte es Gaskell auf den Punkt.

»Die Arme«, entfuhr es Story.

Gaskell kommentierte: »Es gibt wahrlich nichts Schlimmeres als eine Frau, deren Liebe sich in Hass verwandelt.«

Miss Rathbone widersprach ihm nicht. »Die *Lieblose* beanspruchte fortan die Herrschaft über den Friedhof für sich. Abney Park Cemetery wurde ihr Reich. Es dauerte nicht lange und sie ließ alle Füchse vom Friedhof vertreiben. Nie wollte sie mehr mit Wesen zu tun haben, die so wankelmütig, gewissenlos und feige waren. Mithilfe der traurigen Steinengel sorgte sie dafür, dass sich keine Füchse mehr auf ihrem Friedhof blicken ließen.« Sie zog eine Grimasse. »Auch der feige Kitsune kehrte nie mehr dorthin zurück.«

»Was ist aus ihm geworden?«

»Das weiß niemand.«

»Und Lady Lovelace?«

»Es gibt sie nicht mehr. Sie war fortan die *Lieblose*. Sie lebt noch immer auf dem Abney Park Cemetery«, sagte Gaskell. »Sie ist weise, behauptet man.«

»*Man?*«

»Die Leute.«

»Sie gehört beiden Welten an«, sagte Miss Rathbone, »und sie hat über all die Jahre hinweg Kenntnisse in das tiefe Wesen der Dinge erlangt, die über jene hinausgehen, die Geister und Menschen und Kitsune besitzen.«

»Sagt man zumindest«, warf Gaskell ein.

»Sie ist ein Orakel«, verkündete Miss Rathbone gelassen. »Aber«, und damit kam sie nochmals auf das eigentliche Problem zu sprechen, »sie hasst alle Kitsune.«

»Deshalb können Sie uns nicht begleiten«, sagte Jude.

»Vielleicht wird sie euch helfen.«

»Viele Geister fragen sie um Rat . . . sagt man.«

Verdammt viel *sagt man*, dachte Jude besorgt. »Aber wenn die Geister ihren Friedhof nicht verlassen können, wie können Sie dann überhaupt wissen, was dort vor sich geht?«

»Das ist der springende Punkt«, verkündete Gaskell, der sich offenbar in der Rolle des Skeptikers gefiel. »Eigentlich weiß es niemand. *Man* sagt es. Die Leute, du weißt schon.«

»Es ist so: Die Geister der verschiedenen Friedhöfe stehen miteinander in Kontakt«, sagte die Füchsin. »Sie erfahren, was sich auf den anderen Friedhöfen so tut, durch die Kitsune der Glorreichen Sieben, die sich einmal im Monat treffen.«

»Die Glorreichen Sieben sind die großen alten Friedhöfe Londons«, erklärte Jude dem Mädchen.

Story nickte.

»Und weil der Abney Park Cemetery keine Kitsune hat«, erklärte Gaskell, »ist er eine Terra Incognita.«

Jude ging das vage Gerede seiner Freunde allmählich auf die Nerven. Er wollte endlich etwas tun, statt länger untätig hier rumzusitzen. »Das heißt, Sie wissen nicht, ob sie nicht vielleicht doch gefährlich sein könnte. Was, wenn sie uns etwas antut?«

»Warum sollte sie euch etwas tun? Ihr seid nur zwei Fremde, die sie um Rat ersuchen.«

»Und was sollen wir sie fragen?«

»Fragt sie nach dem, was Story zugestoßen ist. Vielleicht hat sie ja von den Gesichtslosen gehört. Vielleicht kann sie euch sagen, was ihr als Nächstes tun sollt.«

Jude war noch immer nicht begeistert von der Idee der Füchsin. »Und was werden Sie inzwischen tun?«

»Ich werde mich derweil auf den Weg machen und versuchen, etwas bezüglich des Silver Wraith in Erfahrung zu bringen.« Sie zwinkerte Jude und Story zu. »Ich habe da so meine Kontakte«, wisperte sie geheimnisvoll und mehr war nicht aus ihr herauszubringen.

Einige Momente lang ließen sie die Stille da, wo sie im Sonnenlicht funkelte; schweigend hegte jeder seine Befürchtungen.

Die Gedanken waren ebenso vom Herbst durchdrungen wie die Luft. Der Highgate Cemetery lag ruhig und abwartend vor ihnen. Als ein leiser Wind die bunten Blätter über die grauen Grabplatten wehte, fasste sich Jude ein Herz. Er ergriff Storys Hand und machte sich mit ihr auf den Weg. Einer neuen seltsamen Geschichte mit ungewissem Ausgang entgegen.

4.
Abney Park

Herbsttage können, wie das Leben selbst, hin und wieder unberechenbar sein; und selten war ein Herbsttag so unberechenbar und voller Unwägbarkeiten wie dieser. Die Sonne gaukelte mit ihrem Licht Zauber in die Straßen und über die alten Häuser von Highgate. Ein sandfarbener Schimmer, der trügerischer wohl kaum hätte sein können.

Jude fühlte eine ungekannte Unruhe in sich; wie jemand, der sich gerade mitten in einem Abenteuer befindet, dessen Ausgang völlig im Ungewissen liegt.

»Woran denkst du?«, wollte seine Begleiterin wissen.

»An nichts Besonderes.« Das Ergebnis des blöden Tests, den Mr Ackroyd bestimmt längst korrigiert hatte; die anderen Schüler, die gerade Dinge taten, die man normalerweise tut, wenn man ein Teenager ist; an seinen Vater, der in irgendeinem Tümpel irgendwelche Gewässeruntersuchungen anstellte und sich bestimmt keine Gedanken um seinen Sohn machte; an den gähnend leeren Kühlschrank, den Jude unbedingt noch auffüllen musste, bevor sein Vater nach Hause kam; an die Hausaufgaben, die er nicht gemacht hatte.

»Sag schon.«

Er sagte es ihr. »Klingt verrückt, was?!«

»Klingt nach einem normalen Leben.« Sie seufzte schwer. »Ich wäre froh, wenn ich mich an die Schule erinnern könnte. Überhaupt an irgendwas.«

Sie verließen den Friedhof, überquerten die Swains Lane, die das schräg einfallende Sonnenlicht in lange Schatten tauchte, und gingen durch den fast verlassenen Waterlow Park. Sie passierten den hässlichen Funkmasten und die Tennisplätze und folgten einem Pfad, der zwischen hohen Kastanienbäumen und Eichen bis zur Highgate High Street führte.

»Glaubst du, dass ich mich frei bewegen kann?«, fragte Story bekümmert. Sie hatte Angst, das konnte Jude sehen, aber sie gab sich Mühe, es sich nicht anmerken zu lassen.

»Ja«, erwiderte Jude, aber das war gelogen, oder besser gesagt war es ein Versprechen, ihr zuliebe daran zu glauben, dass sich die Dinge doch noch zum Guten wenden würden. »Keine Angst, du schaffst es, Story. Ich helfe dir. Es wird dir bestimmt nichts zustoßen.«

»Bist du sicher?« Behutsam setzte sie einen Fuß vor den anderen.

»Ja.« Man konnte sich an die Lügen gewöhnen. »Ja, ich bin mir sicher.«

Miss Rathbone jedenfalls war sich ihrer Sache sicher gewesen; also hatte Jude beschlossen, sich ebenso sicher zu sein. Doch leider war die Füchsin jetzt nicht bei ihnen, sie war auf dem Friedhof geblieben. Gemeinsam mit Gaskell wollte sie weitere Zeugen finden, die gesehen hatten, was in der Nacht von Storys Auftauchen auf dem Highgate Cemetery passiert war. Die Sache mit den Gesichtslosen hatte sie offensichtlich stärker beunruhigt, als sie es sich anmerken lassen wollten.

Denn das war tatsächlich beunruhigend. Wenn wirklich die Gesichtslosen hinter Storys Geschichte steckten – Jude wollte gar nicht darüber nachdenken, was das für Highgate bedeuten würde. »Alles okay?«, fragte Jude, um Story aufzumuntern und sich von seinen eigenen trüben Gedanken abzulenken.

Doch Story, die im Moment immun gegen jeden Aufmunterungsversuch zu sein schien, sagte zwar Ja, aber Jude spürte, wie angespannt sie bei jedem Schritt war. Wie lange würde sie noch einen Fuß vor den anderen setzen können? Die Frage stand ihr ins Gesicht geschrieben.

Keiner von ihnen wusste, wie genau sich das anfühlen würde. Wenn sie plötzlich am Weitergehen gehindert würde.

»Was ist, wenn ich es nicht kann?«

»Keine Sorge, du kannst es.«

»Löse ich mich dann in Luft auf?«

»Du bist bei Miss Rathbone zu Hause gewesen und es ist nichts passiert.«

»Das war nur auf der anderen Straßenseite, nicht weit vom Friedhof entfernt.«

»Trotzdem.«

»Wird es wehtun?«

»Nein, bestimmt nicht!« Er legte so viel Zuversicht wie möglich in diese Worte.

Story indes bereitete jeder Schritt Mühe, sie konnte nicht vorsichtig genug sein. »Ich habe das Gefühl, dass jeder Schritt mein letzter sein könnte«, flüsterte sie.

Als sie schließlich auf Höhe des alten Lauderdale House & Café die Highgate High Street betraten, hatten sich ihre Befürchtungen immer noch nicht gelegt, als könnte sie es selbst nicht glauben, ohne Schwierigkeiten bis hierher gelangt zu sein.

»Siehst du, jetzt sind wir schon ein gutes Stück vom Friedhof entfernt.«

»Ja, vielleicht hast du recht.« Sie gestattete sich ein zaghaftes Lächeln.

»Klar habe ich recht.« Jude wirkte zufrieden.

Der dichte Verkehr auf der Highgate High Street brachte ihn in das wirkliche Leben zurück. In die Welt jenseits des alten Friedhofs, wo die Menschen hektisch auf den Gehwegen entlangeilten, wo Lieferwagen parkten und Männer in braunen Latzhosen Kisten und Pakete entluden und in die Läden schleppten, wo stinknormale Teenager lässig und mit teilnahmslosen oder herausfordernden Blicken, manche mit Kippen in den Mundwinkeln, an den Ecken herumlungerten. Hier war die Welt so verdammt gewöhnlich wie ein kitschiges Gemälde mit grellen Farben, das sich in einer Galerie verstecken musste, um nicht ausgelacht zu werden.

121

Sie kamen am Whittington Stone, einem alten Pub, vorbei und folgten der Straße bis zur Archway Station. Dort nahmen sie die Rolltreppe hinab in die Tiefe, von wo ihnen stickige, trockene Luft und der schwere Geruch nach Schmieröl und Düsternis entgegenschlug. Jude mochte die U-Bahn nicht besonders. Sie war eng und überfüllt und die Röhren, in denen die Züge fuhren, kamen ihm immer vor wie Särge, nur länger und lebloser.

»Geht doch«, sagte Jude, als sie auf dem Bahnsteig warteten.

»Tja.« Story grinste, und wie immer, wenn sie das tat, erhellte sich ihr Gesicht, als sei sie ein anderer Mensch.

In selben Augenblick bemerkte Jude, dass ihn die Umstehenden mit argwöhnischen Blicken bedachten.

Mit einem Mal war er sich der mürrischen Gesichter von langweiligen Pendlern und Gestalten bewusst, auf die man üblicherweise in der U-Bahn traf. Normalerweise beachteten sie einen nicht, doch heute beäugten sie ihn misstrauisch. Mütter mit Kindern sahen ihn an und ihre Blicke schienen den Kindern zuzuflüstern: *Schau bloß nicht zu ihm hin, sonst kommt er uns hinterher.* Jude kannte Blicke wie diese. Sie waren ähnlich denen, die Passanten den armen Pennern zuwarfen, die in den U-Bahnhöfen auf alten Tageszeitungen hockten. Oder denen, mit denen manche Mädchen auf dem Schulhof die Jungs bedachten, die noch viel mausgrauer waren als Jude. Ja, er kannte diese besorgt herablassenden Blicke, aber er konnte sich nicht erklären, warum sie jetzt ausgerechnet *ihn* so anstarrten.

»Sie schauen dich so an«, sagte Story und gab ihm damit die Antwort auf seine unausgesprochene Frage, »weil du mit dir selbst quasselst.«

Einen Moment lang wusste er gar nicht, was sie meinte, so natürlich war ihm ihre Gegenwart geworden.

»Keiner von denen kann mich sehen«, erklärte Story. Sie lachte laut auf und fuchtelte mit der flachen Hand vor dem Gesicht des Mannes herum, der neben ihr stand. Er zeigte keine Reaktion. Nur sein Mundwinkel zuckte unruhig, als habe er etwas gespürt, das er nicht zu deuten vermochte.

Verdammt! »Du hast recht.«

Jude gestattete sich ein Lächeln.

Er musste ein ziemlich seltsames Bild abgeben. Ein schlaksiger Junge, der so angeregt mit jemandem sprach, der nicht da war. Die Leute konnten nur Jude hören, nicht aber Story. Sie waren Zeugen eines einseitig geführten Gesprächs. Nun ja, dies war London, eine Großstadt, deren Straßen neben normal wirkenden Menschen auch von zahlreichen Verrückten und seltsamen Freaks bevölkert wurden. Die Leute waren an Gestalten gewöhnt, die Selbstgespräche führten oder laut vor sich hin sangen. Bald wandten die Umstehenden ihre Aufmerksamkeit anderen Dingen zu und der merkwürdige Junge war bereits wieder vergessen.

Der Zug kam und Jude und Story stiegen ein. Die Menschen wichen dem Mädchen aus, schienen Story instinktiv Platz zu machen.

»Ich bin noch nie mit einem Geist in der Stadt unterwegs gewesen«, sagte Jude neckend zu seiner Begleiterin.

»Bist du auch nicht. Schließlich bin ich kein richtiger Geist. Schon vergessen?«

»Nein, natürlich nicht.«

Jude betrachtete Story. Hier, mitten in der City, sah sie für ihn genauso wirklich wie die anderen Menschen aus. Wie ein hübsches Mädchen, das er in der Schule niemals angesprochen hätte, weil es bereits von genügend anderen Jungen umringt wurde.

»Die Menschen sind schon seltsam«, bemerkte Story.

»Keiner von denen hier weiß, dass es Geister gibt.« Sie sah ihn an. »Nur für dich sind sie real.«

»Verrückt, was?!«

Eine Frau mit einem grünen Hut, die neben Jude stand, zuckte zusammen.

»Ich habe nicht Sie gemeint«, sagte Jude höflich.

»Mit wem sprichst du?«, fragte die Frau und blinzelte verwirrt.

»Mit Harvey«, antwortete Jude.

»Harvey?«, fragte Story neugierig.

Die Frau sagte nichts.

»Ein riesiger weißer, unsichtbarer Hase«, erklärte er seiner Begleiterin.

Als er sich wieder der Frau zuwandte, hatte diese sich von dem merkwürdigen Jungen weggedreht und sah geflissentlich in eine andere Richtung.

Story kicherte. »Harvey!«

124

»Ja, du kennst ihn?«

»Ich . . . äh, ja. Aus dem Film.« Abrupt hielt sie inne. »Nein«, murmelte sie verwirrt, dann wieder: »Doch.« Sie atmete tief durch. »Das ist ziemlich schräg, weißt du?! Ich kann mich irgendwie an diesen Hasen erinnern. An den Film. Ich habe ihn gesehen, aber . . .«

»Vielleicht kehren deine Erinnerungen langsam zurück?«

»Nein.« Enttäuscht schüttelte sie den Kopf. »Es war nur . . . ach, nichts.«

»Glaub mir, irgendwann wirst du dich wieder erinnern können.«

»Du bist ein Optimist.«

»Du nicht?«

»Nein.«

Die Frau mit dem grünen Hut hatte sich währenddessen zum Ende des Waggons vorgearbeitet und warf dem Selbstgespräche führenden Jungen von hier aus besorgte Blicke zu. Ihr linkes Auge zuckte nervös.

»Wenn du ihr jetzt nachgehst«, sagte Story, »haut sie bestimmt ab.«

»Meinst du?«

»Willst du es ausprobieren?«

»Besser nicht.«

Der Zug fuhr schaukelnd durch den Tunnel. Draußen schossen rote Lichter vorbei. Die Menschen wankten im Rhythmus des Zuges.

»Kannst du die Geister von den Lebenden unterscheiden?«, wollte Story mit einem Mal wissen.

125

»Wenn ich sie sehe?«

Sie nickte, deutete mit einer umfassenden Handbewegung zu den anderen Passagieren. »Ja, kannst du mir sagen, wer von denen lebendig ist und wer tot?«

Jude sah sie an und sagte bestimmt: *»Du* bist jedenfalls lebendig.«

Story schluckte. »Bist du dir sicher?«

Er schaute sich um. Betrachtete all die geschäftigen Menschen, die Tag für Tag ihre Rollen spielten und mit griesgrämigen Mienen die Strecke zwischen Wohnung und Arbeitsplatz bewältigten. Jeden Tag taten sie ein und dasselbe. Abgestumpft von der Mühsal ihres Lebens, erfreuten sie sich nicht mehr an gewöhnlichen Dingen: einem Tropfen Tau, der sich frühmorgens in einem Spinnennetz verfängt; an dem Licht, das im Frühling in den Pfützen glitzert, bevor die Stadt richtig erwacht; an den Liedern, die in den Straßen von jungen Musikanten gesungen werden.

»Du bist lebendiger als diese Menschen hier«, sagte Jude. Er ignorierte die Blicke, die ebendiese Menschen ihm zuwarfen. Sollten sie ihn doch für bekloppt halten, was machte das für einen Unterschied?

Story lächelte leise vor sich hin.

»Fühlst du dich wie ein Geist?«, fragte Jude.

Der Mann, der hinter Jude stand, drehte den Kopf zur Seite, als hätte er nichts gehört.

»Wie soll sich ein Geist denn fühlen?«, lautete Storys Gegenfrage.

»Weiß nicht.«

»Ich weiß es auch nicht.«

Die Leute, die um Jude und Story herumstanden, wichen unauffällig und so weit es ging vor ihnen zurück.

»Gaskell ist meistens guter Laune«, sagte Jude unbeirrt. »Und die anderen auch.« In der Tat kannte Jude fast nur gut gelaunte Geister, obwohl es auch unter ihnen griesgrämige Gesellen wie Mr Monkford gab. Aber die mieden meist die Gesellschaft der anderen.

Story stimmte ihm zu. »Ja, sie sahen nicht so aus, als wären sie traurig über ihr Geisterdasein.«

»Das Leben ist nicht vorbei, wenn man ein Geist ist.«

»Glaubst du das?«

Er nickte.

Die meisten Fahrgäste schienen nunmehr beschlossen zu haben, ihn wie Luft zu behandeln. Abstand haltend standen sie mit niedergeschlagenen Blicken da und schielten nur aus den Augenwinkeln verstohlen zu ihm herüber.

»Wie fühlst du dich?«, fragte Jude.

»Supercalifragilistischexpialigetisch!«

Jude wusste genau, was Story meinte. »Du kennst den Film?«

Sie zog die Stirn kraus. »Ja«, sagte sie, »ich kann mich daran erinnern.«

»Wie an Harvey den Hasen.«

»Komisch, was?!«

»An was kannst du dich sonst noch erinnern?«

Story zuckte die Achseln. »An Geschichten, die mir jemand vorgelesen hat. Ja, daran erinnere ich mich. Aber wer das war, weiß ich nicht.« Sie biss sich auf die Lippe. »Ich weiß nicht, wo sich das Zimmer befindet, in dem ich die Geschichten gehört habe.« Müde rieb sie sich die Augen. »Ich kann mich nicht einmal an den Klang der Stimme erinnern, die mir die Geschichten erzählt hat.«

»Du magst Geschichten.«

Sie starrte ihn an, als habe er ihr Geheimnis erkannt. »Weiß nicht, vielleicht; ja, kann sein. Wie kommst du drauf?«

Die nächste Station wurde angezeigt.

»Ich habe es an der Art gemerkt, wie du Miss Rathbone zugehört hast.«

Nachdenklich betrachtete sie das dunkle Waggonfenster und sagte: »Es ist seltsam, wenn man sein Spiegelbild nicht sehen kann.«

»Ist es schlimm?«

Sie schüttelte den Kopf. »Nicht schlimm, nur seltsam.« Sie neigte den Kopf zur Seite. »Dabei weiß ich nicht einmal, ob ich mich normalerweise gern im Spiegel anschaue.«

Er zuckte die Achseln. »Das hast du gar nicht nötig.«

Sie errötete. Tatsächlich!

»Wie sieht meine Frisur aus?«

»Hübsch.«

Sie zog ein Gesicht. »Das ist eine typische Jungenantwort.«

»Ich bin ein typischer Junge.«

»Nein, bist du nicht.«

»Ach?«

»Sag mir, Jude, sehe ich eitel aus?«

Die Frage überraschte ihn. »Ich weiß nicht, nein, eher nicht.«

»Sehe ich seltsam aus?«

»Nein, es ist nur . . .«

»Was?«

»Du siehst irgendwie anders aus als die Mädchen in meiner Schule.«

»Wie sehen denn die Mädchen in deiner Schule aus?«

»Sie sind eingebildet. Na ja, nicht alle, aber viele.«

»Ich sehe also nicht eingebildet aus.«

»Nein.«

»Sondern?«

»Du siehst aus wie jemand, dem das Leben Spaß macht.«

Sie musste lachen. »Dabei bin ich doch ein Geist.«

»Kein richtiger!«, beeilte er sich zu sagen.

Sie wurde wieder ernst.

»Du siehst aus wie ein Mädchen, das weiß, was das Leben bedeutet.«

»Wie meinst du das?«

»Genau so.«

Sie hatten St. Pancras erreicht, der Zug hielt an. Jude und Story ließen sich von der Menschenmenge nach draußen treiben. Sie gingen über den Bahnsteig, dann eine Treppe hinauf und wieder eine hinab und stiegen in die

Piccadilly-Linie, die sie bis nach Manor House bringen würde.

Der Zug in dieser Richtung war fast noch voller als der vorherige. Abermals stellte Jude fest, dass die Menschen Story auswichen, gerade so, als könnten sie ihre Gegenwart spüren. Instinktiv änderten sie die Richtung, sodass Story mühelos ihren Weg fortsetzen konnte.

»Jude Finney«, sagte sie, als sie wieder in einem Waggon standen, »du bist ein seltsamer Junge.«

»Die Geister in Highgate sind netter als die Menschen. Sie wissen wenigstens zu leben, auch wenn sie schon tot sind.«

»Du magst sie.«

»Ich fühle mich dort daheim. Ja, keine Ahnung, warum, aber es ist so.« Er dachte an seinen Vater, der am nächsten Tag wieder nach Hause kommen würde. Und wie sich das Leben zu Hause dann wieder verändern würde. Die Wohnung würde sich kleiner anfühlen und sein Zimmer wie ein Gefängnis. Jude wusste nicht, woran das lag, es war einfach so. Er hatte in der Gegenwart seines Vaters oft das Gefühl, ihm fehle die Luft zum Atmen, und dieses Gefühl hatte den Klang des Fernsehers, vor dem George Finney bereits um neun Uhr abends fest eingeschlafen war.

»Du denkst wieder an Dinge, die dich bedrücken?«

Er nickte. »An mein gewöhnliches Leben«, sagte er.

»Immerhin weißt du, wer du bist«, sagte Story. »Das ist doch toll. Ich würde gerne wissen, wer ich bin.«

»Du bist Story«, sagte Jude.

»Aber das ist nicht mein richtiger Name. Er klingt schön, wie ein Lied, das ein Fremder für mich geschrieben hat. Aber es ist nicht mein Name. Ich bin nicht Story, das weißt du. Ich will wissen, wer ich wirklich bin.«

Er nickte. »Wir werden es herausfinden«, versprach er.

»Glaubst du?«

»Miss Rathbone und Gaskell werden uns helfen.«

»Sie sind sehr nett, alle beide.«

»Ja.« Wenn man sich erst einmal daran gewöhnt hatte, war es ganz einfach, die argwöhnischen Blicke der anderen Fahrgäste zu ignorieren.

»Was sagt dein Vater dazu, wenn du bei Miss Rathbone herumhängst?«

»Ich bin seit einiger Zeit Mitglied in der Vorlesegruppe meiner Schule. Das sind Schüler, die in ihrer Freizeit älteren Menschen aus Büchern vorlesen.«

»Echt?«

»Allerdings muss ich zugeben, dass ich ihr erst beigetreten bin, als ich einen Grund brauchte, um Miss Rathbone zu besuchen.«

»Du liest ihr vor?«

Er schüttelte den Kopf. »Nein, aber sie hat sich in der Schule gemeldet, dass sie gern Besuch von einem Schüler hätte, der ihr vorliest. Und so kann ich jederzeit zu ihr gehen, ohne dass es jemandem auffällt. Offiziell erledige ich auch die Einkäufe für sie.«

»Dein Vater glaubt, dass du ein engagierter Junge bist, der alten Leuten Bücher vorliest?«

Er nickte. »Was ist falsch daran?«

»Du bist ja richtig raffiniert.«

»Hätte ich ihm vielleicht die Wahrheit sagen sollen? Dass ich die ganze Zeit auf dem Highgate Cemetery bin und mich mit den Geistern von Toten treffe?«

»Vielleicht.« Storys Augen blitzten schelmisch auf. »Wir sind da.«

Der Zug lief in die U-Bahn-Station Manor House ein. Als sie wieder an die frische Luft und in das Tageslicht emportauchten, atmete Jude erleichtert ein, froh, den stickigen Schächten der Londoner U-Bahn entkommen zu sein. Von hier aus waren es noch zwei Kilometer, die sie zu Fuß gehen mussten.

Es herrschte hektischer Feierabendverkehr: Die Straßen waren vollgestopft mit Autos, in denen schlecht gelaunte Fahrer saßen. Viele von ihnen gestikulierten wütend mit den Händen, ihre Gesichter zu ungeduldigen oder zornigen Grimassen erstarrt. Auch auf dem Gehweg wichen die Passanten Story aus. Sie schienen ihre Gegenwart zu spüren wie eine Ahnung, die einen flüchtig streift und im Oktoberwind verweht.

Jude sah Story von der Seite an. Wieder wunderte er sich, wie lebendig sie aussah. Nie und nimmer hätte er sie für einen Geist gehalten – oder was immer sie auch war.

»Du spielst Gitarre?«, fragte sie unvermittelt.

Er warf ihr einen überraschten Blick zu.

»Auf der Party gestern hattest du eine Gitarre dabei.«

»Ach so, ja. Aber ich spiele nicht besonders gut.«

»Was spielst du so?«

»Alles Mögliche.«

»Ich mag Fran Healey«, sagte Story.

»Du erinnerst dich an die Musik, die du gehört hast?«

»Ja, aber das ist mir gerade einfach so eingefallen, ich weiß auch nicht, warum.«

Jude schaute nachdenklich geradeaus. Die Stoke Newington's Church Street war gesäumt von modischen Cafés, Boutiquen und Marktständen, es ging laut und geschäftig zu. Eine Straße, in der das normale Leben greifbar war. Keiner hier ahnte, dass es Geister gab. Die Menschen konnten nur sehen, was sie sehen wollten. Manchmal hätte Jude am liebsten laut losgelacht bei dem Gedanken daran, was sie nicht sahen.

Er wandte sich wieder Story zu. Wie gern hätte er ihr ihre Erinnerungen zurückgeben.

»Erinnerst du dich noch an andere Dinge?« Vielleicht tauchten weitere Gedankenfetzen auf, wenn sie gezielt darüber nachdachte. »Wo gehst du hin, wenn du nicht in der Schule bist? Magst du bestimmte Kneipen oder Klubs?«

Doch da war nur das stumme Haselnussbraun ihrer Augen, die verzweifelt nach den Bildern eines Lebens suchten, das einfach so verschwunden zu sein schien.

»Glaubst du, sie kann mir helfen?«, fragte sie nach einer Weile, als sie in der Ferne schon die Friedhofsmauern ausmachen konnten.

»Die *Lieblose*.« Dieser Name bereitete ihm Unbehagen.

133

Er wusste selbst nicht, ob sich ein magisches Wesen oder aber ein Fluch dahinter versteckte.

»Sprich diesen Namen nicht aus«, sagte sie schnell, »er klingt so gruselig. Vielleicht mag sie es ja wirklich, wenn anderer Leute Herzen zerbrechen, so wie ihres zerbrochen ist.«

»Miss Rathbone denkt, dass sie dir helfen kann.«

Die Sonne neigte sich langsam der Erde zu. Der Horizontstreifen aus Baumwipfeln, Hausdächern und Strommasten glänzte bereits unwirklich rotorange. Die Schatten waren jetzt lang und spitz und ließen erahnen, wie kühl es gleich sein würde.

»Jude?«

»Ja.«

»Können wir ein Stück gehen, ohne zu reden?«

»Ist gut«, sagte er. Und das war es auch, im Augenblick jedenfalls.

Als sie Abney Park erreichten, stand die Sonne schon bedrohlich tief. Nicht mehr lange und die Dämmerung würde hereinbrechen. Jude hatte keine Lust, nach Einbruch der Dunkelheit auf einem fremden Friedhof herumzuschleichen. Schon gar nicht auf einem wie diesem, einem Ort, den selbst die Geister als Terra Incognita bezeichneten und dabei genauso ängstlich wirkten wie die Menschen, die sich vor Geistern fürchten.

»Gut, dann bringen wir es hinter uns«, sagte er, mehr um sich selbst Mut zu machen.

Story, nicht weniger beklommen, murmelte ein leises
»Ja«.

So betraten sie den fremden Friedhof durch sein ein-
drucksvolles Tor im ägyptischen Stil. Mit seinen steinernen Säulen links und rechts erinnerte es Jude an die Kulis-
se eines alten Monumentalfilms. Über dem Eingang stand
in Hieroglyphen geschrieben:

Heimstätte des sterblichen Teils der Menschheit.

»Sehr einladend«, murmelte Story. Sie schlug den Kragen
ihrer Jacke hoch.

Jude war überrascht. »Ist dir kalt?«

»Ja.«

Er starrte sie an. »Das ist seltsam.«

»Warum? Ist Geistern normalerweise nicht kalt?«

»Ich weiß es nicht, um ehrlich zu sein, ich glaube aber
nicht.«

»Dann bin ich wohl der einzige Geist, dem kalt ist.« Sie
hatte Sinn für Humor, noch so etwas, was ihm an ihr gefiel.

Sie blieb stehen und drehte sich zu ihm um. »Hat das etwas zu bedeuten?«

»Dass dir kalt ist?«

Ein Nicken.

»Keine Ahnung.« Jude hatte die Veränderung, diese
plötzliche Abkühlung der Luft, ebenfalls gespürt – in dem
Moment, in dem er den Friedhof betreten hatte. Aber er
wollte sie nicht zusätzlich beunruhigen.

»Was hast du?«, fragte Story.

»Nichts.«

»Du siehst aus, als hättest du ein Gespenst gesehen.«
Er rang sich ein Lächeln ab.

»Doofer Scherz«, fügte sie hinzu.

Jude indes ließ seinen Blick über den Friedhof schweifen. Er war noch nie zuvor hier gewesen. Überhaupt hatte er, bevor er Miss Rathbone über den Weg gelaufen war, nichts mit Friedhöfen am Hut gehabt. Da er keine Mutter hatte, oder besser gesagt, sie nicht kannte, besaß er auch keine Großeltern mütterlicherseits. Die Eltern seines Vaters waren schon tot, aber Jude konnte sich nicht an deren Beerdigung erinnern. Das war schon zu lange her. Was hätte er also auf einem Friedhof zu suchen gehabt? Nichts!

Manchmal, in den nachdenklichen Nächten in der Twisden Road, lag er wach und fragte sich, *warum*, in aller Welt, ausgerechnet er die Fähigkeit besaß, die Geister zu sehen.

Er seufzte.

Hier stand er nun. Er spürte die Kälte und kam sich vor, als hätte er sich an einen völlig unbekannten Ort verirrt.

Dabei war Abney Park ein schöner Friedhof, einer der Glorreichen Sieben.

»Etwas hier ist anders als in Highgate«, bemerkte Story.

Jude wusste genau, was sie meinte, noch bevor sie es ausgesprochen hatte.

Die Glorreichen Sieben waren im 19. Jahrhundert er-

136

richtet worden, als London nicht mehr ein noch aus wusste mit all seinen Toten. Die kleinen Kirchhöfe, die es überall in der Stadt gab, und die Armengräber waren heillos überfüllt. Wohin also mit all den Leichen? Um dem Problem Herr zu werden, beschlossen die Stadtväter, sieben weitläufige Friedhöfe außerhalb des inneren Stadtkerns anzulegen: Die Idee der *Magnificent Seven* – der Glorreichen Sieben – war geboren. Parkanlagen mit breiten Wegen, die auch für königliche Begräbnisse geeignet waren, moderne Ruhestätten mit neumodischen Aufzügen, die Särge tief hinab beförderten. Dazu riesige Katakomben und Grüfte, Ehrfurcht gebietende Skulpturen in Gestalt von Fabelwesen, die voller Argwohn dem Leben gegenüber über die Toten wachten, Krematorien und Kapellen. Die Baustile, von der griechischen Antike über die ägyptische Renaissance bis zur Neogotik, wurden freizügig vermischt. Sorgsam bettete man die neuen Friedhöfe in eine schöne Landschaft ein, die eher an einen Park erinnerte als an einen Friedhof. Orte, an denen die vornehmen Bürger Londons an den Wochenenden flanieren und gleichzeitig ihrer Verstorbenen gedenken konnten.

»Ein viktorianisches Walhalla«, hatte Miss Rathbone diese Friedhofskultur genannt.

Im Lauf der Jahre begann die Natur, sich zurückzunehmen, was einst ihr gehört hatte. Ranken und Gestrüpp wucherten überall, bedeckten den grauen Stein, die Eingänge zu den Grüften, die schiefen Kreuze. Jedenfalls war dies in Highgate der Fall.

»Etwas stimmt nicht«, murmelte Jude. Inzwischen hatten sie das ägyptische Tor hinter sich gelassen. Er war sich nicht sicher, ob es nur an der Kälte lag.

»Wie meinst du das?«

»Es ist nur so ein Gefühl«, erwiderte er. »Aber etwas hier ist . . . falsch.« Er sah ihr an, dass auch sie es spürte, es aber, wie er, nicht in Worte fassen konnte.

»Was sollen wir jetzt machen?«

»Wir gehen weiter. Aber wir sollten vorsichtig sein.«

Story nickte. »Highgate ist anders«, wiederholte sie, mehr an sich selbst als an ihn gerichtet.

»Ja, dort fühlt man sich sicher«, sagte Jude. Es war nur eine vage Ahnung, dass etwas an diesem Ort nicht in Ordnung war; als belauschte sie jemand, der sich in den Schatten, die ihre Finger in alle Richtungen ausstreckten, zu verbergen wusste.

Wolken zogen über den Abendhimmel, der mittlerweile die Farbe von rostendem Eisen angenommen hatte.

»Es wird kälter, je tiefer wir uns in den Friedhof hineinbegeben«, sagte Story.

Jude spürte es auch. In der Tat fühlte es sich an, als sinke die Temperatur mit jedem Schritt, den sie machten.

»Ja, ich glaube, du hast recht.« Gerne hätte er sie beschwichtigt, aber es blieb ihm nichts anderes übrig, als ihre Vermutung zu bestätigen.

»Wie kann das sein?«

»Ich weiß es nicht.«

»Aber du spürst es auch?«

»Ja.«

Dennoch gingen sie entschlossen weiter. Ihre leisen Schritte waren, vom Straßenverkehr jenseits der Friedhofsmauer abgesehen, die einzigen Geräusche, die man hörte. Vögel waren weder zu sehen noch zu hören. Kein Gezwitscher, kein Geraschel im Gebüsch, gar nichts, wohin man auch lauschte.

Es war still.

Da war nur diese seltsame Stille, die gar nicht hierherzugehören schien. Es war falsch. Friedhöfe waren still, aber nicht *so* still.

»Glaubst du, dass wir sie finden werden?«

»Lady Lovelace?« Judes Blick glitt über die endlos wirkenden Reihen an Gräbern, die vor ihnen lagen. »Ich hoffe es.« Nichts hier erweckte den Anschein, als seien sie willkommen. Der ganze Ort war dunkel und kalt wie das Moos auf den Steinkreuzen. Abweisend.

»Glaubst du, die Geschichten sind wahr?«, fragte Story.

Jude zuckte die Achseln. Eigentlich wollte er nicht darüber reden. Nicht jetzt.

»Ich meine, in den meisten Geschichten ist doch ein wahrer Kern verborgen.«

»Wollen wir mal hoffen, dass es nur Geschichten sind«, antwortete Jude. Er dachte an die Gesichtslosen. »Komm!«

Zielsicher folgte er dem breiten Weg. Miss Rathbone hatte ihm geraten, genau das zu tun. Die Glorreichen Sieben waren alle nach einem ähnlichen Musterplan angelegt worden. Ein Hauptweg führte zur Kapelle, die sich zumeist im Zentrum des Friedhofs befand. Von dort liefen die Wege strahlenförmig auseinander, schimmernd wie die Strahlen einer Sonne, die Tod und Vergänglichkeit beleuchtet.

Doch anders als auf dem Highgate Cemetery, wo sich Jude von Anfang an heimisch gefühlt hatte, nahm hier parallel zu der Kälte auch das unbehagliche Gefühl immer mehr zu, je länger sie so dahinwanderten. Das Gefühl, in der bald hereinbrechenden Dunkelheit in einem weitläufigen Park zu sein, in dem nichts so war, wie es auf den ersten Blick aussah.

Der breite Weg führte, wie von der Füchsin beschrieben, nordwärts zu einer gotischen Kapelle, deren Glockentürme gleich Nadeln die Dämmerung berührten. Die sich nach oben zuspitzenden Fenster blinzelten wie die Augen eines im Dunkeln lauernden Tieres. Die Grabmäler und Steinkreuze, die die Wege säumten, erinnerten unweigerlich an den Highgate Cemetery, waren jedoch weniger monumental. Sie wirkten schlichter, aber nicht minder elegant. Die symmetrisch und stromlinienförmig angelegten Wege erschienen Jude so sauber und gepflegt, dass sie irgendwie *unecht* aussahen. In Highgate breitete sich das Grün ungehindert aus und selbst die gigantischen Bauwerke im sogenannten Circle of Lebanon waren von Ranken überwuchert. Hier jedoch . . .

Nein, Jude fühlte sich nicht wohl.

»Das Böse liegt in der Luft«, murmelte er leise und wusste selbst nicht, warum ihm unvermittelt dieser Spruch in den Sinn kam. Er stammte aus einem billigen Horrorfilm der Hammer-Studios, in dem Christopher Lee oder Peter Cushing (vermutlich beide) mitgespielt hatte. Jude hatte ihn als Kind gesehen und sich danach noch lange Zeit bei jedem Geräusch in der Nacht so sehr gefürchtet, dass er das Gefühl gehabt hatte, sein Herz höre auf zu schlagen.

»Das ist aus dem Film mit den Grabräubern«, sagte Story.

Jude stutzte. »Warum weißt du all diese Details? Und die wirklich wichtigen Dinge hast du vergessen.« Auch er selbst erinnerte sich jetzt wieder an die Grabräuber, auch wenn er den Film seither nicht mehr gesehen hatte.

»Ich konnte mich auch nicht an diesen Film erinnern, es ist mir eben erst eingefallen.«

»Wo ist der Unterschied?«

»Der Unterschied ist«, sagte sie, »dass es mir eben erst eingefallen ist. Vorher habe ich es nicht gewusst. So einfach ist das.«

»Du meinst, dass dir plötzlich solche Dinge wieder einfallen.«

»Eigentlich nicht schwer zu verstehen, oder?« Und weil sie es selbst nicht verstand, reagierte Story auf diese Weise, nämlich ärgerlich und schnippisch. Jude konnte das Gefühl nur allzu gut nachvollziehen.

»Aber was hat es zu bedeuten?«, spann er den Gedanken weiter.

»Gaskell hat doch gesagt, dass ein Geist keine Leiden mehr hat.«

»Ja und?«

»Am Anfang habe ich gehinkt. Das Hinken ist fort.«

Jude blieb abrupt stehen. Er starrte sie an. Ihm schwindelte, denn er ahnte, worauf sie hinauswollte.

»Als du mich gefunden hast, habe ich mich an überhaupt nichts mehr erinnern können«, fuhr Story langsam fort. »Doch jetzt kehren manche Erinnerungen zurück. Wenn ich ein richtiger Geist bin, dann erinnere ich mich wieder an alles, oder?«

Jude nickte, er war wie benommen. Wieso war ihm dieser Gedanke nicht schon längst gekommen?

»Dann weiß ich auch, wie ich gestorben bin und woher ich komme.«

Jude schluckte. Seine Kehle fühlte sich an wie ausgetrocknet.

»Wenn ich mich also immer mehr an das erinnere, was einmal war«, schlussfolgerte das Mädchen weiter, »bin ich dabei, mich in einen Geist zu verwandeln.« Sie sah ihn ernst an. »Du weißt, was das bedeutet.« Tränen traten ihr in die Augen. »Es bedeutet, dass ich gerade sterbe.« Sie presste die Worte hervor. »Ich sterbe langsam, und das ist der Grund, weshalb die Erinnerungen nach und nach zurückkehren.«

Eine Welle der Verzweiflung brach über Jude zusammen. Mit aller Kraft kämpfte er dagegen an. Sie durften jetzt nicht aufgeben, schließlich waren sie schon so weit gekommen. Er musste ihr unbedingt Mut machen. »Wir müssen so schnell wie möglich deinen Körper finden.«

»Und dann? Wer weiß, ob man mir helfen kann, wenn man ihn findet?«

»So etwas dürfen wir gar nicht erst denken«, sagte Jude entschlossen. »Ich meine, so funktioniert das nicht. So endet keine Geschichte.«

»Keine, die gut ausgeht«, flüsterte Story.

»Aber diese hier wird bestimmt gut ausgehen.« Jude hatte keine Ahnung, wo genau er diese Zuversicht auf einmal hernahm, aber sie war da. Klar und fest und unumstößlich.

»Und wenn es eine von den Geschichten ist, die schlecht ausgehen? Eine, bei der man sich die Augen ausheult, wenn sie zu Ende ist?« Story zitterte am ganzen Körper. »Ich will wieder leben, Jude, wieder richtig leben.«

Er machte einen Schritt auf sie zu und berührte ihre Hand. Sie zog sie nicht zurück. Ihre Hand fühlte sich fest an, kalt zwar, aber fest. Jude wusste, dass er Geister berühren konnte; und er wusste, dass Geister weltliche Gegenstände berühren konnten. Doch da war noch etwas: Der Schein, der Story seit ihrer ersten Begegnung auf dem Highgate Cemetery umgeben hatte, dieses seltsame goldene Leuchten, begann, allmählich zu schwinden. Jude hatte es schon früher gemerkt, schon als sie Abney Park durch das ägyptische Tor betreten hatten, war da dieses dumpfe Gefühl gewesen, dass irgendetwas an Story anders war als bisher. Aber erst jetzt erkannte er schlagartig, was es war. Und es beunruhigte ihn zutiefst.

»Lass uns weitergehen«, sagte er schnell.

143

Sie nickte schweigend.

Hand in Hand folgten sie weiter dem Weg, den Miss Rathbone ihnen beschrieben hatte.

Die Statue der *Lieblosen* befand sich ihren Angaben zufolge hinter der Kapelle, an einer Gabelung des Weges.

»Seid höflich zu ihr«, hatte Miss Rathbone ihnen eingeschärft.

»Und hütet euch vor den traurigen Engeln«, hatte Gaskell ihnen nachgerufen, als sie sich entfernten.

»Was ist eigentlich mit diesen traurigen Engeln?«, wollte Story jetzt wissen, nachdem sie ein weiteres Stück Weg zurückgelegt hatten. »Was weißt du über sie?«

»Sie sind traurig. Man muss sich vor ihnen in Acht nehmen, denn wenn sie einen packen, wird man zu Stein.« Hatte die Füchsin ihm erzählt.

»Wo leben sie?« Story schaute sich wachsam um.

»Man findet sie auf jedem Friedhof. Sie sind einfach da. Manche streifen des Nachts umher, auf der Suche nach Opfern.« Jude spürte, wie er eine Gänsehaut bekam. »Sie sind unberechenbar.«

»Hast du schon einmal einen gesehen?«

Jude schüttelte den Kopf. »Ich hoffe, dass ich ihnen auch in Zukunft nicht über den Weg laufe.«

Sie blieben stehen, hielten nach traurigen Engeln aus Stein Ausschau, und waren erleichtert, als sie keinen sahen.

»Da vorne ist die Kapelle«, sagte Story.

Überall in den Büschen und Hecken zu beiden Seiten

144

des Weges konnte man die kleinen Tierskulpturen erkennen, die aussahen, als wären sie mitten in der Bewegung zu dunklem Stein erstarrt.

»Da sind Füchse!«, flüsterte Story mit einem Mal.

»Steinfüchse«, sagte Jude.

Ihre Münder standen weit offen und entblößten kleine, spitze Zähne aus hellem Stein, die spitzen Ohren hatten sie erschrocken aufgestellt.

»Was ist nur mit ihnen passiert?« Story ahnte es, Jude sah es ihr an.

»Sie hat sie in Stein verwandelt.«

Die *Lieblose.*

»Du meinst, sie sind hierhergekommen, obwohl sie wussten, dass sie . . .«

»Ja.« Er kniete sich neben einen der Füchse. »Vielleicht wussten sie es auch nicht.« Er berührte das Tier, spürte statt warmem, weichem Fell die Kälte und Härte des Steins an den Fingerspitzen.

»Du meinst, diese Geschichte ist schon so lange her, dass sie in Vergessenheit geraten ist?«

»Schon möglich.« Jude richtete sich wieder auf. Sorgfältig rieb er die Hand an der Hose ab.

»Lass uns weitergehen«, drängte Story. »Mir ist es hier nicht geheuer.«

Loveless Lovelace, dachte Jude. Die Lieblose. Zum ersten Mal beschlich ihn das ungute Gefühl, dass es keine gute Idee gewesen war, diesen Ort aufzusuchen.

Sie standen vor der Kapelle.

Jude lauschte.

Nur der leise Wind war zu hören. Und wie aus weiter Ferne der Straßenverkehr. Sonst nichts.

Story sprach aus, was er dachte: »Wo sind sie?«

Jude sah sich um.

»Wo sind die Geister?«

Ihm war alles andere als wohl bei der Sache. Auf den ersten Blick wirkte dieser Friedhof gar nicht so viel anders als Highgate. Und doch schienen die braunen Blätter, die über den Boden wehten, zerrissener zu sein als in Highgate, die Blumen auf den Gräbern welker und die Grablichter waren alle niedergebrannt.

»Hätten wir nicht schon längst jede Menge Geister treffen müssen?« Story blieb stehen. Die Hände hatte sie in den Jackentaschen vergraben. »Warum interessiert es keinen, dass wir hier sind?«

Jude hielt die Nase in den Wind. Sogar die Luft roch nach Gefahr. »Komisch, in der Tat.«

Wie dürre Finger krochen die Schatten in der Dämmerung über die Reihen der dicht an dicht stehenden Kreuze, reckten sich gierig, als suchten sie Nahrung.

»Lass uns nachschauen«, schlug Jude vor. Und bevor Story antworten konnte, trat er an ein Grab und klopfte vorsichtig gegen die Steinplatte.

Er wartete, und als er nichts hörte, rief er leise: »Hallo?«

Keine Antwort.

Er las die Grabinschrift. *Mary Hillum. 1803 bis 1864. Niemals hat sie je ihr Haus verlassen.*

»Was ist?«, fragte Story nervös.

Er sah sie unsicher an. »Vielleicht ist es einfach nur ein verlassenes Grab.« Natürlich wusste er, wie unwahrscheinlich das war. »Abney Park ist ein normaler Friedhof.« Er sprach die Worte wie ein Mantra. »Hat jedenfalls Miss Rathbone gesagt.«

»Du meinst, da wohnt überhaupt kein Geist?«

»Könnte doch sein.«

Jude lief die Grabreihe entlang und klopfte auf jeden der Grabsteine. Kerzenstummel trauerten rußig und abgebrannt in zerbeulten Laternen.

»Hallo?«, rief Jude wieder und wieder.

Nichts.

Normalerweise meldeten sich die Geister, sobald er sie rief. Es galt als unhöflich in der Welt der Geister, einen vor der Tür stehenden Gast nicht zu empfangen. Überdies freuten sich die meisten von ihnen über Abwechslung, denn ein Gast brachte neue Geschichten mit auf den Friedhof.

»Was, wenn sie fort sind?«

Jude erwiderte nichts.

Sie erreichten eine stattliche Gruft. Jude rüttelte an dem Gitter vor dem Eingang, der in einen dunklen Schlund hinabführte.

Laut, aber höflich, rief er nach dem Bewohner *(James Braidwood, 1872 bis 1924, Kaufmann)*, doch auch diesmal bekam er keine Antwort.

»Jemand muss doch auf dem Friedhof sein!« Jude fuhr sich mit beiden Händen durch sein zerwuseltes Haar.

»Es sieht ganz so aus, als gäbe es hier wirklich keine Geister mehr.«

»Aber wo sind sie hin?«

»Fort.«

Ein Geisterfriedhof also, dachte Jude und fand den Gedanken nicht im Geringsten komisch.

»Es wird bald dunkel«, gab Story zu bedenken. »Was machen wir jetzt?«

»Wir gehen schnell zu Lady Lovelace und befragen sie«, antwortete Jude, auch wenn ihm davor graute. »Sie wird uns schon helfen. Wegen ihr sind wir schließlich gekommen. Wäre dämlich, jetzt einfach wieder zu gehen.«

»Und wenn sie nicht in der Stimmung ist, uns zu helfen?«

»Wir müssen es zumindest versuchen.«

Sie umrundeten die Kapelle, stießen bis zur nächsten Weggabelung vor und erreichten die Statue der Lady Loreena Lovelace, die *Lieblose* genannt.

Wie angewurzelt blieb Story stehen –

Die Statue stand auf einem hohen Sockel aus Basalt. Oder besser gesagt das, was von ihr übrig war, stand darauf.

»Ist das da etwa Lady Lovelace?« Auch Jude konnte nicht glauben, was er da erblickte.

»Wer hat das getan?«, fragte Story leise.

Beide starrten schweigend auf die Statue, wegen der sie hergekommen waren. Ihr steinernes Antlitz war zerschmettert. Ein tiefer Riss lief quer über das Gesicht, teilte

Nase und Mund und hatte ein Auge ausgelöscht. Am Boden, rund um den Sockel, lag ein Haufen Steinbrocken.

»Was, in aller Welt, ist hier passiert?«, fragte Story tonlos.

Ein zerbrochener Arm lag in einer Hecke in der Nähe. Die Finger der Hand zeigten hinüber zu dem Teich, auf dem Herbstblätter schwammen, gleichsam als Warnung, als könnte sich jeden Moment etwas aus den Fluten erheben.

»Was ist hier los?«, flüsterte Jude.

Er starrte auf die Inschrift am Sockel der Statue.

Loreena Lovelace. Gelebt und gestorben. Das war alles, kein Datum, nichts. Eine Steinschlange wand sich um die Füße der Statue.

»Sie hat Stiefel an«, entfuhr es Story.

Ein Detail, das Jude noch gar nicht aufgefallen war.

Die Lady trug ein elegantes Kleid, dazu hohe Schuhe mit Absätzen. Die Statue sah aus wie das Abbild einer Frau, die mitten im Leben zu Stein erstarrt war. Ihre Augen waren die einer Träumerin, die ferne Länder erblickt hatte, ohne dass sie jemals hatte verreisen müssen. Im Sockel der Statue war ein Bild eingelassen, die Zeichnung einer wunderschönen Frau.

»So also hat sie ausgesehen.«

Jude hob den Blick zu dem Gesicht aus Stein, das nur zur Hälfte noch da war. Es fiel nicht schwer, sich die *Lieblose* als lebendige Frau vorzustellen. Mit einem Mal erschien ihm der Name, den man ihr gegeben hatte, wie blanker Hohn angesichts des Lebens, das einst in ihr gewesen sein musste.

Story stand reglos neben Jude. »Du siehst so traurig aus wie sie.«

»Es ist traurig.«

Er betrachtete die Trümmer am Boden, dem untrüglichen Zeichen, dass jemand Lady Lovelace Gewalt angetan hatte. »Wie kann jemand leben, wenn er zu Stein geworden ist?« Judes Hand glitt über den kalten Stein. »Und wie kann man jemanden aus Stein töten?«

»Und wer tut so was?« Story schüttelte den Kopf. Sie wirkte völlig verstört. »Jetzt wird mir niemand helfen.«

Jude wollte gerade etwas erwidern, als ihn eine Stimme zusammenzucken ließ.

»Hallo!«

Auch Story drehte sich abrupt um.

»Auch das noch«, murmelte Jude.

Ein Friedhofsgärtner kam den Weg entlang auf sie zu. Er schob eine Schubkarre vor sich her, die er jetzt abstellte.

»Hallo!«, rief er erneut. »Was machst du denn da, Junge!« Ein paar Meter entfernt blieb er stehen.

Jude hob grüßend die Hand. Er wusste, wie überaus sensibel Friedhofsgärtner waren, wenn es um ihre Anlagen ging. Und die wenigsten schätzten es, wenn sich Teenager in ihrem Revier herumtrieben. Erst recht zu dieser Uhrzeit, die schon einen sehr triftigen Grund verlangte.

150

Friedhöfe und Teenager passten nun mal nicht zusammen. In den Augen der meisten Menschen.

»Was tust du hier?«, fragte der Friedhofsgärtner barsch.

»Er sieht mich nicht«, sagte Story.

Der Friedhofsgärtner trug ein rot kariertes Hemd, eine blaue Latzhose und dunkelgrüne Gummistiefel. Sein rundes Gesicht strahlte Misstrauen, aber auch Gutmütigkeit aus. »Was willst du hier? Der Friedhof schließt gleich.«

Womöglich hielt er ihn für einen Gothic, überlegte Jude, der an einer heimlichen Friedhofs-Party teilnehmen wollte, wie sie manchmal verbotenerweise auf dem Highgate Cemetery abgehalten wurden. So was kam nicht gerade selten vor. Zurück blieben ein Haufen Müll und jede Menge zerdrückter Bierdosen, die die Friedhofsgärtner dann beseitigen mussten.

»Ich wollte zur Statue«, sagte Jude. »Ich wollte ein Foto von ihr machen.« Hoffentlich fragt er mich jetzt nicht nach dem Fotoapparat, fuhr es ihm durch den Kopf. Schnell fügte er noch hinzu: »Für die Schule.« Und bevor der Gärtner sich nach dem fehlenden Fotoapparat erkundigen konnte, stellte Jude ihm selbst eine Frage: »Was ist mit ihr passiert?« Er deutete auf das zerschmetterte Gesicht der Statue.

»Randalierer.«

Jude sah sein Gegenüber fragend an.

»Dreckskerle, die nachts auf den Friedhof kommen und alles kaputt machen.«

Jude nickte. »Wann ist es passiert?«

»Vorgestern Nacht«, sagte der Mann.

Jude warf Story einen kurzen Blick zu. Er fragte sich, ob das Datum Zufall oder irgendwie von Bedeutung für sie war.

»Warum willst du das alles überhaupt wissen, Junge?«

Story, die immer noch reglos neben Jude stand, sagte: »Na, jetzt lass dir mal was einfallen.«

»Ich muss ein Referat schreiben«, log Jude, ohne mit der Wimper zu zucken, »und einen Vortrag halten, über die Glorreichen Sieben. Ich habe eine Geschichte gelesen, in der Lady Lovelace vorkommt.« Er machte eine Pause. »Na ja und ich wollte sie einfach sehen.«

»Nicht schlecht.« Jude konnte hören, dass Story lächelte.

Der Friedhofsgärtner wandte sich instinktiv von Story ab, fiel ihm nun auf. »Hm, tja«, murmelte er, »es gibt nicht viele Jungs, die was über Friedhöfe schreiben.« Er seufzte. »Ein Referat, hm?« Er musterte Jude argwöhnisch. »Und du willst wirklich keinen Unfug anstellen?«

»Ehrlich, nein.«

Ein lauter Schrei gellte über den Friedhof und ließ Jude zusammenzucken.

»Was war das?«, fragte Story.

Wie ein Wehklagen, das die Nacht zerteilt, so hatte es sich angehört.

»Jemand, der Angst hat«, flüsterte Jude.

Der Friedhofsgärtner sah ihn misstrauisch an. »Alles okay bei dir, Junge?«

152

Jude nickte geistesabwesend. Es sah ganz danach aus, als hätte der Gärtner nichts gehört. Und wenn er nichts gehört hatte, dann konnte das nur bedeuten, dass ein Geist den Schrei ausgestoßen hatte.

»Dort drüben!« Story trat näher zu ihm. Sie sahen sich um. Weiter unten am Hügel taumelte eine Gestalt zwischen zwei Grabsteinen hervor. Sie war noch recht klein, wahrscheinlich ein Kind. Sie stolperte, stürzte, rappelte sich auf, lief weiter.

»Ein Junge!«, entfuhr es Story.

Jude starrte zu der Gestalt hinüber.

»Was ist los? Hast du was gesehen?« Der Friedhofsgärtner schaute, nunmehr beunruhigt und alarmiert, in die gleiche Richtung wie Jude, konnte aber offenbar nichts erkennen.

Jude musste sich zusammenreißen. Er wusste, dass der Friedhofsgärtner weder hören noch sehen konnte, was er sah und hörte, also durfte er nichts von dem Jungen sagen.

Doch ehe er etwas antworten konnte, sagte Story: »Er ist ein Geist.«

Der Junge schien deutlich jünger zu sein als Jude. Das heißt, er war jünger gewesen, als er starb. Völlig panisch und mit großen Schritten kam er den Weg heraufgelaufen. Ständig warf er hektische Blicke nach allen Seiten, denn die langen Gräberreihen boten ausreichend Versteckmöglichkeiten, immer wieder drehte er sich beim Laufen um.

»Er flüchtet«, sagte Story.

153

»Ja. Aber vor wem?«

Oder was?

Der Junge trug Schlaghosen, Schuhe mit leicht erhöhten Absätzen und dazu ein blaugelbes Hemd mit Rüschen: Siebzigerjahre-Klamotten. Seine Haare waren lang und verwuschelt, so wie Judes. Das Gesicht war bleich und auch aus der Ferne war unschwer zu erkennen, dass er am Rande der Erschöpfung war.

Story murmelte: »Er hat uns gesehen.«

Tatsächlich, der Junge kam nun geradewegs auf sie zugerannt. Kurz bevor er bei ihnen war, bremste er abrupt ab. Mit panisch aufgerissenen Augen starrte er Jude und Story an.

»Könnt ihr mich sehen?«, rief er ihnen zu.

»Ja«, sagte Jude.

»Mit wem redest du?«, wollte der Friedhofsgärtner wissen. Puterrote Flecken prangten jetzt auf seinen Wangen.

Jude ignorierte ihn.

Das Gesicht des Jungen war schmutzig. »Aber du bist kein Geist.« Er sah aus, als hätte er geweint.

»Nein, ich bin kein Geist«, sagte Jude.

Der Friedhofgärtner schüttelte den Kopf. »Natürlich bist du kein Geist, was soll das Gequatsche.« Allmählich schien er sich zu fragen, ob der Junge vor ihm noch ganz bei Trost war.

Der junge Geist warf erneut einen panischen Blick zurück. »Sie sind hinter mir her.«

»Wer ist hinter dir her?«, fragte Story.

Fast war der Junge jetzt bei ihnen. Er wirkte verwirrt. »Wer seid ihr? Wo kommt ihr her? Die anderen sind alle fort.«

»Alle? Wer sind alle?«

Der Friedhofsgärtner starrte Jude an. »Verdammt, mit wem redest du, Junge?«

Jude fragte sich einen Moment lang verzweifelt, wie er sich in dieser vertrackten Situation verhalten sollte. Unmöglich konnte er dem Gärtner erklären, was hier vorging. Er würde es ohnehin nicht verstehen. Und es würde wertvolle Zeit kosten, die sie, so wie es aussah, nicht hatten. Also beschloss er, ihn weiter zu ignorieren. Dieser Junge war jetzt wichtiger. Er schien in großer Bedrängnis zu sein.

»Die anderen, die hier gewohnt haben«, antwortete der Fremde.

»Warum sind sie alle fort?« Story ließ nicht locker.

»Sie kommen!« Mit einem Mal erstarrte der Junge. Sein starrer Blick war auf etwas gerichtet, was hinter Jude lag. Aus dem Gebüsch in seinem Rücken war ein Rascheln zu vernehmen. Fast wagte Jude nicht, sich umzudrehen, doch dann tat er es. Und sah, was den Jungen verfolgte.

Die Stimme des Geistes war wie trockenes Knistern. »Helft mir, bitte!«, flehte er.

Story, die die dunklen Gestalten, die sich aus dem Gebüsch schälten, ebenfalls sah, wich zurück.

»Sie haben alle anderen geholt«, kreischte der Junge. »Und jetzt holen sie auch mich.«

Dann, ohne eine Reaktion Judes oder Storys abzuwarten, rannte er los.

Nie würde Jude den letzten Blick, den ihm der Junge zuwarf, vergessen können. So viel Verzweiflung lag darin, dass es ihm schier das Herz zerriss.

»Die Gesichtslosen«, keuchte Story, so leise, dass selbst Jude es kaum verstand.

Keiner von beiden wagte es, sich zu rühren.

Die beiden Gesichtslosen aber kümmerte das nicht. Ruhig schritten sie an Jude und Story vorbei, um sich dem flüchtenden Jungen an die Fersen zu heften. Sie trugen dunkle, elegante Anzüge, wie Musiker oder Trauergäste. Doch davon abgesehen sahen sie ganz und gar nicht aus wie normale Friedhofsbesucher. Denn sie hatten kein Gesicht. Ohne Jude und Story oder den Gärtner zu beachten, setzten sie zielstrebig ihren Weg fort; offenbar hatten sie es nur auf den Jungen abgesehen.

»Ist ja richtig was los, heute Abend«, bemerkte der Friedhofsgärtner und schaute in die gleiche Richtung wie Jude.

Jude drehte sich erstaunt zu ihm um. Der Friedhofsgärtner schien die Gesichtslosen wahrzunehmen. Aber offenbar hatten sie für ihn Gesichter, überlegte Jude, sonst hätte er sich mit Sicherheit anders verhalten.

»Guten Abend«, rief er den Männern zu.

Diese schwiegen; jedenfalls sagten sie nichts, was Jude hören konnte. Doch ihr Schweigen war wie die Kälte eines Traums, aus dem man schreiend erwacht.

Jetzt erst fiel ihm auf, was die Gesichtslosen in der

Hand hielten: etwas, das wie eine Laterne aussah, nur *lebendiger*. So verrückt das auch war, aber die beiden Laternen schienen tatsächlich einen Herzschlag zu haben. Als wären sie seltsame, körperlose Wesen, durch deren Adern Blut pulsierte.

»Was hast du denn, Junge?«, fragte der Friedhofsgärtner. Er musterte Jude und schüttelte ratlos den Kopf.

Die fremden Männer verfolgten den Jungen ohne Eile. Auch schienen sie sich in keiner Weise daran zu stören, dass sie beobachtet wurden. Mit einem Mal verstand Jude, warum sie so gelassen waren: Der Junge konnte nicht fliehen. Sein Leichnam ruhte in einem der Gräber von Abney Park und sein Geist würde die Mauer nicht überwinden können.

»Wir müssen etwas tun«, sagte Story, die wohl im gleichen Moment die schaurige Wahrheit erkannt hatte.

Jude überlegte fieberhaft.

»Junge, du bist wirklich seltsam«, sagte der Friedhofsgärtner und seufzte tief. Er schien zu überlegen, ob er einen Krankenwagen alarmieren sollte.

Jude konnte seinen Blick nicht von den Gesichtslosen abwenden. Ihr Anblick schnürte ihm die Kehle zu. Es war ein Gefühl, als blickte man in einen Abgrund hinab; einen Abgrund, aus dem es kein Entrinnen gab.

»Was tun sie denn jetzt?« Story schlug sich die Hand vor den Mund. Weiter unten auf dem Weg stolperte der Junge und stürzte zu Boden.

In diesem Augenblick trat ein weiterer Gesichtsloser aus

dem Gebüsch direkt neben dem Grab, vor dem der Junge gestürzt war. Auch er hatte eine Laterne in der Hand. Sie war schwarz und glomm finster, und als der Junge sie sah, hielt er sich die Hände vors Gesicht und wimmerte. Da begann die Hand des Jungen sich aufzulösen, sie zerrieselte, als wäre sie aus Staub. Der Geist schrie sich die Seele aus dem Leib, doch nur Story und Jude konnten es hören.

Die beidenVerfolger blieben stehen. Sie kümmerten sich nicht weiter um den Geisterjungen, sondern überließen es ihrem Gefährten, sich mit ihm abzugeben. Ruhig wandten sie ihre Gesichter einem Grab zu, als wären sie tatsächlich nur Besucher auf diesem Friedhof.

»Was tut er jetzt?«

Jude trat einen Schritt vor. »*Was* tun Sie da?«, schrie er, die Hände zu Fäusten geballt, dem Gesichtslosen zu, der sich gerade über den Jungen beugte.

»Junge!«, eine schwere Hand legte sich auf Judes Schulter. »Hast du Drogen genommen?«

Verdammt, dachte Jude. Unwillig schüttelte er die Hand ab und sagte: »Nein, keine Drogen.«

Unfähig, irgendetwas zu tun und wie gelähmt, standen er und Story da und verfolgten das grausige Schauspiel, das sich in der Ferne vor ihren Augen ereignete. Während der Gesichtslose die Laterne vor den Geisterjungen hielt, begann sich dessen ganzer Körper aufzulösen. Sein Gesicht schien zu vertrocknen, Risse zeigten sich auf der bleichen Haut. Er zersplitterte förmlich vor ihren Augen.

»Er verschwindet«, stammelte Story.

Der Junge wurde durchsichtig, die Laterne schien ihn aufzusaugen.

»Wir können nichts für ihn tun.« Judes Stimme erstarb.

»Für wen?«, fragte der Friedhofsgärtner. »Da ist niemand. Nur die drei Männer dort drüben. Aber die machen doch gar nichts.« Er beäugte Jude mit Misstrauen. »Du kommst jetzt besser mit mir zum Ausgang. Die Polizei kann dich dann nach Hause bringen.« Er ging einen Schritt auf Jude zu. »Junge, dass du keine Drogen genommen hast, das nehme ich dir nicht ab.«

Jude blickte auf. Was sollte er darauf erwidern?

Der Friedhofsgärtner konnte die Gesichtslosen also tatsächlich sehen. Aber was, in aller Welt, fragte sich Jude, sieht er wirklich? Normale Besucher mit Gesichtern, die andächtig an den Gräbern stehen und den Anschein erwecken, als würden sie trauern?

»Wir können nichts tun. Sie töten ihn«, sagte Jude zu Story. Ja, sie töteten die Geister mit diesen lebendigen Laternen, aber er hatte keine Ahnung, warum sie es taten. Genauso wenig wusste er, was das für Wesen waren und woher sie kamen. Aber es sah ganz so aus, als wäre die Geschichte, die Miss Rathbone ihnen noch vor ein paar Stunden auf einem anderen Friedhof erzählt hatte, zu einer furchtbaren Wahrheit geworden.

»Hey, hören Sie auf!«, rief Jude laut zu dem Gesichtslosen hinüber. Er schnappte sich eine Kerze vom nächstgelegenen Grabstein und warf sie mit aller Kraft in dessen Richtung.

159

Er verfehlte ihn nur um Haaresbreite.

Sofort hatte er die Aufmerksamkeit der anderen beiden Gesichtslosen erlangt.

»Oh, das war nicht gut«, murmelte Story.

Womit sie recht hatte, fand Jude.

Gemächlich schritten die beiden Gesichtslosen auf ihn zu.

»Was ist hier los?«, wollte der Friedhofsgärtner wissen, doch wie schon beim ersten Mal bekam er keine Antwort.

Jude wusste, dass es den Friedhofsgärtner dennoch nicht misstrauisch machen würde.

Die Gesichtslosen waren für die Menschen ebenfalls ganz normale Menschen. Sie waren die perfekten Täuscher.

»Wer seid ihr?«, rief Jude den beiden Gesichtslosen wütend zu. Die Antwort blieben sie ihm schuldig, natürlich.

»Was ist denn los mit dir, Junge? Was hast du denn gegen die beiden Besucher, die tun dir doch gar nichts?«

Die beiden Gesichtslosen waren jetzt nur noch wenige Schritte von ihnen entfernt. Und plötzlich ging eine Verwandlung mit dem Friedhofsgärtner vor. Es schien, als spüre auch er auf einmal die Bedrohung, die von den Fremden ausging. Er machte ein paar Schritte nach vorn, sodass er zwischen Jude und den beiden Gesichtslosen stand, hob die Hände und sagte: »Langsam, meine Herren, immer mit der Ruhe.« Er räusperte sich. »Was wollen Sie von dem Jungen?«

Jude hielt den Atem an, wich zurück.

160

Story fasste ihn bei der Hand.

»Verschwinden Sie«, sagte der Friedhofsgärtner. Es sollten seine letzten Worte sein.

Einer der beiden Gesichtslosen zückte ein Messer. Es war lang und die Klinge glänzte, als freute sie sich, endlich zum Einsatz zu kommen. Ohne irgendeine Regung in dem leeren Gesicht rammte der Mann dem Friedhofsgärtner das Messer in den Bauch. Ungläubig starrte der Gärtner ihn an. Sein Mund öffnete sich zu einem lautlosen Schrei. Der Gesichtslose zog das Messer aus dem Bauch des Gärtners und schlitzte ihm wie beiläufig die Kehle auf. Alles ging so schnell, dass Jude es kaum mitbekam. Kein Laut entrang sich der Kehle des Gärtners, nur ein gurgelndes Geräusch war zu vernehmen.

Sein Körper sackte zusammen und blieb zuckend auf dem Boden liegen.

Jude und Story waren starr vor Entsetzen. Hand in Hand taumelten sie auf dem Weg vor der zerbrochenen Statue der *Lieblosen* zurück.

Vor ihnen auf dem Boden, dicht neben seinem Leichnam, materialisierte sich der Geist des gerade ermordeten Friedhofgärtners. Er atmete keuchend, setzte sich auf und betrachtete den Leichnam, der vor wenigen Sekunden noch sein Körper gewesen war.

»Er ist tot.« Story wischte sich die Tränen aus dem Gesicht.

Mit weit aufgerissenen Augen starrte der Geist des Friedhofsgärtners sie an.

»Wer bist du denn?«, fragte er.

Doch bevor Story ihm eine Antwort geben konnte, trat der zweite Gesichtslose auf den Geist zu. Die schwarze Laterne in seiner Hand begann zu leuchten.

Entsetzt riss der Geist des Friedhofsgärtners die Augen auf, weil er spürte, dass der Tod erneut nach ihm griff. Die lebendige Lampe umhüllte ihn mit ihrem Schein und raubte ihm alle Träume vom Leben, die noch in ihm ruhten.

Die Gesichtslosen standen ruhig daneben und hätten sie Gesichter gehabt, hätten sie wohl gelächelt. Jude Finney aber, der wusste, dass man Zeit, die man nicht hat, nicht vergeuden darf, drückte die Hand des Mädchens an seiner Seite und dachte nicht im Traum daran, sie loszulassen.

»Lauf!«, sagte er. Und genau das taten sie. Sie liefen um ihr Leben.

5.
Eine Skizze nur

Alte Friedhöfe können, bricht die mattgraue Dämmerung über sie herein, wie ein Labyrinth sein, aus dem man nicht so schnell wieder herausfindet. Die hohen Bäume und dichten Sträucher, dazwischen die Grabsteine, Kreuze und bleichen Statuen fügen sich zu einem undurchschaubaren, verwirrenden Wald, in dem man schnell die Orientierung verliert. Die langen Schatten beginnen, nach einem zu greifen, und die Wege sind, wohin man auch schaut, unergründliche Rinnsale in der einsetzenden Dunkelheit.

»Bist du sicher, dass wir hier richtig sind?«

»Ja.« Jude war kein guter Lügner, aber Story sah es ihm nach.

»Da vorne geht's nach rechts«, sagte Story.

Jude hatte nichts einzuwenden.

Auf dem Friedhof war es noch kälter geworden. Die Kälte schnitt wie ein Messer in das Herz des Jungen. Die fahle Erinnerung an den Gesichtsausdruck des Friedhofsgärtners ließ ihn noch immer schaudern. Unverständnis und Verwirrung paarten sich mit abgrundtiefer Furcht und verzweifelter Resignation im letzten Blick des Mannes, dem Augenblick seines Todes.

Die Gesichtslosen nahmen sich von den Toten, aber auch von den Lebendigen, was sie wollten, so viel war jetzt klar. Sie waren gefährlich und schreckten auch vor Mord nicht zurück.

Der Gedanke, dass sich Storys Körper in der Gewalt dieser Ungeheuer befand, war zutiefst schockierend.

»Folgen sie uns?« Story lief einen Schritt vor ihm her und zog ihn gleichsam mit. Sie lief so ausdauernd und beschwingt, als würde sie eine unsichtbare Kraft vorantragen.

»Einer von ihnen verfolgt uns.« Jude hatte sich umgeblickt und sah ihn auf dem breiten Kiesweg, der von der Statue der *Lieblosen* wegführte, hinter ihnen herkommen.

Seine Silhouette zeichnete sich in der Dämmerung ab wie ein unheilvoller Schatten.

»Nur einer?«

»Ja.« Zumindest konnte er in dem fahlen Dämmerlicht der nahenden Nacht nur einen Verfolger ausmachen. Jude hoffte inständig, dass nicht irgendwo vor ihnen noch weitere dieser Kreaturen lauerten. Sie hatten die *Lieblose* zerstört, dessen war er sich jetzt sicher. Und wozu sie sonst noch fähig waren, hatten er und Story soeben mit eigenen Augen beobachtet.

»Gott sei Dank, nur einer.« Story rannte und rannte, ohne außer Atem zu geraten, ihre fließenden Bewegungen waren die eines Mädchens, das es gewohnt ist, Sport zu treiben. Sie blickte sich jetzt ebenfalls um. »Der Gesichtslose ist langsam«, stellte sie zufrieden fest.

Währenddessen trieb Judes blühende Fantasie die wildesten Blüten. Im Geiste sah er überall zwischen den Gräbern und Mausoleen neue Verfolger auftauchten. Sie waren fest entschlossen, sich den Jungen und das Mädchen zu schnappen, die Zeugen der Ermordung des Friedhofsgärtners geworden waren. Sie mussten das tun, um zu verhindern, dass Jude und Story berichteten, was sie gesehen hatten.

Denn das würde bedeuten?

Gute Frage, was würde das bedeuten? Wem sollten sie denn schon davon erzählen? Außer ein paar Geistern würde ihnen ohnehin niemand glauben.

Während er keuchend und nach Luft schnappend neben Story herlief, fragte sich Jude, wer der Drahtzieher dieser seltsamen Vorkommnisse war. Wer trug den Gesichtslosen auf, die Geister einzufangen? Und vor allem, warum?

Wieder wagte Jude einen Blick über die Schulter zurück. Der Gesichtslose verfolgte sie noch immer. Aber er tat es so gelassen und ohne Hast, dass es den Anschein hatte, er hege nicht ernsthaft die Absicht, die beiden einzufangen. Vielleicht, überlegte Jude, war er sich seiner Sache sicher: Er hielt Story für einen Geist und Geister konnten bekanntlich den Friedhof nicht verlassen! Für sie gab es kein Entrinnen. Mit einem Mal wirkte die Gelassenheit ihres Verfolgers umso bedrohlicher auf Jude.

»Er glaubt nicht, dass du den Friedhof verlassen kannst«, hörte Jude sich leise sagen.

»Weil Geister das normalerweise nicht können.«

»Deswegen lässt er sich alle Zeit der Welt. Es ist ihre Art zu jagen.«

»Du meinst, dass ihnen in der Regel keiner entkommt, weil Geister nicht von hier fortkönnen?«

Jude nickte.

»Was sollen wir tun?«

»Laufen«, war das Einzige, das ihm einfiel. »Wir haben einen Vorteil: Du kannst den Friedhof verlassen. Und das wissen sie nicht.«

Womöglich war das ihr Glück. Hätte der Gesichtslose es gewusst, hätte er sich vielleicht mehr beeilt.

Ruhig und in gleichmäßigem Laufschritt folgte er ihnen den Hauptweg entlang an den Reihen sauberer Steinkreuze und ordentlich geschnittener Hecken mit den Parkbänken vorbei, immer weiter, bis Jude und Story irgendwann in der Ferne wirklich den Eingang sehen konnten. Die Silhouette jener mächtigen Pforte, die glücklicherweise noch immer nicht verschlossen war.

»Wer sind die bloß?«, fragte Story, noch immer ohne sonderlich erschöpft zu wirken.

»Die Gesichtslosen«, entgegnete Jude atemlos. »Von denen Miss Rathbone erzählt hat. Dieselben, die den Friedhof von Lud-on-Trent entvölkert haben.«

Böse Kreaturen, die die Friedhöfe ihrer Geister beraubten ... Jude rief sich die Stimme des Geisterjungen ins Gedächtnis zurück. Wie er um sein Leben geschrien hatte. Wieder musste er daran denken, was passierte, wenn die Gesichtslosen auch in Highgate auftauchen würden. Wenn sie schon auf einem der Glorreichen Sieben ihr Unwesen trieben – was sollte sie davon abhalten, sich nach und nach auch die anderen sechs vorzunehmen? Konnten sie sich ungehindert und frei in London bewegen? Judes Lungen brannten, während seine Gedanken sich überschlugen. Er sah Gaskell vor sich und die anderen verschrobenen Figuren, die ihm inzwischen ans Herz gewachsen waren.

Er keuchte. Demnächst würde er mehr Sport treiben, nahm er sich vor. Mit einem weiteren Blick über die Schulter vergewisserte er sich, dass ihr Verfolger noch immer weit hinter ihnen war.

Aber da war plötzlich etwas anderes. Ein merkwürdiger, unbekannter Geruch stieg ihm in die Nase.

Lange Schatten streiften den Weg.

Ja, etwas lag in der Luft, eine eisige Brise, die vorher nicht da gewesen war.

»Was hast du?«, fragte Story besorgt, die merkte, dass irgendetwas mit Jude nicht stimmte.

Jude blieb abrupt stehen. Die Angst vor dem Gesichtslosen wich mit einem Mal einer anderen Furcht. Eine dunkle Vorahnung bemächtigte sich seiner. Wieder sah er über die Schulter zurück, aber bis auf den Gesichtslosen war niemand zu erkennen. Der Abstand zu ihm schien sich sogar noch vergrößert zu haben.

167

»Komm!« Wieder lief er los.

»Kann es sein, dass es noch kälter geworden ist?«, fragte Story.

Sie spürte es also auch. »Schon möglich«, sagte er nur.

Story warf ihm einen besorgten Blick zu.

Doch Jude rannte weiter, als wäre da nur ihr träger Verfolger.

Da ist noch etwas anderes, dachte er. Und dieser Gedanke ließ sein Herz pochen und trieb ihn panisch voran.

Plötzlich verlangsamte Story ihre Schritte: »Was ist, wenn wir draußen sind?«

Jude zuckte die Achseln. »Ich hoffe, dass er uns dann in Ruhe lässt. Ich glaube, dass sie nur auf dem Friedhof Macht haben.« Das war nur so dahingesagt. Aber wenn es nicht stimmte, dann hätten sie schon bald ein ernsthaftes Problem.

»Ja, hoffentlich.« Besonders zuversichtlich klang Story nicht.

Die ägyptische Pforte mit dem eisernen Tor kam immer näher.

»Du bist ein guter Läufer«, sagte Story.

»Geht so. So fit wie du bin ich nicht.«

Mit einem Mal stockte Jude. Der bitterkalte Hauch des Winters schlug ihm von der Seite ins Gesicht und ihm war, als würde sein Herz gefrieren.

»Warum bleibst du stehen? Da vorne ist der Ausgang. Komm, wir sind gleich da.«

Das Tor schien zum Greifen nahe. Die ägyptischen Stelen

und Säulen wirkten imposant und bedrohlich zugleich, aber auch fehl am Platz, als gehörten sie da nicht hin.

Gleich würden sie erfahren, ob der Gesichtslose ihnen auch jenseits der Grenzen des Abney Parks folgen würde.

»Was hast du?«, fragte Story noch mal. »Lass uns gehen.«

Doch Jude stand einfach nur bewegungslos da, während all seine Sinne zum Zerreißen angespannt waren.

Im Dämmerlicht bewegte sich etwas. Es war nur eine flüchtige Bewegung, so schnell, dass sie dem Auge wie ein Schattenstreich vorkam. Jude hatte sie nur beiläufig wahrgenommen, aus dem Augenwinkel heraus.

Aus dem Augenwinkel heraus.

Verdammt, verdammt, verdammt!

Er spürte, dass seine Hände zu zittern begannen.

Achte auf das, was im Augenwinkel zu erkennen ist.

Miss Rathbones Ratschlag.

Jude atmete schwer, sein Puls begann zu rasen.

»Mist«, fluchte er. Auch das noch. Angestrengt spähte er in die Richtung, in der er die Bewegung wahrgenommen zu haben glaubte.

»Was ist?«, fragte Story.

»Ich dachte, ich hätte etwas gesehen.«

Sie blickte sich um. Der Gesichtslose war zwar noch weit weg, aber da sie stehen geblieben waren, holte er langsam auf. Mit ruhigen Schritten näherte er sich. Etwas in seiner Hand blitzte im Mondlicht auf. Ein Messer!

»Jude!«

Der Junge rührte sich nicht.

»Wir müssen uns beeilen«, drängte Story.

»Da ist etwas.«

Sie konnte nichts erkennen. »Noch einer von denen?«

Jude schüttelte den Kopf. »Nein, etwas anderes. Man kann es nur aus dem Augenwinkel sehen.«

Story sah ihn fragend an.

Achte auf das, was im Augenwinkel zu erkennen ist.

Wie oft hatten Miss Rathbone und Gaskell ihn vor den geheimnisvollen Wesen gewarnt, die in den Schatten der Friedhöfe lauerten, sich in der Unachtsamkeit verbargen, zu der die Menschen neigten. Man musste sich hüten, ihnen zu begegnen.

Man sieht sie nicht wirklich.

»Wenn wir noch länger stehen bleiben, wird er uns einholen.«

»Da, siehst du sie?«

Die traurigen Steinengel standen am Wegesrand, etwa fünfzig Meter hinter ihnen.

Da, wo man sie nicht sieht.

Es waren zwei. Sie waren mannsgroß und hatten Flügel, die eng am Rumpf anlagen. Ihre Füße waren nackt und steckten in grob behauenen Sandalen. Sie trugen lange, wallende Gewänder. Unbeweglich, wie es den Anschein hatte, standen sie da. Sie sahen schön aus, aber davon durfte man sich nicht täuschen lassen. Bleicher Marmor, einst weiß, mit der Zeit fleckig geworden, die edlen Gesichter nach vorn gereckt, sodass Mondlicht über sie floss wie Wasser.

Story sog scharf die Luft ein. »Ja, jetzt sehe ich sie auch. Was ist mit ihnen?«

»Sie jagen.«

Aus dem Augenwinkel sah er, dass sich die traurigen Steinengel doch bewegten, langsam, aber unaufhaltsam kamen sie auf sie zu. Jude konnte es knirschen hören.

»Wir müssen den Atem anhalten«, sagte er.

»Warum?«

»Wenn etwas atmet, lebt es auch. Und wir müssen langsam gehen.«

Schnelle, hektische Bewegungen erregen ihr Interesse, erinnerte sich Jude an die Warnung der Füchsin.

Langsam, aus den Augenwinkeln die traurigen Steinengel im Blick, gingen sie auf den Ausgang zu.

Flüchte niemals schnell.

Es fiel verdammt schwer, langsam zu sein, wenn man doch eigentlich am liebsten aus Leibeskräften rennen wollte. Jude drehte den Kopf ein wenig, gerade weit genug, um nach hinten zu blicken. Der Gesichtslose, nach wie vor das Messer in der Hand, hatte weiter zu ihnen aufgeschlossen, er verfolgte sie unverdrossen.

Aus dem Augenwinkel sah er die traurigen Steinengel, die ihnen mit geneigten Köpfen nachblickten, die Augen zu schmalen Schlitzen geöffnet, die Münder voller spitzer Zähne. Seit Jude und Story die Luft anhielten, bewegten sie sich nicht mehr.

Die Pforte war nah und schien doch unendlich weit weg zu sein. Im Laufschritt wäre es ein Klacks gewesen, aber nicht, wenn man im Zeitlupentempo ging. Die Strecke war zu lang, um sie, ohne einmal Luft zu holen, zurückzulegen.

Die Steinaugen blickten kalt und leblos.

»Jude!«, sagte Story und wies nach hinten.

Der Gesichtslose schien sein Tempo erhöht zu haben, er hatte sich rasch genähert.

»Verdammt«, fluchte Jude und schnappte unwillkürlich nach Luft.

Sofort setzten sich die traurigen Steinengel in Bewegung.

Jude und Story gingen mit langsamen Schritten weiter.

Es schien, als ahnte der Gesichtslose, dass etwas nicht stimmte, weil sich der Junge und das Mädchen so zielsicher der Pforte näherten. Die Klinge des Messers glänzte silbrig matt und plötzlich erkannte Jude noch etwas.

Eine Laterne an seinem Gürtel! Sie schaukelte bei jeder seiner Bewegungen.

Jude merkte, dass seine Knie weich wurden.

Der Gesichtslose erreichte jetzt die traurigen Steinengel, doch diese zeigten nicht die geringste Regung. Sie beachteten ihn überhaupt nicht, folgten mit ihren Blicken nur Jude und Story.

Er atmet nicht, dachte Jude nur, der Gesichtslose atmet nicht. Okay, und das bedeutete, was?

Nichts Gutes jedenfalls.

Die Steinengel bemerken ihn nicht, weil er nicht lebt.

Okay, okay, der Gesichtslose lebt also nicht. Er ist tot. Was auch immer. Und er ist hinter uns her, verdammt.

Jude unterdrückte den Drang zu husten. Seine Lunge brannte wie Feuer. Kurz vor dem Ausgang verlor er den Kampf. Er atmete heftig aus, nahm zwei kräftige Atemzüge und hielt dann erneut die Luft an.

Dieser Moment reichte aus, um die traurigen Steinengel wieder auf sie aufmerksam zu machen. Mit großen Schritten, die wie kleine Sprünge aussahen, kamen sie ihnen nach.

Judes Herz krampfte sich zusammen. Er spürte Storys Hand in seiner, und auch wenn sie sich leicht und fast unwirklich anfühlte, tat ihm die Berührung gut.

Die traurigen Steinengel hatten den Verfolger mit dem Messer überholt. Hinter dem Tor rauschte der Straßenverkehr und Jude sah den Strom der Fahrzeuge vorbeiziehen. Irgendwie passte dieses Bild nicht zu dem, was ihnen gerade auf diesem Friedhof widerfuhr. Jude und Story beschleunigten ihre Schritte.

Werden die traurigen Steinengel uns nachkommen, wenn wir den Friedhof verlassen haben? Was werden sie tun, wenn sie uns einholen? Wie wird sich der Gesichtslose mit dem Messer verhalten? Jude fühlte sich, als müsste er jeden Moment ersticken.

»Lass uns noch einmal einatmen«, keuchte er und füllte die Lungen mit Luft. Er spürte, dass Story es ihm gleichtat.

»Lauf!« Ohne sich noch einmal umzudrehen, rannte

173

Jude los, an seiner Seite flog Story dahin. Er lief, so schnell er konnte, mobilisierte die letzten Kräfte, den Blick fest auf die schnell näher kommenden Säulen des Tors vor ihm gerichtet. Gleich sind wir draußen! Gleich sind wir draußen! Gleich sind wir draußen! Stolpernd erreichten sie den Ausgang, rannten durch die Pforte hinaus auf den Gehsteig, blieben keuchend und nach Luft ringend stehen. Jude atmete tief ein.

Sofort fiel ihm auf, dass die Luft hier draußen viel wärmer war als auf dem Friedhof. Die Kälte war ihnen nicht gefolgt.

Vorsichtig wandte er sich um. Die traurigen Steinengel verharrten still und starr unweit des Eingangs, die Köpfe ihnen zugewandt. Nichts deutete darauf hin, dass Leben in diesen Steinwesen war.

Oh Mann, dachte Jude. »Alles okay bei dir?«, fragte er seine Begleiterin.

»Hätte gar nicht gedacht, dass ich so lange die Luft anhalten kann.« Storys Wangen waren gerötet, ihre Augen hatten einen seltsamen Glanz angenommen.

Ungläubig blickte sie zurück. »Sie folgen uns nicht.«

Der Gesichtslose hatte ebenfalls vor dem Tor haltgemacht. Er schien unschlüssig, was er jetzt tun sollte. Schließlich machte er kehrt und ging mit der gleichen Seelenruhe, mit der er Story und Jude verfolgt hatte, den Weg zurück, entschwand in der grauen Dunkelheit, die sich über den Abney Park Cemetery gelegt hatte.

»Puh, das war knapp!« Die Erleichterung stand Story ins

174

Gesicht geschrieben. Wie Jude schien sie kaum glauben zu können, dass alles vorbei war.

»War ganz schön anstrengend«, keuchte Jude, noch immer ganz außer Atem. Die Hände auf die Knie gestützt, stand er da.

Nach einer Weile berührte Story ihn an der Schulter. »Lass uns von hier abhauen.«

Jude warf einen letzten Blick auf den Friedhof zurück, der unschuldig und friedlich vor ihnen lag. In diesem Moment schlurfte ein weiterer Friedhofswärter heran, zog einen Schlüssel aus der Tasche und schloss das Tor. Sie hatten es gerade noch rechtzeitig geschafft.

»Ja, lass uns gehen.«

Einige Nebenstraßen weiter hielten sie erneut inne, um tief durchzuatmen.

»Sie sind uns tatsächlich nicht nachgekommen.«

»Ja, wir sind in Sicherheit.« In den letzten zehn Minuten war Jude vorsichtig und wachsam gewesen. Sie hatten Haken geschlagen und waren im Zickzackkurs durch die kleinen Nebenstraßen gegangen. Immer wieder hatte er überprüft, ob er aus den Augenwinkeln etwas wahrnahm, und sich nie wirklich sicher gefühlt. Der Schreck saß ihm in den Knochen, noch immer hatte er das Gefühl, verfolgt zu werden.

Doch da war nichts. Es sah wirklich so aus, als seien sie ihren Verfolgern entkommen.

Sie folgten der Stoke Newington High Street. Nichts

deutete darauf hin, dass die Welt eine andere sein konnte als jene, die sich ihrem Auge bot. Der Abendverkehr ebbte langsam ab, die Straßenlaternen schalteten sich ein und die Passanten eilten nach Hause oder in den nächsten Pub. Alles in allem das typische Vorstadtbild: parkende Autos, Leute in Eile, eine HSBC-Bank, ein 99-Cent-Shop, Frisörsalons, Restaurants, Tinnefläden und Kneipen.

»Was machen wir jetzt?«, fragte Story. Jetzt, wo sie der Gefahr entkommen waren, zehrte die Enttäuschung an ihrer Stimme wie die Nacht am Tag.

»Wir hecken einen neuen Plan aus«, erwiderte Jude. Das Leben, so viel stand fest, hielt mehr als nur einen Weg parat, um ein bestimmtes Ziel zu erreichen. Außerdem war er fürs Erste einfach nur froh, die Steinengel und die Gesichtslosen los zu sein. »Lass mich kurz nachdenken.«

»Geht klar.«

Natürlich hatte auch Jude sich von dem Besuch auf dem Abney Park Cemetery etwas anderes erhofft. Zumindest einen Anhaltspunkt über Storys Identität, einen Hinweis der *Lieblosen* oder gar eine Spur, die zu Storys Körper führen würde. Das, was man von einem Orakel eben erwarten konnte.

Und was hatten sie letzten Endes erreicht? Nichts! Sie hatten einen Friedhof ohne Geister gesehen, waren Zeugen eines Mordes geworden und mit Müh und Not zwei traurigen Steinengeln entkommen, was auch nicht schlecht war, aber eben nicht das, was sie erwartet hatten. Das Leben schien einem gern Steine in den Weg zu legen.

Der Gedanke rief das Bild der beiden traurigen Steinengel in ihm wach und er musste beinahe lachen, obwohl die Situation so ernst war.

»Weißt du, was mich echt fertigmacht?«, sagte Story in die Stille hinein.

Er schaute sie von der Seite an und erst jetzt fiel ihm auf, wie kess ihre Nase im Profil aussah.

»Diese Kerle haben mich entführt. Die wissen, *wer* ich bin und *wo* ich bin. Und ich . . .« Sie seufzte.

»Du bist noch immer am Leben.«

»Aber wie lange noch?« Ihre Stimme war brüchig. »Jude, ich habe solche Angst. Wie lange lebe ich noch? Was ist, wenn ich wirklich zu einem Geist werde? Wir wissen doch überhaupt nichts und deine Freundin, Miss Rathbone, die weiß auch nicht wirklich etwas. So was wie mich gibt es normalerweise nicht.« Sie schluckte ihre Furcht herunter, sagte leise: »Mich dürfte es gar nicht geben, oder?!«

Jude versuchte, ein möglichst unbekümmertes Gesicht zu machen. Er musste an einige der Geschichten denken, die Gaskell ihm erzählt hatte. Aber jetzt war nicht der richtige Zeitpunkt, Story daran teilhaben zu lassen. Nein, das würde sie nur noch mehr ängstigen!

»Ich habe eine Idee.« Wieder einmal schauten die Passanten ihn überrascht an, um dann wortlos weiterzugehen. Noch so ein durchgeknallter Teenager, der Selbstgespräche führt, mochten sie wohl denken.

Story seufzte. »Lass hören.«

»Ich rufe einen Freund von mir an. Er soll im Internet nach dem Aufsatzthema recherchieren . . .« – sie zog eine Augenbraue hoch – »und herausfinden, in welcher Schule *Social Media Networks – Segen oder Fluch?* behandelt wurde.«

»Dass du dich daran erinnerst . . .«

Er griff in die Jackentasche und beförderte ein uraltes hässliches Handy hervor. Es war rostrot und fleckig, die hintere Abdeckung fehlte vollständig, sodass man Karte, Akku und all den technischen Krimskrams sehen konnte.

»Damit willst du telefonieren?«

»Klar, es funktioniert noch.« Jude mochte das alte Monstrum.

»Sieht aber aus, als würde es jeden Moment auseinanderfallen.«

»Was hast du für eins?«, fragte er spontan.

»Es ist rot und . . .« Sie schlug sich die Hand vor die Stirn. »Mist! Noch so eine blöde Erinnerung, die mich kein bisschen weiterbringt. Jedenfalls ist es rot mit einem Symbol . . .« Sie runzelte konzentriert die Stirn. ». . . ein Ankh, das ich in der Schule mit Nagellack draufgemalt habe.« Sie zwirbelte eine Haarsträhne um den Finger. »Warum kann ich mich auf einmal an so was erinnern, hm?«

Jude ahnte die Antwort, ebenso wie Story, doch beide scheuten sich, es auszusprechen.

»Ich weiß weder, auf welche Schule ich gehe, noch in welche Klasse, aber ich weiß, dass ich in der Schule eine

Hieroglyphe auf mein Handy gemalt habe. Das ist doch völlig bescheuert.«

Jude blieb an einer Kreuzung stehen. Ja, völlig bescheuert. Und darüber hinaus beängstigend.

Er wählte und wartete.

»Wie heißt dein Freund?«, wollte Story wissen.

»Benny Andrews«, sagte er. »Wir machen gemeinsam Musik.«

Die Mailbox schaltete sich ein. »Er meldet sich nicht.« Jude wählte eine andere Nummer. »Dann versuche ich es eben bei Joolz«, murmelte er.

Story beobachtete ihn, dieses Mal ein wenig argwöhnisch, wie ihm schien.

Joolz ging ran.

Jude erklärte ihr schnell, worum es ging, und sah dabei Story an. Dann legte er auf.

»Sie schaut nach«, sagte er. »Dauert ein bisschen, sie muss erst den Computer einschalten. Sie ruft nachher zurück.«

»Wer ist sie?«

»Joolz? Eine gute Freundin.«

»Deine Freundin?«

Er schüttelte den Kopf. »Nein, nur *eine* Freundin. Sie geht nicht auf meine Schule, Benny übrigens auch nicht. Wir machen gemeinsam Musik. Benny, Joolz und ich. Das ist alles.«

Story nickte.

Damit war die Sache erledigt, vorerst.

»Komm, wir gehen weiter.«

»Wohin genau willst du eigentlich?«

Er zuckte die Achseln. »Zu Miss Rathbone. Schließlich musst du irgendwo übernachten.«

In den vielen Restaurants, an denen sie vorbeikamen, saßen Gäste unter Wärmestrahlern und genossen den Herbstabend. Hinter den Fenstern sah die Welt behaglich aus.

Es war seltsam nach dem, was sie erlebt hatten, durch Straßen wie diese hier zu spazieren. Alles wirkte ruhig, so unglaublich gewöhnlich. Dies war ein Außenbezirk von London wie viele andere auch, nicht viel anders als der, wo Jude wohnte. Von der Hauptstraße zweigten kleinere Straßen ab, gesäumt von Vorgärten mit Häusern, wie man sie überall fand. Schmale Townhouses mit den typischen kleinen Treppen davor und auf jeder Dacheinheit ein Schornstein.

Die Menschen, denen sie begegneten, hatten keine Ahnung von dem, was kurz zuvor auf dem Abney Park Cemetery, ganz in ihrer Nähe, passiert war. Vielleicht würden auch sie bald spüren, dass es dort keine Geister mehr gab, dass die Träume der Toten auf immer entschwunden waren. Würden sich die Menschen in dieser Gegend dann ebenso leer fühlen wie einst die Bewohner von Lud-on-Trent? Wie würde es sich auf das Leben in der Stadt auswirken?

Zu viele Fragen, auf die es keine Antworten gab. Jude wollte gar nicht erst wissen, was passieren würde, wenn es einem der traurigen Steinengel eines Tages gelänge, den Friedhof zu verlassen.

»Jude?«

Er sah sie an.

»Wie sieht dein Leben aus?«

»Mein Leben?«

Sie verdrehte die Augen. »Hey, du musst nicht alles wiederholen.«

Er nickte. »Ich muss nicht alles wiederholen?« Breites Grinsen.

»Idiot.« Sie knuffte ihn in die Seite.

»Na ja, ein bisschen was habe ich dir ja schon erzählt. Über meinen Vater und dass ich keine Mutter habe. Ansonsten mache ich gerne Musik. Hänge in Highgate herum, quäle mich durch die Schule, mehr gibt es nicht zu erzählen.«

»Gehst du nie aus? In Klubs?«

»Nein, aber ich mag kleine Pubs. Mit Billardtischen und altmodischen Spielautomaten.«

»Du spielst Billard?«

»Ja, aber ziemlich schlecht.«

»Und sonst?«

»River Raid, Starfighter, Ghosts & Goblins, die einschlägigen Spiele halt.«

Sie sah ihn weiter fragend an.

Das klang nicht gerade nach einem spektakulären Leben, wie er sich eingestehen musste. »Ziemlich langweilig, was?«

181

Sie zuckte die Achseln.

»Und wenn du mit der Schule fertig bist?«

»Das ist erst nächstes Jahr, da habe ich mir noch keine Gedanken drüber gemacht«, antwortete er ausweichend. In Wirklichkeit hatte er einfach keine Ahnung, welchen Beruf er ergreifen wollte. Musik würde er gern machen, ja. Aber ein Künstlerdasein fristen, wie die Leute, die er kannte, wollte er auch nicht.

Story wollte ihn gerade noch etwas fragen, da klingelte Judes Handy. Es war Joolz, die zurückrief.

Jude hörte ihr zu und nickte hin und wieder. Dann bedankte er sich bei ihr und legte auf.

»Und?«, wollte Story wissen.

»Joolz hat bei Facebook rundgefragt. Es gibt da eine Schule in Finsbury.« Er steckte sein klappriges Handy in die Jackentasche zurück. »Die Clerkenwell School. Am Penton Rise.«

Story wirkte nachdenklich; fast so, als käme ihr der Name irgendwie bekannt vor. Er sah sie abwartend an.

Doch dann schüttelte sie den Kopf. »Nie davon gehört.« Jude lag schon eine Antwort auf den Lippen, als sie die Hand hob und atemlos erklärte: »Das ist in der Nähe von King's Cross.« Story erschrak selbst, als würden die Worte von allein aus ihr heraussprudeln.

Jude sah sie verwundert an. »Du kennst die Schule also doch?«

»Nein, ich . . .« Die Verzweiflung ergriff wieder Besitz von ihr. »Ich weiß nur, dass sich der Penton Rise in der Nähe der King's Cross Road befindet.« Sie rieb sich die Augen. »Aber das ist auch schon alles. Meine Güte, ich weiß nicht einmal, wie die Schule aussieht. Und . . .«

»Schon gut.«

»Ich . . .«

»Dort wurde jedenfalls ein Test zu diesem Thema geschrieben. Vorgestern.«

»Vor zwei Tagen?«, sagte sie nachdenklich.

»Kannst du dich daran erinnern?«

Sie schüttelte den Kopf. »Ich weiß es nicht.«

»Ist schon gut. Wir werden versuchen, mehr in Erfahrung zu bringen.«

Story blickte auf ihre Schuhe und musste mit einem Mal lachen. »Hey, ich gehe auf eine Schule. Wahnsinn!« Sie hob den Blick. Jude lachte ebenfalls.

»Ja, wer hätte das gedacht?«

Das Lachen tat ihnen gut. Es war befreiend.

»Und was jetzt?«, fragte Story und wurde wieder ernst.

»Ich gehe morgen zum Clerkenwell College . . .«

»Wenn das wirklich meine Schule ist.«

»Das wird sich herausstellen. Jedenfalls gehe ich morgen dorthin und höre mich um.«

Story stutzte. »Wie willst du das anstellen?«

Jude hielt inne. Gute Frage. »Ich . . .« Er wusste nicht einmal, wie sie hieß. Wenn er wenigstens ein Foto von ihr hätte! Wie sollte er den Schülern klarmachen, wen er suchte? »Ich kann dich beschreiben.«

Skeptisch sah sie ihn an.

»Oder ich lasse ein Bild von dir zeichnen«, fügte er hinzu. Klasse Einfall, lobte er sich selbst in Gedanken, wirklich genial. »Erinnerst du dich an die Maler im Regent's Park?«

Sie schüttelte den Kopf.

»Na ja, ich kenne da jemanden. Das heißt, ich kannte einen Maler, der dort immer saß. Hoffentlich ist er noch da. Zu dem gehe ich und beschreibe dich ihm und er soll dich zeichnen. Ich bin sicher, er kriegt das hin.«

»Warum zeichnest du mich nicht?«, schlug sie vor.

»Ich? Keine Chance. Ich bin ein schlechter Zeichner.«

»Miss Rathbone?«

»Sie ist eine Füchsin. Füchsinnen sind vermutlich in vielem gut, aber nicht im Zeichnen . . .«

»Okay.«

Jude spürte, dass der spontane Einfall ihm neue Kraft gab. Ja, so müsste es funktionieren. Der Plan war, wie die meisten guten Pläne, ganz einfach. »Die meisten Parks schließen um sieben Uhr abends«, gab er zu bedenken. »Also sollten wir uns beeilen. Der Maler, den ich meine, hat immer am Queen Elizabeth Gate gestanden. Dem mit dem weißen Einhorn und dem roten Löwen.«

Story ließ sich nur zu gern von seiner Begeisterung anstecken. »Worauf warten wir dann noch?« Auch wenn ihre Hoffnung nur der sprichwörtliche Grashalm war, an dem sie sich festhielt, so hegte sie wenigstens wieder welche.

»Wer ist dieser Maler?«, fragte Story, als sie in Richtung U-Bahn-Station gingen.

»Er heißt Bert Wayne. Aber er nennt sich Van Dyck.«

»Klingt schräg.«

»Das ist er auch.«

»Woher kennst du ihn?«

»Vielleicht klingt das jetzt auch ein wenig schräg, aber wir, also Joolz und Benny und ich, hatten vor, irgendwann als Band durchzustarten. Nicht gleich, dafür sind wir noch nicht gut genug, aber irgendwann. Na ja und zum Üben spielen wir von Zeit zu Zeit in der Stadt.«

Sie lächelte. »Du bist Straßenmusikant?«

»Ja.« Aus ihrem Mund klang das ziemlich charmant.

»Da würde ich dich gern mal sehen.«

Er räusperte sich. »Sieht genauso aus, wie wenn jemand Gitarre spielt und dazu singt.«

»Du singst auch?«

»Zumindest versuche ich es.« Er grinste. »Wir fallen nicht weiter auf. Am Piccadilly Circus und am Embankment und überall in den Parks trifft man im Sommer jede Menge Straßenkünstler. Und letzten Sommer haben wir eben auch manchmal dort gespielt.« Immerhin hatten sie sich ein bisschen was dazuverdienen können, auch wenn es nicht viel war, aber immerhin ein Taschengeld.

Sie liefen die Treppen der U-Bahn-Station hinunter und hatten Glück: Gerade fuhr die Bahn ein.

»Auf die Art«, fuhr Jude fort, »habe ich Dyck kennengelernt. Van Dyck klingt so umständlich, wir nennen ihn nur

185

Dyck. Er malt im Regent's Park, manchmal auch in der Innenstadt.«

»Was malt er?«

»Alles Mögliche. Meistens Kreidezeichnungen auf dem Asphalt oder auf den Pflastersteinen, Porträts für Touristen. Karikaturen auf Anfrage, Landschaften. All so ein Zeug eben.«

Story nickte und dachte über etwas nach. »Was singst du so?«

»Songs von Justin Sullivan oder den Pogues und so.«

»*Und so?*«

Er nickte. »Ja und so.« Es war ihm peinlich, über seine Musik zu reden.

Sie grinste. »So, so.«

»Dyck wird uns sicherlich helfen«, sagte er, um vom Thema abzulenken.

»Glaubst du, dass er jetzt noch dort ist?«

»Das werden wir sehen. Einen Versuch ist es wert.«

Story nickte. Es war beschlossene Sache.

Keine halbe Stunde später stiegen sie am Regent's Park aus.

Als sie beim Regent's Park ankamen, war er bereits geschlossen. Nur einige Teenager, manche eng umschlungen, drückten sich im matten Licht der Laternen noch davor herum.

Dyck kniete unverdrossen auf dem Bürgersteig vor dem Queen Elizabeth Gate mit seinem weißen Einhorn und dem roten Löwen. Konzentriert zeichnete er mit Kreide eine grüne hügelige Landschaft samt einer viktorianischen Herbstgesellschaft mit Pinguinen. Er schien es nur für sich zu tun, denn Zuschauer hatte er keine mehr.

Als er Jude erblickte, sagte er: »Als ich das Bild begonnen habe, waren noch einige Kinder da.« Er hatte kurz geschnittenes pechschwarzes Haar und ein rundes Gesicht mit roten Wangen, das an einen Apfel erinnerte, auch wenn das Spitzbärtchen nicht so recht dazu passte. Eine Mütze saß schief auf seinem Kopf.

»Hi, Dyck.«

»Aber seit einer halben Stunden ist der Park zu.« Er deutete auf sein Bild. »Wollte das hier aber noch zu Ende bringen, bevor ich gehe.«

»Sieht gut aus.«

Er schaute auf. »Was tust du hier?« Dyck trug eine abgewetzte Lederjacke und Jeans.

»Ich wollte zu dir.«

»Was, um diese Uhrzeit?«

»Warum malst du es fertig, wenn niemand mehr da ist?«

»Warum hörst du nicht auf zu singen, wenn alle weitergehen?«

»Ein Punkt für ihn«, sagte Story.

»Weil es Spaß macht«, erwiderte Jude.

Dyck schnippte mit den Fingern. »Bingo, Alter!« Etwas irritiert folgte er Judes Blick, der sich kurz Story zugewandt hatte. Doch da er sie nicht sehen konnte, widmete er sich wieder seinem Bild.

187

»Ich benötige deine Kunst«, sagte Jude. »Deine magische Hand.« Er wusste, wie man Dyck ködern musste.

Der Maler schaute erneut auf und rückte sich umständlich die Mütze zurecht. Dann beendete er die Zeichnung, indem er eine weiße Brücke hinzufügte, die über den sich durch die Landschaft windenden Fluss führte.

»So, die hat noch gefehlt.«

Dyck musste Ende zwanzig sein. Er hatte eine Zeit lang an der Kunstakademie studiert, sein Studium dann aber abgebrochen. »Alter, du kannst keine wirkliche Kunst erschaffen, wenn es dir gut geht. Du musst dein Leben ganz der Kunst widmen«, hatte er Jude einmal erklärt. Wenn er damit meinte, in einer billigen Absteige in der Fleet Street zu hausen, jeden Tag aufs Neue die Kohle für seine Mahlzeiten zusammenkratzen zu müssen und, das war ihm besonders wichtig, fortwährend unglücklich verliebt zu sein, hatte er gefunden, wonach er suchte. »Sie müssen dich verlassen, Alter, sonst kannst du niemals fassen, was wirkliche Liebe ist.«

Auch wenn Jude Dycks Ansichten über Kunst nicht so recht folgen konnte, mochte er den kauzigen Kerl.

»Passt auf, dass ihr nicht so endet wie ich«, pflegte er Benny, Joolz und ihn zu warnen, wenn sie auf der Straße spielten.

»Wenn wir so enden wie du, werden wir vielleicht doch noch richtige Künstler«, gaben sie ihm dann zur Antwort. Solche Sprüche waren ganz nach Dycks Geschmack.

»Dahinten ist eine Party.« Dyck deutete auf den grünen

Hügel in der Mitte des Bildes. »Du kannst sie nicht sehen, weil sie hinter dem Hügel ist. Die Brücke führt dich aber hin.« Er betrachtete sein Bild. »Das ist Kunst, Alter. Du siehst es nicht, aber du kannst es trotzdem sehen, weil du weißt, dass es da ist.«

Story schmunzelte. »Ich kann die Party hören«, flüsterte sie versonnen.

»Ich auch«, entfuhr es Jude.

Dyck starrte ihn an. »Was meinst du?«

»Nichts.«

»Du hast ›Ich auch‹ gesagt.«

»Ich sehe die Party auch«, verbesserte sich Jude.

Dyck schüttelte die Blechdose, die neben dem Asphaltgemälde stand. Sie war das unvermeidliche Utensil aller Straßenkünstler Londons, mit dem sie ein Almosen erbaten, ein paar Pence, die Gefallen vortäuschten.

»Also, was führt dich her?«, fragte Dyck. Er rieb sich die Hände und hauchte hinein. »Wird langsam kühl hier draußen und ich denke, dass ich mir bald ein wärmeres Plätzchen suche.«

»Kannst du jemanden für mich zeichnen?«, fragte Jude.

Dyck starrte ihn an. »Hoffentlich nicht dich, hm? Ich zeichne nämlich keine hässlichen Sachen.«

»Na, danke.«

»Kompliment unter Freunden.« Dyck gluckste in sich hinein.

»Nein, im Ernst. Es ist . . .«

Dyck fixierte ihn. »Doch nicht etwa . . .«

»Doch, ein Mädchen.«

Jude sah, wie Story ein Grinsen unterdrückte. Und er war froh, dass Dyck es *nicht* sehen konnte.

»Ein Mädchen? Wo ist sie?«

»Ähm, sie ist nicht hier.«

»Ach?!«

»Ja.«

»Aber ich soll sie zeichnen.«

Jude nickte.

»Wie stellst du dir das vor?«

»Ich beschreibe sie dir.«

Dyck pfiff eine Melodie, *Chim Chim Cheree,* durch die Zähne. »Du beschreibst sie mir also.«

»Er hat dieselbe Marotte wie du — er wiederholt auch alles«, sagte Story.

Diesmal ging Jude nicht auf ihre Bemerkung ein.

Ein kalter Ostwind kam auf und wehte Blätter über die Kreidezeichnung.

»Ja, ich werde mir Mühe geben, sie dir ganz genau zu beschreiben.«

Story, die unerkannt neben Dyck stand, vollführte zum Spaß eine Pirouette.

Dyck dachte kurz über Judes Vorschlag nach. »Hast du ein bisschen Kohle dabei — du bezahlst mich doch, oder?«

»Nein, aber ich schlage dir eine Art Tauschhandel vor: Nächstes Mal, wenn wir hier sind, singe ich ein Lied nur für dich.«

»Ich darf mir eins aussuchen?«

Jude nickte. »Klar.«

»Dann wünsche ich mir den *Money Song.*«

Jude seufzte. »Geht klar.«

Dyck kraulte sich das Kinnbärtchen. »Sollen wir nicht lieber irgendwohin gehen, wo es warm ist? Wärmer als hier jedenfalls. Du könntest mir ein Bier spendieren oder zwei, dann zeichne ich dir, was immer du willst.«

»Klingt nach einem guten Geschäft«, sagte Jude.

Er half Dyck dabei, seine Utensilien einzusammeln. Die Kreidestücke landeten in einer länglichen Blechdose, der Stuhl wurde zusammengeklappt, ebenso die Staffelei, ein paar Blätter wurden zusammengerollt und in eine Papprolle gesteckt. Und schon waren sie fertig und zogen los.

Story lief schweigend hinter ihnen her und lauschte amüsiert dem Gespräch unter Männern, das man schwerlich als geistreich hätte bezeichnen können.

Kurz darauf betraten sie einen Pub namens *Ye olde Yonghy-Bonghy-Bò* im Herzen von Marylebone. Kein Ort in der Gegend hätte für ihr Vorhaben geeigneter sein können als dieser. Die Wände waren holzvertäfelt und vollgehängt mit Bildern unbekannter Künstler. Auf den klobigen Holztischen standen überquellende Aschenbecher und Kerzen in Bier- und Weinflaschen. Aus den Lautsprechern ergoss sich Musik von Ben Folds, The Avett Brothers und Mumford & Sons ins rauchgeschwängerte Stimmengemurmel.

Dyck drängelte sich durch die Menge und eroberte sich

einen Platz am Fenster zur Straße hinaus. »Hier sitze ich am liebsten.«

Jude nahm ihm gegenüber auf einem Stuhl Platz.

Als Story zu Dyck auf die Fensterbank glitt, rutschte der mit einem leicht erschrockenen Gesichtsausdruck instinktiv zur Seite. Auch er spürte also ihre unsichtbare Gegenwart, so wie die Gäste, die unbewusst für Story den Weg freigemacht hatten, als sie sich durchs Gedränge im Pub schoben.

»So, gleich kann es losgehen.« Dyck kramte in seinem Koffer nach dem, was er brauchte. Ein Zeichenblock, ein Bleistift, ein Radiergummi. Er lehnte sich zurück und setzte den Bleistift an.

Der Kellner kam an den Tisch, ein bulliger kleiner Kerl, stiernackig und mit roter Nase, der aussah, als könnte er einen ganzen Fanblock im Fußballstadion allein aufmischen.

Jude bestellte ein Ale für Dyck und ein Shandy für sich selbst.

»Ich nehme nichts«, sagte Story.

Jude konnte sich nur mit Mühe eine Antwort verkneifen. Story setzte sich aufrecht und richtete den Blick stur geradeaus wie ein Pantomime, der es vermied, etwas zu sagen, weil er Jude nicht in Verlegenheit bringen wollte.

»Bevor ich anfange«, sagte Dyck, »erzähl mir die ganze Geschichte.«

»Die ganze Geschichte?«

»Wie heißt sie? Wo hast du sie kennengelernt?«

»Na das Übliche«, log Jude, »in einem Café.«

Dyck schaute ihn an. »Du hast ein Mädchen in einem Café angequatscht?«

»Bei Starbucks in Gospel Oak.«

»Na klar.«

»Ich hab sie nicht angequatscht, sondern meinen Kaffee verschüttet, ganz einfach.«

»Und sie hat was abbekommen, die Glückliche.«

»Genau.« Jude nickte eifrig. Im Grunde war es egal, was für eine Geschichte er Dyck erzählte. Hauptsache, er ließ sich irgendetwas einfallen. »Wir kamen ins Gespräch und . . .«

»Wie heißt sie?«

»Wieso brauchst du ihren Namen?«

»Namen sind wichtig. Man braucht sie, um die Seele des Menschen zu erfassen, den man zeichnen möchte.«

»Ist das so?« Jude vermied es, Story anzuschauen. Er wusste, dass Dyck unbewusst ein heikles Thema angesprochen hatte.

»Ja, so ist das. Also, wie heißt sie?«

»Das hat sie mir nicht gesagt.«

»Sie fand dich so unwiderstehlich, Alter, dass sie weggegangen ist, ohne dir zu sagen, wer sie ist und wo sie lebt.« Dyck grinste breit. »Das klingt für mich ziemlich eindeutig.«

Jude seufzte.

Story blickte stur geradeaus. Die Lügengeschichte, die zwischen Jude und Dyk ersonnen wurde, zauberte ihr ein Lächeln ins Gesicht.

»Aber ich weiß, wo sie zur Schule geht.«

»Klasse und jetzt willst du sie stalken?«

»Nein, natürlich nicht.«

»Dann sag mir, wofür brauchst du das Bild?«

Jude atmete tief durch. »Okay, Dyck, ich habe einen Plan.«

Story lehnte sich gespannt nach vorn. Sie stützte den Kopf auf die Hände und fixierte Jude. Ihr rötlich glänzendes Haar umrahmte das Gesicht wie Herbstlaub.

»Und zwar werde ich vor ihrer Schule auf sie warten und für sie singen.«

Dyck blickte skeptisch drein. »Tu das besser nicht.« Er gab Jude einen Klaps auf die Schulter.

»Doch, ich werde ein Lied für sie schreiben und ihr die Zeichnung schenken.«

Story sah ihn mit großen Augen an.

Der bullige Kellner brachte das Ale und den Shandy, kassierte sofort und machte sich von dannen.

»Und du glaubst, dass sie dir im Gegenzug ihren Namen verrät?« Dyck leerte die Hälfte des Glases in einem Zug.

Jude wollte etwas erwidern, doch Dyck hob die Hand. »Schon gut, schon gut, wie du meinst. Ich möchte auf jeden Fall nicht die ganze Nacht hier verbringen. Wie sieht sie denn aus?«

Judes Blick wanderte zu Story, die ihn noch immer, aber jetzt ein wenig unsicher, anschaute und dabei kaum merklich zwinkerte. »Ihre Augen sind haselnussbraun«, sagte Jude und fuhr fort, sie zu beschreiben. Erst zöger-

194

lich, dann mutiger, wanderten seine Worte über ihr Gesicht. Er beschrieb ihre Haare, das Grübchen, das sich bildete, wenn sie lächelte, den Glanz in den Augen, wenn sie etwas komisch fand. Die Hand, die oft nervös eine Haarsträhne zwirbelte. Die Nase, die so einmalig war. Die Lippen, die sich manchmal spöttisch verzogen.

Dyck lauschte Judes Worten und zeichnete. Ab und zu nippte er an seinem Ale, während er zu Papier brachte, was der mausgraue Junge ihm diktierte.

Jedes Wort, das Jude sagte, schien dem Stift in Dycks Hand mehr Schwung zu verleihen. Dycks geübte Hand schraffierte, betonte hier ein Detail, deutete ein anderes nur an und ließ im Handumdrehen auf dem unschuldigen Weiß des Blattes ein Gesicht entstehen.

Story saß fasziniert neben ihm und betrachtete ihr Porträt.

Mit der Zeit wurde Jude mutiger, korrigierte Dyck hin und wieder. »Sie rümpft die Nase anders, wenn sie lacht, siehst du, genau da, an dieser Stelle.« Sofort führte Dyck die Korrektur aus. »Und ihr Hals ist viel schöner. Länger, schlanker.«

Er beschrieb ihre Ohrringe und alles, was ihm an ihr sonst noch auffiel. »Ihr linkes Ohr steht ein ganz klein wenig ab.«

Die ganze Zeit über saß Story schweigend da. Ihre Augen glänzten, während sie abwechselnd zwischen Dycks Zeichnung und Jude hin und her schaute, der redete und redete und redete.

195

Schließlich — der Kellner war inzwischen noch zweimal an ihren Tisch gekommen und Dyck hatte drei Ale geleert — war das Porträt fertig.

Der Künstler hielt die Zeichnung vor sich hin und musterte sie prüfend. »Und? Ist sie gut getroffen?«

»Ja, das hast du super hingekriegt.«

»Sie sieht echt scharf aus«, bemerkte Dyck.

Story konnte sich ein Grinsen nicht verkneifen.

Jude schluckte, dann sagte er betont cool: »Klar, was hast du denn gedacht.« Dabei vermied er, Story anzusehen, aber am Ende streifte sein Blick sie trotzdem.

»Bei der wirst du niemals landen.«

Story hielt sich die Hand vor den Mund.

»Das werden wir ja sehen.« Jude wollte sich lässig geben, aber ein trotziger Ton schlich sich in seine Stimme.

»Wenn mir das passiert wäre, hätte ich sie gleich nach ihrem Namen gefragt, so viel ist sicher.« Dyck pfiff durch die Zähne. »Und, Alter, damit das klar ist, ich würde sie gern mal persönlich sehen.«

Story schmunzelte, nicht nur mit dem schön geschwungenen Mund, sondern auch mit den Haselnussaugen.

Als Dyck zur Toilette ging, saßen Story und Jude schweigsam am Tisch. Beide waren versunken in die Betrachtung des Bildes, das, obwohl nur eine Skizze, so wunderbar und lebendig anmutete wie das Mädchen selbst, das auf der Suche nach seiner Geschichte war.

Als Dyck zurückkam, war der magische Moment zwischen ihnen dahin.

»Alter, du schuldest mir noch ein Lied«, sagte der Künstler zum Abschied und packte sein Zeug zusammen.

»Du hattest drei Ale.«

»Und du hast ein Bild.«

»Bei nächster Gelegenheit, okay?«

Dyck zeigte mit dem Finger auf ihn. »Ich werde es nicht vergessen, verlass dich darauf«, sagte er und machte sich daran, sein letztes Ale zu leeren. Draußen auf der Straße trennten sich ihre Wege. »Geh und finde sie, Alter«, riet Dyck Jude zum Abschied, »und dann sieh zu, dass du ihr den Kopf verdrehst.« Er klopfte Jude freundschaftlich auf die Schulter.

Damit verschwand er in der Nacht. Story, die direkt neben Jude stand, tat so, als hätte sie die letzten Worte nicht gehört. Und Jude kam sich wie ein einsamer Ritter vor, der unterwegs seine Rüstung verloren hat.

Unschlüssig standen sie draußen vor dem *Ye olde Yonghy-Bonghy-Bò*. Längst war die Nacht über London hereingebrochen. Jude hatte versucht, Miss Rathbone anzurufen, sie jedoch nicht erreicht. Vermutlich streunte sie gerade durch die Nacht, wie es die Art der Füchsinnen war. Oder sie hatte ihr Handy ausgeschaltet. Er hoffte, ihr war nichts zugestoßen.

»Was machen wir jetzt?«, fragte Story. »Ich bin furchtbar müde.«

»Du kannst bei mir übernachten.«

Sie musterte ihn. »Und dein Vater?«

»Der kommt erst morgen Abend nach Hause.« Außerdem würde er sie ja ohnehin nicht sehen können.

Sie musste nicht lange überlegen. »Okay.«

Jude starrte sie an. *Okay?* Das war alles? Keine Einwände, keine Diskussion?

»Prima, dann lass uns gehen«, sagte er nur.

Eine Dreiviertelstunde später kamen sie in der Twisden Road Nr. 8 an.

»Hier wohnst du also«, fragte Story.

Es war kurz vor Mitternacht und die Straße lag verschlafen da; nur in wenigen Fenstern deutete ein blaues Flimmern auf nächtliches Fernsehen hin. Jude nahm die Post aus dem rostigen Briefkasten, schloss die Tür auf und legte die Briefe einfach auf den Boden im Flur. Im Haus war es still und dunkel. Die Holzdielen knarrten unter seinen Schritten, nicht jedoch unter denen des Mädchens. Die enge Treppe reckte sich nach oben ins Dunkel. Es roch nach Sonne, als hätten sich deren Strahlen in den Vorhängen verfangen.

Jude knipste das Licht an, dann führte er Story in die Küche.

»Ich bin am liebsten in der Küche«, sagte Story.

Jude goss sich ein Glas Wasser ein. Währenddessen inspizierte das Mädchen das Erdgeschoss mit Wohnzimmer, Korridor und Treppenhaus. Sie wanderte umher wie eine Urlauberin, die ihre neue Wohnung besichtigt. Jude wusste, dass es ein völlig normales Haus war. Nichts daran war bemerkenswert. Aber ihm war das recht. Er wollte überhaupt kein außergewöhnliches Leben führen, sondern einfach nur zurechtkommen. Das war schon viel.

Im Wohnzimmer setzte sich Story in einen Sessel. Auf dem niedrigen Tisch lagen ein paar alte Tageszeitungen und zwei Comics. Jude ließ die Jalousien herunter und ging zum CD-Player, schaltete ihn ein, suchte nach einer passenden CD. Plötzlich stand Story neben ihm und schaltete das Gerät wieder aus.

»Spiel mir was vor.« Sie hielt ihm die Gitarre hin, die neben der Couch gestanden hatte.

Jude nahm sie entgegen. »Was Bestimmtes?«

Sie schüttelte den Kopf und ließ sich auf die Couch sinken. »Spiel einfach, was du am liebsten magst.«

Er setzte sich neben sie auf die Couch. Seine Finger berührten die Saiten und das Holz.

Dann suchte er den ersten Ton, auf den ein zweiter wie von selbst folgte. Er schloss kurz die Augen und tat das, was er sonst nur tat, wenn er allein war. Er ließ den Fingern freien Lauf und begann, dabei zu summen, leise und versonnen. Dann überließ er sich der Melodie, die gerade zu ihm kam, und half ihr, sich zu entfalten. Er spürte das Lied, das in ihm geschlummert hatte, nannte es in Gedanken, die kaum mehr als eine Ahnung waren, *Storytime*. Die Melodie war schlicht und gleichzeitig elegant, sie begann langsam wie ein Lächeln und steigerte sich zu einem Tanz, zu dem man ein Mädchen auffordert, das nicht wie die anderen ist. Judes Finger streiften die Saiten und das Lied, das er nie zuvor gehört hatte, floss ins Licht des Zimmers und verharrte dort, auch noch als es längst verklungen war.

Story saß schweigsam da und sah ihm beim Spielen zu. Irgendwann schloss sie die Augen. Als Jude fertig war und der letzte Ton verebbt, sagte sie: »Irgendwie bin ich genau wie das Bild, das Dyck gezeichnet hat.«

»Wie meinst du das? Dass du tatsächlich so aussiehst?« Er stellte die Gitarre neben sich.

»Ja, das auch. Aber was ich eigentlich sagen wollte: Ich bin nur eine Skizze, mehr nicht.« Sie wirkte wieder traurig. »Weißt du nicht mehr, was Dyck gesagt hat? Dass man die Seele erst erfassen kann, wenn man den Namen kennt. Und genau das ist der Punkt, Jude, ich bin nicht mehr als eine Skizze.«

»Nein, du bist viel mehr als das.«

Sie seufzte. »Spiel noch was für mich.«

Jude, der die nächste Melodie bereits im Ohr hatte, nahm erneut die Gitarre. Das Lied, das er spielte, war viel mehr als nur eine Skizze; und noch bevor es zu Ende war, schlief Story ein. Jude, der nicht wusste, ob Geister frieren können, breitete eine Decke über ihr aus und setzte sich in seinen Sessel. Die Melodie ging ihm nicht mehr aus dem Kopf, auch nicht, als er ebenfalls vom Schlaf übermannt wurde.

6.
Eine Spur im Herbstlaub

Jude schlief unruhig. Traumwandlerisch strandete er in den Geschichten, die Gaskell ihm erzählt hatte. Damals, als der mausgraue Junge den Highgate Cemetery und damit eine für ihn völlig neue Welt entdeckte. Damals, das war kaum ein halbes Jahr her, auch wenn es ihm wie eine Ewigkeit vorkam.

»Hast du jemals von den Leichendieben gehört?«

Jude nickte. Er kannte einige Horrorfilme, in denen es um diese absonderlichen Geschäfte ging. Allerdings wusste er, dass Filme nur wenig mit der Wirklichkeit zu tun haben und Schauspieler schneller Worte finden als die Menschen im wirklichen Leben.

»Das Leben in London war grauenhaft.« Dabei war Gaskell damals noch gar nicht geboren worden. »Unmenschlich und demütigend.« So wie er erzählte, hörte es sich an, als hätte er alles mit eigenen Augen erlebt. »Die Menschen waren ihrem Schicksal hilflos ausgeliefert.« Die Dramaturgie des Erzählens beherrschte Gaskell wie kein anderer. »Dabei wissen wir längst nicht alles.«

»Ach ja?«, fragte Jude, nur um ihn zum Weitererzählen zu bewegen.

»Es gab alle möglichen Krankheiten.«

In den Elendsvierteln der Metropole brachen Seuchen aus, die sich unter den damaligen Lebensbedingungen – der Enge, der Not und dem Schmutz – wie ein Lauffeuer verbreiteten. In der Gosse, in der die Kinder spielten, flossen stinkende Abwässer. Die Menschen waren zu arm, um sich Obst und Gemüse zu kaufen, und viele litten unter fortgeschrittenem Skorbut. Die Zähne fielen ihnen aus, die entzündeten Gelenke und der Muskelschwund verursachten unvorstellbare Schmerzen. Die Zahl der verzweifelten Tagelöhner stieg von Jahr zu Jahr. Das Heer Arbeitssuchender strömte jeden Tag von Neuem zum Hafen, zu den Docks in Rotherhithe und in die City, wo man notfalls Pferdeäpfel von den Straßen aufsammeln konnte.

»Kleine Kinder schickte man in die Schornsteine hinein und etliche kamen nicht wieder lebendig heraus«, berichtete Gaskell mit düsterer Stimme und machte eine bedeutungsvolle Pause.

Die völlig Verzweifelten bettelten, andere wiederum handelten in den Straßen mit Kuriositäten wie konservierten Tierkadavern oder magischen Amuletten und wieder andere verlegten sich aufs Stehlen. Zu jener Zeit widmeten sich die medizinischen Fakultäten neuartigen Forschungen und waren auf der Suche nach menschlichen Forschungsobjekten.

»So kamen einige findige Geschäftsleute auf die Idee, auf den Friedhöfen und in den Leichenhäusern die Toten zu rauben.«

Alles in allem war dies ein recht lukratives Geschäft, da man die Leichname ohne Umstände an die medizinischen Fakultäten verkaufen konnte.

»Unter der Hand, versteht sich.«

Denn Leichenraub war eine Straftat, die zwar nur milde bestraft wurde, bei der man sich aber dennoch nur ungern erwischen ließ.

»Um eine Leiche zu rauben«, führte Gaskell aus, »benötigte ein geübter Räuber kaum mehr als dreißig Minuten.«

Der Bedarf an menschlichen Untersuchungsobjekten wuchs stetig und die Leichenräuber verpflichteten sich gegenüber ihren Auftraggebern, pünktlich neue Ware zu liefern. Da war es nicht weiter verwunderlich, dass sie irgendwann dazu übergingen, sich auf schnelle Art und Weise neue Tote zu beschaffen, indem sie den Menschen in dunklen Gassen auflauerten und sie kurzerhand umbrachten.

»So ersparte man sich das Freischaufeln des Sarges«, erklärte Gaskell. »Und weitere Unannehmlichkeiten.«

Die Nachfrage stieg und stieg. Nicht nur Anatome, auch Zahnärzte, Scharlatane, Händler, Perückenmacher, alle möglichen Berufszweige meldeten neuen Bedarf an Leichen an. Selbst die Kleider der Toten wurden, gewaschen und ausgebessert, in den Läden in der Field Lane zum Verkauf angeboten.

»Ihre Zähne verkaufte man an die Reichen.«

An dieser Stelle verzog Jude angewidert das Gesicht.

»Der Handel mit den Toten war ein gigantisches Geschäft«, verkündete Gaskell in unheilvollem Ton.

Danach versuchte sich Jude oft vorzustellen, wie das Leben in der Stadt damals wohl ausgesehen hatte. Einige Aspekte des Lebens im London des 19. Jahrhunderts waren ihm aus den Romanen von Charles Dickens bekannt, aber er hätte gern noch mehr über die damalige Zeit erfahren. Am liebsten hätte er einen von Dickens Verwandten diesbezüglich befragt (sie blieben aber meist unter sich und waren nicht besonders gesellig, so wie viele der prominenteren Geister in Highgate).

»Und weißt du, was sie mit ihrem schändlichen Tun den Geistern angetan haben?«

Nein, das wusste er nicht.

Nun gut, Gaskell erzählte es ihm.

»Kaum dass die Geister auf den Friedhöfen angekommen waren, wurden sie auch schon wieder der Gemeinschaft entrissen, die sie gerade erst aufgenommen hatte.«

Gaskell schilderte es ihm in allen Einzelheiten: die Verletzlichkeit, die ein gerade erst verstorbener Geist empfindet, wenn er sich seiner Lage bewusst wird; die Orientierungslosigkeit, wenn er erfährt, dass der Friedhof von nun an sein neues Zuhause ist; die tränenschwere Erinnerung an das eigene Begräbnis und die Gesichter der Trauernden; die Erleichterung, wenn er bemerkt, dass er nicht allein ist; die Sicherheit, die er empfindet, wenn er Teil einer neuen Gemeinschaft wird.

Es musste schrecklich für die Geister gewesen sein, wenn sie urplötzlich ihrer Körper beraubt wurden.

Denn sie waren mit ihren Körpern verbunden.

Hilflos mussten sie mit ansehen, wie jemand ihren Leichnam ausgrub, auf einen klapprigen Wagen lud, ihn dann durch die gaslichterhellten Straßen und Gassen karrte, um ihn schließlich bei einem Kunden abzuliefern.

»Die Geister mussten diesem Treiben tatenlos zusehen. Und sie mussten ihrem Körper folgen – ob sie wollten oder nicht.«

Jude empfand tiefes Mitgefühl angesichts ihrer Hilflosigkeit.

»Viele Geister ließen in einer anatomischen Praxis ihr Leben.«

Oder in einer billigen Absteige, wo sie einen Arzt oder Quacksalber dabei beobachten mussten, wie er ihren Körper mit seltsamen Instrumenten brutal zerlegte. Sie waren gezwungen, mit anzusehen, wie man sie sezierte, nur um schließlich irgendwo in ungeweihter Erde neben ihren bis zur Unkenntlichkeit verstümmelten Körpern ihr Leben auszuhauchen.

»Dunkle Zeiten waren das«, erzählte Gaskell. »Die Leichenteile wurden in irgendwelchen Löchern verscharrt.«

Manche wurden einfach in die Themse geworfen und den Fluten überlassen. Oder endeten in der Kanalisation, die aber erst ab der Mitte des 19. Jahrhunderts eingerichtet wurde, ein gigantisches Unternehmen, das die hygienischen Bedingungen in London drastisch verbesserte.

Miss Rathbone wiederum berichtete Jude kurz darauf von den Massengräbern in London. Von den Pestopfern im Mittelalter – wobei die letzte große Pestepidemie noch 1665/66 in der Metropole wütete –, die tief in der Erde verscharrt wurden; von den überfüllten Friedhöfen und dem Leichengestank allerorten. Von den Geistern, die unbehaust herumirrten. Für alle Ewigkeit zur Heimatlosigkeit verdammt.

»Viele von ihnen wurden verrückt«, warf Gaskell ein, »denn auch ein Geist muss ein Zuhause haben.«

Damals verstand Jude zum ersten Mal, was es bedeutete, ein Geist zu sein. Unter welchen Gefahren sie lebten und welche Qualen sie erdulden mussten.

Seufzend erwachte er aus seinen Träumen.

Draußen war es stockdunkel. Er war daheim, im Wohnzimmer, wo ihm alles vertraut vorkam. In Geborgenheit.

Gaskell und seine Geschichten! Er schüttelte den Kopf.

Dann dachte er über Story nach und fragte sich bang, was wohl mit ihrem Körper passieren würde, wenn die Zeit, die ihr noch verblieb, abgelaufen war. Der Gedanke, dass Story – die wirkliche, echte, richtige Story –, die an einem verborgenen Ort irgendwo in der Stadt lag, womöglich in der Erde verscharrt, jetzt, in diesem einen Augenblick im Sterben lag, war so grauenhaft, dass er ihn nicht mehr losließ.

Mehrmals in der Nacht wachte er auf, wälzte sich im Sessel herum, drehte sich, suchte eine bequemere Position und schlief, mit einem kurzen Blick auf das friedlich schlummernde Mädchen, wieder ein.

Was würde geschehen, wenn sie sterben würde? Wäre sie auf einmal fort? Würde eine Macht, die er nicht kannte, ihren Geist in die Nähe ihres Leichnams befördern? Im Grunde wusste er gar nichts. Nur, dass er schreckliche Angst hatte. Nicht um sich, sondern um sie.

Andererseits hatten die Gesichtslosen sie nicht getötet, sondern nur entführt. Dafür musste es einen Grund geben. Was führten sie im Schilde?

»Für alles«, hatte Miss Rathbone einmal gesagt, »gibt es einen Grund.«

Endlich fiel mattes Licht durch die Ritzen der Jalousien, ein neuer Tag erwachte. Ein leichter Wind wehte und ließ die Rollos rappeln.

Als die Sonne aufging, wachte auch Story auf. Sie streckte und rekelte sich und setzte sich benommen auf der Couch auf.

»Wie hast du geschlafen?«, fragte Jude.

Sie blinzelte, musste sich erst in der fremden Umgebung zurechtfinden. »Gut. Ganz normal. Wie ein Mensch, vermutlich.« Sie schaute zu einem Fenster hinaus, dessen Jalousie nur halb heruntergelassen war. Es war noch immer dämmrig im Raum. »Und du?«

207

»Schlecht.«

Sie fragte nicht, warum.

»Möchtest du frühstücken?«, fragte er sie und in dem Augenblick, in dem er die Frage ausgesprochen hatte, wurde ihm bewusst, dass sie ja gar nichts aß.

»Nein«, antwortete sie.

»War auch eine dumme Frage.«

»Nein, Jude, ich meine, ich frühstücke nie.«

Er nahm das zur Kenntnis, ohne den Sinn ihrer Worte zu begreifen. Dass Geister schliefen, war nichts Neues für ihn. Aber aßen sie auch? Nicht, dass er wusste.

Dann wurde ihm klar, dass sie etwas anderes meinte.

»Oh. Du willst sagen, du erinnerst dich.«

»Ja, aber nur daran, dass ich nie frühstücke.«

Die Fragen, die sich daraus ergaben und die sie nicht aussprachen, wirbelten mit den Staubkörnern in der Luft.

»Was werden wir jetzt tun?«

»Heute Abend kommt mein Vater zurück. Dann kann ich nicht mehr die ganze Nacht durch die Gegend ziehen.« Alles würde komplizierter sein, wenn George Finney wieder da war. »Wie ist er als Vater?«

»Er ist fast immer unterwegs. Er arbeitet viel.«

Sie nickte leise. »Verstehe.«

Plötzlich fiel Jude ein, dass er in die Schule musste.

Egal. Dafür war jetzt keine Zeit. Er würde sich eine Ausrede einfallen lassen; in den letzten zwei Tagen schienen Ausreden zu seiner Spezialität geworden zu sein. Das Gespräch, das Mr Ackroyd mit seinem Vater zu führen gedachte, hatte er völlig verdrängt. Gut so, dachte er nur.

Er stand auf, streckte sich, schlurfte ins Bad und nach einer kalten Dusche kam er erfrischt und einigermaßen fit wieder zurück.

Story war bereits in die Küche gegangen. Sie spielte versonnen mit einem Salzstreuer herum, der auf der Anrichte stand. »In der Küche ist es meistens am gemütlichsten«, sagte sie und nahm den Gedanken von gestern Nacht wieder auf. Noch so eine Erinnerung, dachte Jude.

Jude frühstückte schnell, Kaffee und einen Toast mit Marmelade, während Story ihm dabei zusah.

Im Radio lief *Whatever Hurts You Through the Night* von Glasvegas. Irgendwie passend.

»Das Lied, das du gestern gespielt hast . . .«, sagte Story plötzlich.

Jude sah sie erwartungsvoll an.

». . . das war schön.«

Er lächelte froh und hoffte, dass sein Lächeln nicht zu dämlich oder gar selbstverliebt wirkte. Auch ihm ging wieder die Melodie durch den Kopf und sie verdrängte die Erinnerung an die wüsten Träume, die ihn heimgesucht hatten.

»Machst du das jeden Morgen?«, fragte Story.

Jude verstand die Frage so, wie sie gemeint war, und er erzählte ihr von all den Dingen, die für ihn normalerweise zu einem Frühstück dazugehörten: Toast, Honig und Kaffee, frische Erdbeermarmelade, ein Fünf-Minuten-Ei und natürlich das Radioprogramm, das morgens vor neun am besten war. Er kam sich vor, als plappere er lauter unwichtiges Zeug, doch die Art, wie sie ihm zuhörte, sagte ihm, dass genau in diesen scheinbar unwichtigen Dingen so etwas wie Magie für sie lag.

»Du bist schon verrückt«, sagte sie und lächelte.

»Kann sein, wer ist das nicht.«

Sie wurde ernst. »Die meisten sind das leider nicht.«

Er wusste, was sie meinte.

Kurz vor acht Uhr rief er in der Schule an. Um diese Uhrzeit war das Sekretariat noch nicht besetzt und der Anrufbeantworter meldete sich. Jude nannte Namen und Tutor und meldete sich krank. Eine Erkältung. Zwischendurch hustete er kurz, nicht zu auffällig, wie er hoffte.

»Du bist kein guter Lügner«, sagte Story, »auch wenn du dir Mühe gibst.«

Und sie war eine gute Beobachterin, wie Jude fand.

Dann machten sie sich auf den Weg.

Sie nahmen die U-Bahn bis zum Bahnhof King's Cross und St. Pancras, den Rest des Weges bis zum Penton Rise gingen sie zu Fuß.

London erwachte nicht langsam, sondern ruckartig zum Leben, wie Jude schon mehrmals beobachtet hatte. Herdengleich strömten Schüler aus den Bahnhöfen in die Straßen und eilten ihren Schulen entgegen. Lieferwagen in allen möglichen Größen verstopften die Straßen vor den Geschäften, Pendler eilten hektisch zu ihrem Arbeitsplatz. Auch die Bettler am Bahnhof und an den Straßenecken waren bereits auf den Beinen.

Am Himmel sah man ein paar verstreute Wolken, die aussahen wie zerblasene Wattebäusche. Von den Bäumen rieselte Laub, das über die Straßen und Gehwege geweht wurde.

Spuren im Herbstlaub, dachte Jude müde und aufgekratzt zugleich, das ist es, was wir suchen.

Jude und Story waren beide schweigsam an diesem Morgen. Jeder hing seinen Gedanken nach.

In einer Hand hielt er die Pappröhre mit Dycks Zeichnung darin. Auch seine Gitarre hatte er mitgenommen. In der alten Tasche war sie bequem zu schultern.

»Das ist es!« Jude deutete auf das Gebäude, vor dem sie stehen geblieben waren. Jetzt würde sich zeigen, ob sein Plan etwas taugte.

»Sieht nett aus«, sagte Story.

Das Clerkenwell College war in einem modernen Gebäude untergebracht, das von einer Mauer umgeben war. Hinter den Fenstern schimmerte es hell, man sah die Silhouetten der Schüler, die zu ihren jeweiligen Klassenzimmern eilten.

Wie jede Schule hatte auch diese einen Sicherheitsdienst, der ein Auge auf die hineingehenden Schüler hatte. Hier saß der Wachmann an der Rezeption im Eingangsbereich. Durch die Glasscheibe konnte Jude erkennen, dass er mit einer Tasse Kaffee oder Tee und einer vor sich aufgeschlagenen Tageszeitung von seinem Stuhl aus müde die eintrudelnden Schüler beobachtete. Die meisten grüßten den Wachmann und er grüßte zurück. Ansonsten schien ihn seine Umgebung nicht sonderlich zu interessieren.

Jude schaute sich um und er fand den Gedanken, dass dies womöglich der Ort war, an dem Story Tag für Tag ein und aus gegangen war, befremdlich. Merkwürdig erleichtert stellte er fest, dass das Clerkenwell College ein normales College war. Keine Anstalt für reiche Kids, was bedeutete, dass Story ein ganz normales Mädchen war, vorausgesetzt, dies war tatsächlich ihre Schule.

Wie auch immer, Jude würde einige der Schüler vor der Schule befragen müssen, deswegen war er schließlich hier.

»Du glaubst wirklich, dass das funktioniert?«, hatte Story ihn mehrmals auf dem Weg hierher gefragt.

»Ja.«

»Du bist ein Optimist.«

»Sagt Miss Rathbone auch immer.«

»Sie muss es ja wissen.«

»Genau, schließlich ist sie eine Füchsin.«

Doch jetzt, wo er vor dem Eingang stand, war er sich seiner Sache nicht mehr ganz so sicher.

Bestimmt würde er sich mit dem, was er vorhatte, verdächtig machen. Aber es schien ihm die einzige Möglichkeit zu sein, etwas über Story in Erfahrung zu bringen. Im besten Fall würde er sich blamieren, weil die Geschichte, die er sich zurechtgelegt hatte, alles andere als cool war.

»Kennst du dich hier aus?«, fragte er Story leise, da links und rechts Schüler an ihnen vorbeieilten.

»Vage, ja. Es ist wie ein Traum, an den man sich undeutlich erinnern kann.«

»Aber du weißt nicht, ob du hier Schülerin bist.«

»Möglich ist es schon, aber ich kann es nicht mit Bestimmtheit sagen.« Seit sie bei der Schule angekommen waren, wirkte sie sehr nachdenklich, fast ein wenig beklommen.

»Okay«, murmelte Jude, der plötzlich voller Tatendrang war.

Er vergewisserte sich, dass der Wachmann noch nicht auf ihn aufmerksam geworden war. Sie hatten Glück: Allem Anschein nach war der Wachmann interessierter an der Zeitung als an den hereinströmenden Schülern.

Jude stellte sich an die Mauer in der Nähe des Eingangs, packte die Gitarre aus, legte die Tasche neben seine Füße und befestigte das Porträt, das er behutsam entrollt hatte, mit Tesafilm daran, sodass ihm der morgendliche Herbstwind nichts anhaben konnte. Dann postierte er sich mitsamt der Gitarre neben dem Haupteingang und wartete. Sollte ihn jemand fragen, würde er eine Geschichte erzählen.

Story indes war auf die Mauer geklettert und ließ die Beine baumeln. »Und du glaubst wirklich, dass jemand, der mich kennt, stehen bleibt und dir meinen Namen verrät?«

»Klar.« Jude war sich seiner Sache mit einem Mal sicher.

Eine halbe Stunde stand er vor der Schule und nichts passierte. Doch dann blieb ein Junge vor der Gitarrentasche stehen. Er war größer als Jude und trug eine Lederjacke im Motorradfahrer-Look, mit Nieten und einem glänzenden Reißverschluss. Über seiner Schulter baumelte ein Royal-Airforce-Rucksack.

»Oi!«, sagte der Junge. Seine schmalen Augen fixierten Jude, dann senkte sich sein Blick und blieb verwundert an Storys Bild hängen.

Jude antwortete ebenfalls mit einem unverbindlichen »Oi!«.

»Was machst du hier?«

»Warten«, sagte Jude.

»Warten, hm«, wiederholte der Junge mit einem bedrohlichen Unterton in der Stimme. »Ich habe dich hier noch nie gesehen.« Er hatte einen grau-rot karierten Schal um den Hals geschlungen. Seine Haare waren sehr kurz geschnitten und der Ausdruck seines hageren Gesichts wirkte weder freundlich noch unfreundlich, aber wachsam und neugierig. Jemand, der Ärger machen würde, wenn man es darauf anlegte, da war sich Jude sicher.

»Ich gehe nicht auf diese Schule.« Jude spürte die Müdigkeit in den Knochen. Plötzlich fühlte er sich wieder unsicher und irgendwie fehl am Platz.

»Was ist das für ein Bild?« Der Junge stellte die Frage wie jemand, dem die Antwort darauf zustand, hier und auf der Stelle. Wenn nötig, würde er auch etwas nachhelfen, um sie zu bekommen.

»Kennst du sie?«, fragte Jude etwas vorsichtiger und,

wie er hoffte, mit einer guten Portion Freundlichkeit in der Stimme.

Der fremde Junge ließ sich nicht beirren. »Was willst du von diesem Mädchen?«

»Ich will ihr das Bild schenken.«

Der Junge stutzte, aber nur für einen kurzen Moment. »Hast du das gezeichnet?«

Jude nickte. »Ja.«

Story, die alles von ihrem sicheren Platz auf der Mauer aus verfolgte, deutete mit einem Nicken die Ankunft von weiteren Schülern an. »Ärger im Anmarsch«, warnte sie Jude.

Jude hatte die beiden auch schon bemerkt.

Ein Junge und ein Mädchen, die schnell und Arm in Arm über die Straße gelaufen kamen, blieben ebenfalls vor der Gitarrentasche mit dem Porträt stehen.

»Jamie, Rose«, begrüßte der Junge die beiden.

»Dave!« Jamie und Dave tauschten eine Serie von Handschlägen aus. Gangstergruß, cool, lässig.

»Was ist denn hier los?«, fragte das Mädchen, das Rose hieß. Sie trug lila Leggings und darüber einen kurzen Jeansrock mit passender Jacke dazu.

»Schau dir das Bild an«, sagte Dave.

Das Mädchen schaute abwechselnd von Storys Porträt zu Jude.

»Seltsam, was?«

Rose nickte. Sie hatte ein Nasenpiercing, blond gefärbte Haare und eisblaue Augen wie ein Husky.

215

Story saß noch immer auf der Mauer und verhielt sich ruhig. Offenbar erkannte sie die drei Jugendlichen nicht. Angestrengt verfolgte sie die Szene und Jude fragte sich, wie sie sich jetzt wohl fühlen mochte.

»Was willst du von Penny?«, fragte Jamie (lange Haare, Sportjacke, Jeans und Chucks).

Jude starrte ihn an.

Der Name traf ihn wie ein Schlag mitten ins Herz. »Penny?«, stammelte er.

Einen Moment lang schien die Zeit stillzustehen. Sein Blick glitt zu Story hinüber, er bemerkte ihren Gesichtsausdruck, die grenzenlose Verwunderung in den Haselnussaugen. Und ein Aufblitzen von Erkenntnis, als erblickte sie zum ersten Mal ihr Spiegelbild.

Jude wurde bewusst, dass er sich, seitdem er Story kennengelernt hatte, nie wirklich Gedanken über ihren richtigen Namen gemacht hatte. Doch jetzt, da er ihn vernahm, wusste er ganz instinktiv, dass dies der Name war, der zu ihr passte.

Ja, Penny!

»Penny«, hörte er auch Penny sagen, als wollte sie, indem sie den Namen aussprach, ihre ganze Identität heraufbeschwören.

Schlagartig wurde das Mädchen Story zu Penny. Von nun an würde sie immer nur Penny für ihn sein, als hätte der Name nur darauf gewartet, endlich ausgesprochen zu werden.

Doch Jude hatte keine Zeit, sich über diese überaus

216

wichtige Enthüllung zu freuen. Denn im nächsten Moment schubste ihn Dave unsanft gegen die Mauer und packte ihn am Kragen. Die Gitarre fiel scheppernd zu Boden und gab ein *Klmpf* von sich. Vorbeikommende Schüler drehten die Köpfe nach ihnen um.

»Hör zu, Spinner«, sagte Dave drohend, »diese Geschichte kannst du sonst wem erzählen.« Er drückte Jude erneut gegen die Mauer, seine Hand umklammerte noch immer Judes Jackenkragen. »Was willst du von Penny?«

Jude starrte ihn an und sein Herz setzte einige Schläge aus.

Penny, oben auf der Mauer, beugte sich vor. Sie machte keine Anstalten, ihm zu helfen. Aber wie sollte sie auch?

»Ist das ihr Name?«, stammelte Jude erneut.

Der Junge ließ ihn nicht los. »Ich denke, du kennst sie?«

»Ich bin ihr nur einmal begegnet und . . .«

»Dave, was will der Kerl eigentlich?«, fragte das Mädchen, das Rose hieß.

»Das ist irgend so ein Irrer, er wartet auf Penny.«

»Was willst du von ihr?«, fragte Rose.

Jude befreite sich aus Daves Griff. »Hey, ich bin kein Irrer.« Er hustete. »Was ist so schlimm daran, auf jemanden zu warten?«

»Du kennst nicht mal ihren Namen. Hat Nick dich geschickt?«

»Nick?«

Das Mädchen mit dem Nasenpiercing winkte ab. »Vergiss es.«

217

»Wer ist Nick?«, fragte Jude erneut.

»Niemand, der dich interessieren muss«, entgegnete Dave. Er ließ Jude nicht eine Sekunde aus den Augen.

»Komm schon, Jamie, lass ihn«, sagte das Mädchen.

Diese drei da – Dave, Rose und Jamie –, dachte Jude, schienen Freunde von Penny zu sein. Zumindest kannten sie sie. Und sie machten sich Sorgen um sie.

»Ich habe sie getroffen, vor zwei Tagen, an der Bushaltestelle.« Das war nicht ganz gelogen.

»Und?«

»Wir kamen ins Gespräch. Ich . . .«

Rose sah ihn misstrauisch an. »Wo hast du sie getroffen?«

Jude schien es am sichersten zu sein, wenn er nahe an der Wahrheit blieb.

»In Highgate.«

Jamie schaute Rose fragend an. Das Mädchen sagte: »Dann hat sie es getan.« Sie schien zufrieden zu sein mit dem, was immer Story auch getan haben sollte.

»Bist du dir sicher?«

»Vielleicht fühlt sie sich deswegen nicht gut.«

Dave sagte: »Sie geht seit zwei Tagen nicht ans Telefon.«

»Was hat sie getan?«, fragte Jude.

»Hey, Fremder«, sagte Dave, »du hast uns immer noch nicht gesagt, wie du heißt.« Das Misstrauen, das für einige Sekunden verschwunden gewesen war, flammte wieder auf.

»Jude«, sagte Jude.

»*Hey Jude* . . .« Dave sang den Anfang des bekannten Songs und grinste ironisch.

Rose sagte zu ihrem Freund: »Sie wollte noch mal zu ihm, um endgültig alles zu klären.«

»Zu wem?«

»Zu wem wohl? Zu Nick natürlich.«

Story machte ein fragendes Gesicht.

Nick? Ein Freund? *Ihr* Freund? Ihre ratlose Miene gab Jude zu verstehen, dass sie sich nicht im Geringsten an einen Nick erinnerte.

»Was hast du damit zu tun?«, fragte Dave Jude.

Jude seufzte. Es war an der Zeit, seine Geschichte zu erzählen. »Ich habe sie vorgestern Abend an der Bushaltestelle oberhalb der Swains Lane getroffen.« Auch das war nahe an der Wahrheit: Schließlich hatte Mr Monkford berichtet, sie sei von dort gekommen. »Wir haben beide an der Haltestelle gestanden und auf den Bus gewartet und so sind wir ins Gespräch gekommen, das ist alles.«

»Deswegen bist du jetzt hier?«

»Weil ihr ins *Gespräch gekommen* seid?« Jamie äffte ihn nach, was Jude zwar nicht gefiel, er aber irgendwie verstehen konnte. Er wusste selbst, wie uncool seine Geschichte klang.

Er schüttelte den Kopf. »Wir sind auch ein Stück weit gemeinsam mit dem Bus gefahren. Ich bin zuerst ausgestiegen. Na ja, ich habe sie gefragt, ob wir uns mal treffen können.« Es war eine Notlüge und dennoch fühlte sich

Jude ertappt. Als würde jemand, der schweigsam auf der Mauer saß und sich, wie er selbst, ein Bild von der Situation zu machen versuchte, genau sehen können, was mit ihm los war.

Er vermied es, Penny anzuschauen.

»Aha.«

»Mhm.«

»Und Penny? Wollte sie dich auch wiedersehen?«, fragte Rose.

Er räusperte sich. »Sie hat gesagt, ich solle sie suchen. Es war so eine Art Aufgabe, glaube ich. *Find mich*, hat sie nur gesagt. *Wenn du mich findest, wirst du mich wiedersehen.*«

Er spürte Pennys Blick, die auf ihn hinabschaute.

»Und deswegen bist du hier?«

Er nickte. »Ich habe sie gezeichnet.«

Die drei starrten das Bild an.

»Aus dem Gedächtnis heraus hast du das gezeichnet?«, fragte Rose.

Er nickte erneut.

»Und was willst du mit der Gitarre, ihr ein Ständchen bringen?«

»Ja . . . nein.« Jude wurde wütend. »Ich wollte einfach nur ein bisschen Musik machen.« Er bückte sich und sah nach, ob die Gitarre noch in Ordnung war. Sie klang okay. »Und sie auf diese Art auf mich aufmerksam machen.«

Die anderen schienen nun etwas versöhnlicher zu sein.

»Das hört sich alles irgendwie sehr nach Penny an.« Rose

grinste. »Sie hat dir ihren Namen nicht gesagt. Hat dir rein gar nichts über sich verraten?«

»Nein.«

»Das ist typisch Penny«, warf Jamie ein. »Kann mir genau vorstellen, was sie sich dabei denkt: Der nächste Junge, mit dem sie sich einlässt, soll sich gefälligst Mühe geben.«

»Sich mehr Mühe als Nick zu geben, dürfte nicht schwer sein«, gab Rose zu bedenken.

Bevor Jude erneut fragen konnte, wer Nick war, kam Dave ihm zuvor: »Wie kommt es dann, dass du hier bist?«

Wieder beschloss Jude, bei der Wahrheit zu bleiben. »Wir haben über die Schule gesprochen. Sie hat erzählt, dass sie noch ein Referat vorbereiten muss. Mit dem Titel *Social Media Networks – Segen oder Fluch?*«

Prompt verdrehte das Trio die Augen und zog eine Grimasse.

Treffer, dachte Jude. »Ich habe bei Facebook rumgefragt und bin auf diese Schule gekommen.«

Das leuchtete ihnen ein.

»Cleverer Junge!«, sagte Jamie.

Und Dave sagte: »Sie heißt Penny Scott.«

Jude spähte zu Penny hinauf.

Penny Scott.

Tränen schimmerten in ihren Augen. Der Name rief ganz offensichtlich irgendwelche Erinnerungen wach. Doch sie hielt sich nur stumm die Hände vor den Mund.

Jude hätte jetzt gern etwas zu ihr gesagt, aber das ging natürlich nicht.

»Ihr kennt sie also.«

»Wir gehen in dieselbe Klasse«, sagte Jamie.

»Ist sie heute da?«

Rose schüttelte den Kopf: »Sie fehlt seit zwei Tagen.«

Jude wartete darauf, dass sie fortfuhr.

»Sie geht nicht ans Telefon, meldet sich nicht. Auch nicht auf Facebook. Beantwortet keine Mails. Nichts.«

»Ihre Mutter hat sie gestern krankgemeldet. Mehr wissen wir auch nicht.« Dave zuckte die Achseln. »Vermutlich ist sie im Eimer, nach dem ganzen Hin und Her.«

Jude ahnte, dass er auf Nick anspielte.

»Aber das wird schon wieder.«

Penny konnte sich nicht länger zurückhalten. »Aber ich bin nicht krank, verdammt noch mal. Ich bin entführt worden.«

Jude bemühte sich, sich nichts anmerken zu lassen. Er konnte Penny jetzt keine Antwort geben. Stattdessen musste er versuchen, mehr über sie herauszufinden. Wo sie wohnte, zum Beispiel.

»Wir können ihr ausrichten, dass du da warst, wenn sie sich wieder meldet.«

Das war nicht das, was ihm vorschwebte. »Die Sache ist die, ich wollte ihr gern das Porträt schenken.«

»Sie ist gut getroffen«, warf Dave ein.

»Du bist echt ein komischer Typ«, sagte Jamie grinsend. »Du hast keine Ahnung, wie man so was macht.«

Jude sah ihn fragend an.

»Natürlich werde ich dir nicht verraten, wo sie wohnt.«

Rose schien ihm dennoch wohlgesinnt zu sein. »Dafür kenne ich dich zu wenig. Aber ich kann dir sagen, wo du ihre Mutter findest.«

Jude runzelte die Stirn.

Rose half ihm auf die Sprünge. »Na, dann kannst du ihrer Mutter das Bild bringen, damit sie es an Penny weitergibt.«

Penny klatschte in die Hände. Sie machte eine Geste, die Jude bescheinigte, dass er auf dem richtigen Weg war. Die Spur im Herbstlaub, hier war sie, klar und deutlich.

»Warum hilfst du mir?«, fragte er Rose.

»Hör zu, Jude.« Sie schaute auf die Uhr, dann erneut auf das Porträt. »Penny war mit einem Riesenarschloch namens Nick zusammen.« Sie hob den Blick. »Keine Angst, nur ganz kurz.« Sie lachte. »Du siehst bei Weitem netter aus. Und wie es scheint, hat sie mit Nick Schluss gemacht.«

Deswegen war sie in Highgate gewesen? Um mit ihrem Freund Schluss zu machen? Jude wusste nicht, ob er deswegen glücklich sein sollte (sie ist jetzt mit niemandem mehr zusammen!) oder traurig (sie war mit einem Riesenarschloch zusammen, warum nur?).

Jude nickte nur.

»Pennys Mutter arbeitet bei einem Steuerberater.« Rose runzelte nachdenklich die Stirn. »Morley und Irgendwer, so was in der Art. Irgendwo in der City.« Sie grinste. »Aber du wirst ihn schon finden. Wenn du ihre Schule gefunden hast, dann findest du auch diesen Steuerberater.«

Aus dem Gebäude ertönte ein durchdringendes Klingeln.

»Tut mir leid, ich muss los«, sagte Rose.

Dave und Jamie sagten: »Wir müssen alle los.«

»Danke«, sagte Jude.

Die drei Freunde nickten ihm kurz zu und verschwanden durchs Tor. Eine Weile blickte Jude ihnen nach. Dann packte er sein Zeug zusammen und machte sich auf den Weg. Das Mädchen, das jetzt Penny Scott war, hüpfte beschwingt von der Mauer und folgte ihm.

Er wartete, bis er um die nächste Ecke gebogen war. Dann drehte er sich abrupt zu seiner Begleiterin um und sagte fasziniert und aufgeregt zugleich: »Du heißt also Penny Scott.« Die Worte waren wie Magie.

»Ja«, sagte sie nur. »Penny Scott, das bin ich.«

»Woher weißt du das? Ich meine, woher weißt du, dass es stimmt? Sie hätten auch einen anderen Namen nennen können.«

»Nein, es ist mein Name. Ich spüre es.« Sie lächelte. »Hey Jude, ich bin Penny Scott.«

Jude grinste.

Sie sah ihn an. »Jetzt haben wir uns also miteinander bekannt gemacht.«

»Nach zwei Tagen.«

»Und?«

Er sah sie fragend an. »Was, *und?*«

»Gefällt dir der Name?«

»Er passt zu dir.«

Nachdenklich fuhr sie sich mit beiden Händen durchs Haar. »Meine Güte«, stammelte sie, »das eben waren vermutlich meine Freunde und ich kann mich kein bisschen an sie erinnern.« Nervös lief sie auf dem Bürgersteig auf und ab. »Ich erinnere mich an Nick. Nein, erinnern wäre falsch. Ich weiß, dass er mich geschlagen hat. Einmal.« Sie redete immer schneller. »Er hat gesagt, dass es ihm leidtut, aber ich wusste, er würde es wieder tun. Er wurde schnell wütend und letzte Woche hat er ein Auto geknackt. Er ist damit in der Gegend herumgefahren und hat es unten in Rotherhithe gegen eine Mauer gefetzt.« Sie wirkte völlig durcheinander. »Ich bin dabei gewesen und . . .« Sie sah Jude an, blieb stehen, schnappte nach Luft. »Warum, in aller Welt, fällt mir all das plötzlich wieder ein?«

Beide kannten sie die Antwort. Doch keiner wollte sie aussprechen.

»Ich weiß sogar wieder, wie die Toiletten in der Schule aussehen. Ich kann dir sagen, welche Farbe mein Ordner hat.«

Jude schluckte.

Die Zeit begann, ihnen davonzulaufen. Penny Scott lag irgendwo da draußen und ihr Zustand verschlechterte sich von Stunde zu Stunde.

»Was machen wir jetzt?«

»Die Idee von dieser Rose war nicht schlecht«, meinte Jude. »Ich könnte deiner Mutter das Bild mitbringen.«

Penny war skeptisch. »Und was willst du ihr sagen?«

»Na ja, dass du . . .«

»Dass ich ein Geist bin?«

»Nein, ich könnte ihr die gleiche Geschichte auftischen wie den dreien eben.« Er stockte. »Aber warum hat sie behauptet, du bist krank?«

Penny seufzte. »Keine Ahnung. Ich weiß auch nicht, was hier gespielt wird.«

»Ich gehe mit dem Bild zu ihr«, entschied Jude, »uns bleibt keine andere Wahl.« Jedenfalls war es eine Spur. Abermals packte ihn der Tatendrang. »Aber zuerst werde ich die Füchsin anrufen.«

Es war fast halb zehn, als er sie erreichte. Penny und er standen noch immer an der Straßenecke, von wo aus sie das Clerkenwell College sehen konnten.

»Jude Finney, wo steckst du?« Miss Rathbone hörte sich erleichtert und ungehalten zugleich an.

Jude erzählte ihr alles. Er berichtete von ihrem gefährlichen Abenteuer auf dem Abney Park Cemetery, von ihrer Flucht und endete schließlich da, wo sie jetzt standen, Penny und er. »Ach ja, und ihr Name ist Penny Scott.«

»Ein schöner Name«, sagte Miss Rathbone, »sie kann sich glücklich schätzen, so zu heißen.«

»Ich denke, das tut sie.«

Penny sagte: »Ja, er ist okay.«

»Namen«, betonte Miss Rathbone erneut, »sind wichtig.«

»Ich weiß«, antwortete Jude.

Die Füchsin lobte ihn für die Idee mit der Skizze. Dann kam sie wieder zur Sache. »Ich weiß jetzt, wer die Gesichtslosen sind«, sagte sie.

»Wer?«

»Oder besser gesagt: Ich weiß, *was* sie sind.«

Oh, Mann! »Okay, *was* sind sie?«

»Später, das hat Zeit. Ihr solltet ihnen unbedingt aus dem Weg gehen.« Das war typisch für sie! Immer diese Schlenker und Ausweichmanöver.

Auch Penny rollte die Augen.

»Was ist mit den Steinengeln?«, fragte Jude.

»Denen musst du auch aus dem Weg gehen.«

»Ach ja?«

»Jude Finney«, Miss Rathbone senkte die Stimme, »etwas stimmt ganz und gar nicht. Gestern Nacht haben sich die Kitsune von London getroffen, drüben in Kensington Gardens.« Sie machte eine Pause, vermutlich, dachte Jude, aus dramaturgischen Gründen. »Zwei weiteren Friedhöfen ist das Gleiche widerfahren wie das, was auf dem Abney Park Cemetery geschehen ist. Auf dem Royal Hospital Cemetery in Greenwich und dem Old Cemetery in Chiswick gibt es keine Geister mehr.«

Das waren in der Tat schlechte Neuigkeiten.

»Was sollen wir jetzt machen?«

Miss Rathbone überlegte. »Geht mit dem Bild zu Pennys Mutter. Dann sehen wir weiter.«

Jude versprach, nach dem Besuch nach Highgate zurückzukehren.

»Wenn etwas passiert«, gab sie ihm noch mit auf den Weg, »dann lauft weg, so schnell ihr könnt.«

»Ist gut«, versprach Jude. Und legte auf. Da wäre er nie im Leben draufgekommen ...

Bis zum nächsten Internetcafé waren es nur zwei Busstationen.

»Du kennst es?«, fragte Jude.

»Ja, ich kenne es. Vielleicht habe ich ja manchmal die Schule geschwänzt und bin dort gewesen, keine Ahnung.« Auch Penny war jetzt ganz aufgedreht.

Sie nahmen den Bus südwärts und stiegen am Cambridge Circus aus. Die Greek Street lag direkt um die Ecke. *The Doctorow Coffee & Internet Base* verkündeten grell leuchtende Neonbuchstaben über dem Eingang des Gebäudes, das einmal ein Kino gewesen war. Die Fassade erinnerte an die Theater, wo früher Filme der Hallmark-Studios gezeigt wurden. Jene Filme, die während des Krieges und in den kargen Jahren danach entstanden. (Jude hatte zusammen mit seinem Vater welche gesehen — alte Kinofilme waren die einzige Leidenschaft von George Finney, abgesehen von seiner Arbeit.) Eine alte Drehtür führte ins Innere und der Geruch nach Zigaretten, Popcorn und Karamellbonbons schlug ihnen entgegen. Der Geruch der Vergangenheit. An den Wänden befanden sich Plakate alter Filme: *Ladykillers, Erpressung, Die 39 Stufen, Eine Dame verschwindet*. Neben dem ehemaligen Kartenhäuschen im Foyer kündigte ein Pappständer den aktuellen

Event an: *Déjà Vu*. Ein Plakat zeigte Bilder von Robert Donat und Madelaine Carroll. Dazwischen versteckten sich digitale Bildelemente aus modernen Filmen: *Tron Legacy*, *Little Brother* und *The Return of the Cyberking*.

»Schräger Laden«, stellte Jude fest.

Das eigentliche Café befand sich im alten Kinosaal, der für die Zwecke umgebaut worden war. Die Sitzreihen waren noch größtenteils erhalten. Zwischen den roten Plüschsitzen hatte man runde Tische eingelassen, auf denen sich bunte Bildschirme befanden. Auf der Leinwand sah man nur ein Testbild, das unruhig und tonlos flackerte wie eine Bildstörung.

Jude steuerte auf einen Platz direkt vor der Leinwand zu. Sie waren die einzigen Gäste.

Er gab den Namen des Steuerberaters – *Morley, Steuerberatung, London* – als Suchbegriff ein. Sofort erhielt er einige richtige Treffer.

»Da ist es.«

»Morley & Rodwell Ltc., Cheapside Nr. 146.« Penny las die Zeilen, als wollte sie ihnen ein Geheimnis entlocken.

Dann ließ Jude die Adresse von Google Maps suchen und bekam in null Komma nichts die Position auf dem Stadtplan angezeigt. »Gar nicht weit von hier.« Das Büro des Steuerberaters befand sich zwischen der St.-Pauls-Kathedrale und der Bank of England. Mitten in der City of London.

Ein weiterer Klick und schon war er auf der Homepage der Firma. Sie sah recht repräsentativ aus, weiche gelbe

229

Farbtöne sollten ganz offensichtlich die gediegene Atmosphäre einer alteingesessenen Steuerkanzlei erzeugen. Inhaber der Firma waren Richard A. Morley und Peter Rodwell. Auch die Namen der Angestellten waren aufgelistet.

»Da ist sie!«, sagte Penny aufgeregt. »Jacqueline Scott. Buchhaltung.« Sie schüttelte den Kopf. »Sie ist also Buchhalterin! Aber ich kann mich überhaupt nicht an sie erinnern.«

»Gut so«, sagte Jude.

Penny wusste ganz genau, was er meinte. »Lass uns gehen«, schlug sie deshalb vor.

Keine halbe Stunde später standen sie vor dem Eingang der Steuerkanzlei. Sie ahnten nicht, wohin die Spur im Herbstlaub sie noch führen würde.

7.
Fürchte nicht den nahen Tod

Die Cheapside Road zu finden, war tatsächlich nicht schwer.

Jude und Penny hatten die U-Bahn bis nach St. Pauls genommen und den Rest des Weges zu Fuß zurückgelegt. Wie schon zu Zeiten des Empires schlug hier im Zentrum der Metropole das Herz einer großen Wirtschaftsmacht. In diesem Viertel residierten Banken, Versicherungen und Unternehmenssitze sowie Kanzleien, Agenturen und Unternehmensberatungen in repräsentativen Gebäuden mit Säulen und imposanten Fassaden aus glänzendem Stein. Auch der unbedarfte Betrachter konnte unschwer erkennen, wo das Geld zu Hause war.

Einst hatte die mächtige St.-Pauls-Kathedrale mit der Kuppel und dem Laternenturm diesen Teil der Stadt überragt, bis sie von den Hochhäusern im Finanzdistrikt entthront worden war. Weiter ostwärts konnte man die Silhouette der in den Himmel ragenden Hochhäuser von Canary Wharf erkennen. Und, nur wenige Blocks entfernt, die *Gurke,* wie das Ungetüm aus Stahl, Beton und Glas im Volksmund hieß, eines der neuen Wahrzeichen der Londoner Skyline.

Die Passanten in ihren Rüstungen aus Designeranzügen und teuren Kostümen eilten mit gewichtiger Miene vorbei, als könnten sie nicht schnell genug zu ihren Geschäften zurückkehren, um noch reicher zu werden, als sie es offensichtlich schon waren. Im Hintergrund wirkte die Kathedrale wie ein Relikt aus alter Zeit, dem niemand mehr Glauben schenkte.

Jude fragte sich, ob es in der Krypta von St. Pauls noch Geister gab, doch zu einem Abstecher dorthin fehlte ihnen die Zeit. Gaskell hatte ihm einmal von einem pfeifenden Geist berichtet, von dem man munkelte, es handle sich um den berühmten Admiral Lord Nelson. Angeblich lebte sein Geist in den Seitenschiffen der Kathedrale (wo er, wie Miss Rathbone beleidigt hinzugefügt hatte, selten Kitsune empfing). Die Krypta des mächtigen Bauwerks war nur dünn besiedelt. Wie viele der altehrwürdigen Geister heute noch dort wohnten, wusste keiner so genau (sie waren wie schon zu Lebzeiten recht eigenbrötlerisch und distanziert).

»Du bist so still«, sagte Penny, als sie die Straße entlanggingen.

»Ich fühl mich nicht wohl hier.« Jude prüfte die Hausnummern an den großen Gebäuden. »Dieses Bonzenviertel ist nicht meine Gegend«, fügte er erklärend hinzu. Dass er aus einem anderen Grund angespannt war, behielt er für sich. Er machte sich Sorgen, weil Pennys Erinnerungen in besorgniserregender Geschwindigkeit zurückkehrten.

»Da ist es.« Jude blieb stehen.

Die Nr. 146 war ein altehrwürdiges Haus mit hohen Fenstern, das eine ganze Reihe von Agenturen und Kanzleien beheimatete. Ein golden glänzendes Schild prangte an der Hauswand:

MORLEY & RODWELL LTC.,
FINANZ- UND STEUERBERATUNGSGESELLSCHAFT.

»Sieht mächtig nobel aus«, bemerkte Jude.

»Da arbeitet also meine Mutter«, sagte Penny gedankenverloren.

Eine Weile starrten beide das Schild an. Eine neue Welt erwartete sie hinter der Tür, so viel war ihnen klar. Die Welt der kühlen Zahlen.

Schließlich fasste sich Jude ein Herz und sagte: »Worauf warten wir noch?«. Dann schritt er entschlossen durch die Tür.

In der Eingangshalle befand sich eine Rezeption, bei der man sich anmelden musste. Jude gab vor, dringend seine Mutter sprechen zu müssen, die in der Steuerkanzlei arbeite. Der Sicherheitsmann gab sich mit dieser Erklärung zufrieden. Was sollte man auch von einem Schüler wie Jude zu befürchten haben?

Jude ging, gefolgt von Penny, zum Fahrstuhl. Morley und Rodwell befand sich im dritten Stockwerk.

Die Fahrstuhltüren öffneten sich und Jude trat ein. Als

233

sich die Türen wieder geschlossen hatten, atmete er tief ein.

»Du schaffst das«, sagte Penny.

»Klar.«

»Wir werden nicht reden können, wenn wir in der Kanzlei sind.«

»Ich lasse mir schon was einfallen«, erwiderte er. »Vertrau mir.«

Ein Blick in ihre haselnussbraunen Augen genügte und er glaubte selbst daran.

Der Fahrstuhl öffnete sich.

Jude trat hinaus, während sich Penny dicht an seiner Seite hielt.

Vor ihm befand sich eine große Empfangstheke. Eine Sekretärin mit Mundwinkeln, die vermutlich selten nach oben zeigten, und einer Brille, hinter der die Augen mit größter Wahrscheinlichkeit so gut wie nie lachten, lehnte sich neugierig vor.

»Kann ich dir helfen?«, fragte sie.

»Guten Morgen«, sagte Jude, »ich möchte nur etwas abgeben.« Er deutete auf die Papprolle in seiner Hand. »Ist Mrs Scott schon da?«

Das Foyer der Kanzlei war elegant und einschüchternd. An den mit einer hellen Holzvertäfelung ausgekleideten Wänden hingen Bilder von Impressionisten. Auf den Fenstersimsen standen seltsame Skulpturen, zu modern für Judes Geschmack.

»Sieht sehr steril aus«, bemerkte Penny.

Jude verkniff sich wohlweislich eine Antwort.

»Mrs Scott aus der Buchhaltung?« Die Sekretärin betrachtete ihn einen Augenblick lang. Ein Namensschild stand vor ihr auf dem Schreibtisch: Angela Surridge. »Nein, tut mir leid, sie ist noch nicht da«, sagte sie. »Im Übrigen weiß ich gar nicht, ob sie heute zur Arbeit kommt, denn gestern war sie krank. Sie hat sich noch nicht gemeldet.« Dann schien sie zu überlegen, was ein Junge in Judes Alter zu dieser Uhrzeit in der Kanzlei zu suchen hatte. »Darf ich fragen, wer du bist, junger Mann?«

»Jonathan Smithfield.« Diesen Namen hatte sich Jude zuvor zurechtgelegt. Irgendwie erschien es ihm ratsam, ihr nicht seinen richtigen Namen zu nennen. Er könnte jede Menge Ärger in der Schule kriegen, wenn herauskam, dass er den Unterricht schwänzte und sich in der City herumtrieb. Außerdem war es besser, auf Nummer sicher zu gehen.

»Wie gesagt, Mrs Scott ist noch nicht im Büro. Aber bestimmt kommt sie bald.« Ms Surridge wandte sich ihrem PC auf dem Schreibtisch hinter dem Tresen zu und ihre Finger wanderten flink über die Tastatur, während sie mit Jude sprach. »Kann ich ihr etwas ausrichten?«

»Showtime«, hörte er Penny sagen.

Jude räusperte sich. Dann erzählte er aufs Neue die Geschichte, die er auch den drei Schulkameraden von Penny erzählt hatte.

Er berichtete von dem Mädchen, dem er an der Bushaltestelle begegnet war, und von dem Porträt, das er ge-

235

zeichnet hatte. »Es soll ein Geschenk sein.« Er erzählte ihr sogar von seinem Abstecher zu Pennys Schule und dass er keine Mühe gescheut habe, um die Kanzlei ausfindig zu machen, in der Pennys Mutter arbeitete. »Mrs Scotts Tochter ist krank, müssen Sie wissen, und ich weiß nicht, wo sie wohnt. Deswegen bin ich hierhergekommen.«

Augenblicklich änderte sich der Gesichtsausdruck der Sekretärin. »Das ist aber süß«, säuselte sie, sogar ihr Lächeln wurde echt. »Du kannst das Bild gern hierlassen, wenn du möchtest.«

»Ich würde es Mrs Scott lieber selbst geben.«

Ms Surridge nickte. »Ich weiß allerdings nicht, wann sie kommt.«

»Ja, klar, ich würde trotzdem gern auf sie warten.«

Die Tür eines der Büros öffnete sich und ein Mann im dunklen Anzug trat heraus. Groß und hager, mit grau meliertem Haar und Brille bot er das Abbild eines englischen Gentlemans. Er ging zum Schreibtisch der Sekretärin und legte ihr eine Unterschriftenmappe hin. Sein Blick fiel auf Jude.

»So jung und schon beim Steuerberater?«, fragte er.

»Nein, ich . . .«, stammelte Jude.

»Der Junge möchte zu Mrs Scott.«

Der Mann nickte. Er wirkte sportlich.

»Ich wollte ihr etwas geben. Für ihre Tochter.«

»Ist Mrs Scott noch nicht da?«

Jude hatte das Gefühl, als hätte er gerade ungewollt jemanden verpetzt.

»Nein«, sagte die Sekretärin. »Sie hat sich bisher nicht gemeldet, was gar nicht ihre Art ist.«

Der Mann nickte erneut. »Ich bin Richard Morley.« Seine Augen waren schmal und von klarem hellem Blau. Er neigte den Kopf ein wenig zur Seite, während er Jude ansah. Dann reichte er ihm die Hand und lächelte freundlich.

»Hallo«, sagte Jude befangen. Er schüttelte die Hand, die ihm gereicht wurde.

Mr Morley fragte die Sekretärin: »Ist Mr McGuinn schon da?«

»Er müsste jeden Moment eintreffen.«

»Wir haben nämlich einen Termin«, sagte Mr Morley zu Jude. »Möchtest du etwas trinken? Wenn du willst, kannst du gerne hier auf Mrs Scott warten.«

»Das wäre nett«, sagte Jude.

Penny, die neben ihm stand, schwieg. Sie war nahe an Jude herangetreten, als würde diese Nähe sie vor den lauernden Gefahren des Lebens schützen können. Jude konnte ihr ansehen, dass sie sich nicht daran erinnerte, schon einmal hier gewesen zu sein.

»Hast du keine Schule?«, fragte Mr Morley unvermittelt. Er lächelte noch immer, während er Jude mit einem Blick fixierte, den dieser von Mr Ackroyd und seinem Vater kannte. Der Blick von Erwachsenen, wenn sie einen bei einer Lüge ertappt hatten, aber sich einen Spaß daraus machten, noch ein bisschen mitzuspielen.

Jude wurde unbehaglich zumute. »Ich . . .«

»Du hast dir freigenommen.« Mr Morley grinste.

237

»Manchmal muss ein Junge das tun, wenn er ein Mädchen beeindrucken will, nicht wahr?«

Jude starrte ihn an. Warum sollte er es nicht zugeben? »Ja«, sagte er. »Ich wäre Ihnen dankbar, wenn Sie . . .«

»Keine Angst, ich werde dich nicht verpfeifen. Wer hat nicht schon mal die Schule geschwänzt.«

Jude lächelte dankbar.

»Auf welche Schule gehst du?«

Jude nannte ihm den Namen einer anderen Schule und Mr Morley gab sich damit zufrieden.

»Wo ist die McGuinn-Akte?«

Die Sekretärin holte einen Hängeordner aus einem Schubfach und reichte ihn über den Tisch.

Mr Morley fischte ein iPhone aus der Jackentasche, hielt es vor sich hin und blickte auf das Display. Dann wandte er sich wieder der Sekretärin zu. »McGuinn hat eine SMS geschickt. Er ist in fünf Minuten da.« Das iPhone verschwand wieder in der Tasche. »Okay«, er klatschte energisch in die Hände, »dann wollen wir mal wieder zurück an die Arbeit.« Mit diesen Worten verschwand Mr Morley, die McGuinn-Akte unter den Arm geklemmt, in seinem Büro, ohne Jude eines weiteren Blickes zu würdigen.

Ms Surridge bedeutete Jude, sich zu setzen, bevor sie sich wieder ihrem PC widmete.

Jude schlenderte zu der Sitzgruppe beim Fenster hinüber und nahm Platz. Er blätterte gelangweilt in einer der Zeitschriften, die ordentlich auf dem niedrigen Tisch

aufgefächert lagen. Es waren ausschließlich Wirtschafts-
magazine wie *The Economist* und einige Steuerfachzeit-
schriften, nichts, was ihn interessierte.

Penny, die wusste, dass niemand sie sehen konnte, ging
derweil ein wenig in der Lobby auf und ab und blickte sich
interessiert um. Schließlich stellte sie sich vor das Regal
hinter dem Schreibtisch der Sekretärin und las die Buch-
rücken der Ordner, auf denen die Namen einiger Mandanten standen.

Ms Surridge rutschte unruhig auf ihrem Drehstuhl hin
und her. Offenbar spürte sie die unsichtbare Nähe des
Geistermädchens. Mit einem Mal erhob sie sich, lief zu
dem Regal auf der anderen Seite des Raums und zog einen
Ordner heraus. Dann ließ sie sich einen Espresso aus der
Hightech-Kaffeemaschine auf der Anrichte heraus. Als
müsste sie sich erst stärken, ehe sie sich wieder an ihren
Arbeitsplatz zurücktraute. Jude beobachtete sie bei ihrem
merkwürdigen Verhalten, das ihr selbst sicherlich nicht
bewusst war.

Nach zehn Minuten öffnete sich die Tür des Chefzim-
mers erneut. Mr Morley trat ebenfalls an den Espressoau-
tomaten, langsam und genießerisch trank er den Kaffee.
»Ist sie immer noch nicht da?«, erkundigte er sich interessiert. Es war schwer zu sagen, wie alt er war. Er war sportlich und wirkte womöglich jünger, als er war. Jude schätzte sein Alter in etwa auf das seines Vaters.

»Nein«, sagte Jude.

Mr Morley leerte das Espressotässchen, das viel zu klein

zwischen seinen langen, schmalen Fingern wirkte. Die Sekretärin stand auf und ging in den Nebenraum.

Der Steuerberater lächelte freundlich. »Ich kann deine Freundin sehen«, sagte er und zwinkerte Jude zu. Mit einem Kopfnicken deutete er auf Penny und schenkte auch ihr ein Lächeln, das aussah wie das Fauchen eines Raubtiers.

Jude erstarrte. Er wagte nicht, sich zu bewegen, und mit einem Mal war ihm eiskalt. Penny, die sich halb über die Ordner gebeugt hatte, verharrte entsetzt vor dem Regal.

»Du wirst bald Gesellschaft bekommen.« Diesmal schaute Mr Morley Penny an.

Hatte er sich verhört? Jude sah den Steuerberater ungläubig an.

Die Sekretärin kam zurück, instinktiv machte sie einen Bogen um die Stelle, wo Penny stand, bevor sie sich wieder ihrer Arbeit widmete, als wäre nichts geschehen. Sie nahm ein Telefonat entgegen, machte sich Notizen und las eingegangene E-Mails.

»Vielleicht komme ich besser morgen noch mal her«, sagte Jude mit brüchiger Stimme, als er endlich seine Sprache wiedergefunden hatte. »Außerdem sollte ich jetzt wirklich in die Schule. Sonst versäume ich auch noch die nächste Unterrichtsstunde.« Er wollte nur noch eines: nichts wie weg von hier. Er hatte das entsetzliche Gefühl, mitten in eine Falle getappt zu sein.

»Ja«, sagte Mr Morley, »vielleicht solltest du das.« Er stand noch immer da, das ausgetrunkene Espressotässchen in der Hand, und musterte Jude.

Die Aufzugstüren öffneten sich, ein Mann trat herein.

»Charles, wie geht es Ihnen!« Mr Morley begrüßte den Neuankömmling wie einen guten Freund. »Bringen sie Mr McGuinn doch bitte einen Tee«, bat er die Sekretärin höflich.

Mr Morley schien das Interesse an Jude und Penny verloren zu haben, die beide noch immer wie angewurzelt dastanden. Er öffnete dem Mandanten die Tür zu seinem Büro und ließ ihm den Vortritt. Bevor er ihm folgte, drehte er sich noch einmal zu den jungen Besuchern um.

»Fürchte nicht den nahen Tod«, sagte er im Flüsterton und sah Penny dabei fest in die Augen. Alle Freundlichkeit war aus seiner Stimme gewichen, sie klang jetzt kalt und boshaft.

Mit einem letzten Zwinkern verschwand er in seinem Büro.

»Ist alles in Ordnung?«, fragte die Sekretärin.

Jude war wie benebelt. »Ja, mir ist nur ein bisschen schummrig«, stammelte er. Er fühlte sich mausgrauer denn je und jedes Wort bereitete ihm Mühe.

»Die Heizungsluft«, sagte die Sekretärin. »Ja, die kann einem zu schaffen machen.«

Benommen torkelte Jude in den Aufzug. Er wagte erst wieder zu atmen, als die Türen sich hinter ihm geschlossen hatten und der Fahrstuhl sich abwärts bewegte.

Weder Penny noch er sagten etwas. Beide starrten sie die Tür an. Als sie sich öffnete und niemand ihnen auflauerte, atmete Jude erleichtert auf.

241

»Verdammt!«, fluchte er.

»Wer ist der Kerl?«, fragte Penny. »Ich hatte von Anfang an das Gefühl, dass er mich sehen kann.«

»Ich habe nicht die geringste Ahnung.« Jude rannte am Pförtner vorbei auf die Straße.

Er konnte sich nicht vorstellen, dass sie so einfach davonkommen würden. Immer mehr hatte er in den letzten Minuten den Eindruck bekommen, dass sie beide in eine Sache hineingeraten waren, die zu groß für sie war.

Fürchte nicht den nahen Tod.

Penny war ganz aufgeregt, während sie neben ihm herging, wobei sie nur mit Mühe Schritt mit ihm halten konnte. »Er weiß, wer ich bin. Glaubst du, dass uns jemand folgt?«

Jude spähte in alle Richtungen.

Nirgendwo war jemand Auffälliges zu sehen.

Nur Passanten, die sich nicht um ihn kümmerten. Bankangestellte, Anzugträger, hier und da ein paar Touristen auf dem Weg zu St. Pauls.

Jude schlug das Herz bis zum Hals. »Lass uns von hier abhauen. Schnell!«

Du wirst bald Gesellschaft bekommen.

Da sah er, wie auf der anderen Straßenseite ein Rover bremste und zwei Männer ausstiegen. Einer der beiden hielt ein Smartphone in der Hand und las eine Nachricht. Jude blieb abrupt stehen. Seine Gedanken überschlugen sich. Wenn Morley wusste, wer Penny war, und ihren Geist, oder was immer sie war, sehen konnte – hatte er dann vielleicht mit ihrem Verschwinden zu tun? Ihm war schwindelig.

Die beiden Männer auf der anderen Straßenseite sahen alles andere als nett aus.

Jude ließ das Geschehen in der Kanzlei Revue passieren: Morley war kurz in sein Büro gegangen, bevor dieser Mr McGuinn aufgetaucht war. Wie lange war er dort geblieben? Zehn Minuten? Länger? Genügend Zeit jedenfalls, um jemanden zu verständigen.

»Er hat irgendwen angerufen.« So viel war klar.

Dann fiel Jude wieder ein, dass Morley eine Nachricht auf seinem iPhone gelesen hatte. Scheiße, dachte er, er hat es hochgehalten und ein Bild von mir gemacht. Es gehörte nicht viel Fantasie dazu, sich auszumalen, dass die beiden Gestalten auf der anderen Straßenseite genau in diesem Augenblick das Foto auf ihrem Smartphone studierten. Sie suchten nach ihm. Natürlich: Morley hatte die beiden Typen herbestellt. Jude fluchte innerlich. Wie hatte er nur so dumm sein können?

»Komm!«, sagte er zu Penny und duckte sich schnell in einen Hauseingang.

Fürchte nicht den nahen Tod.

Er wusste, dass Penny nicht mehr viel Zeit blieb. Die Gewissheit war wie ein Stich mitten ins Herz. Er spähte zur anderen Straßenseite hinüber. Die beiden Kerle trugen Anzüge, schwarze Hemden und schwarze Krawatten. Dazu verspiegelte Sonnenbrillen, die sie wie Geheimagenten aussehen ließen.

»Diese Typen sehen genauso aus wie die in den Gangsterfilmen«, raunte Jude.

»Smith und Jones«, sagte Penny.

Jude gestattete sich den Anflug eines Grinsens.

Die beiden Gangster sahen sich jetzt suchend um. Einer der beiden stutzte, sein Blick heftete sich auf den Hauseingang. Verdammt, er hatte ihn entdeckt!

»Los, lass uns verschwinden!«

Penny und Jude rannten die Straße entlang auf die Kirche St. Mary-le-Bow zu. »Los, wir laufen in die Kirche!« Jude hoffte, dass man ihm dort vielleicht helfen würde. Er griff nach Pennys Hand. Sie rannten über die Straße, zum Eingang der Kirche, rüttelten an der Klinke – aber die Tür war verschlossen!

»Los, zur U-Bahn, da geht's lang«, keuchte Jude.

Penny erstarrte. »Da sind sie!«

»Wo?«, fragte Jude.

»Da drüben.«

Tatsächlich: Smith und Jones waren ihnen auf den Fersen. Penny und Jude rannten die Bow Lane hinunter in Richtung Mansion House. Als Jude zurückschaute, sah er, dass auch der Wagen ihnen folgte. Sie waren also zu dritt.

Hier, wo die Bürgersteige weniger bevölkert waren, kamen die beiden Gangster schneller hinter ihnen her. Der Abstand zwischen ihnen hatte sich verringert. Jude fiel ein, dass die beiden ja nur ihn sahen. Er spürte, wie die Gitarre ihm gegen den Rücken schlug. Noch immer hielt er die Papprolle mit dem Bild in der Hand.

Die anderen Passanten achteten nicht weiter auf ihn. Für sie war Jude nur ein Schüler, der morgens durch die Stadt hetzte, weil er zu spät zur Schule kam.

Dann, endlich, erreichten sie die U-Bahn-Station.

Um seinen Verfolgern zu entkommen, war die U-Bahn der beste Ort. Vor allem bei morgendlichem Berufsverkehr. Jedenfalls besser als die Straße, wo den beiden Typen auch noch ein Wagen mit Fahrer zur Verfügung stand. Dort unten herrschte dichtes Gedränge, es gab zahllose Gänge und Treppen, sodass man leicht jemanden aus den Augen verlor. Die Anzugtypen sahen jedoch nicht so aus, als würden sie schnell seine Spur verlieren. Sie schienen es gewohnt zu sein, Verfolgungsjagden zu veranstalten.

Jude und Penny rannten die Stufen der Rolltreppe hinab, ignorierten die Ticketautomaten, sprangen über Absperrungen. Jude schoss der Gedanke durch den Kopf, wie praktisch es war, als Geist kostenlos U-Bahn zu fahren. Dann fiel ihm ein, dass Geister normalerweise ja nicht frei umherwandern konnten, um diesen Vorteil zu nutzen, und dass Penny die große Ausnahme war.

Er riskierte einen Blick zurück.

Die beiden Verfolger betraten jetzt ebenfalls die Rolltreppe. Aber der Abstand zu ihnen hatte sich vergrößert. Um nicht aufzufallen, schienen sich die beiden Gangster als ganz normale Passanten in Eile auszugeben.

Weiter! Bloß nicht anhalten! Jude drängelte sich an den stehenden Passagieren vorbei und nahm die letzten Stufen in einem Satz. Dann lief er weiter auf dem Bahnsteig. Er konnte die schwüle Luft schon riechen, die von den Gebläsen durch die gewundenen Gänge gejagt wurde. Er schnaufte schwer, Penny hingegen atmete lautlos. Die Plakate an den gekachelten Wänden flogen vorbei.

Aus der Ferne hörten sie das Rattern eines einfahrenden Zuges. Es war die Circle Line, Richtung Westminster.

»Wir haben Glück«, keuchte Jude.

Der Fahrtwind des einfahrenden Zugs blies ihnen ins Gesicht. Während Jude auf dem Bahnsteig weiterlief, warf er erneut einen Blick zurück. Die beiden Männer erreichten jetzt ebenfalls das untere Ende der Rolltreppe.

»Bleib, wo du bist, Junge! Wir tun dir nichts!«, rief ihm einer der beiden zu. Der Kerl klang ganz ruhig, er war kein bisschen außer Atem.

Er sieht Penny wirklich nicht, dachte Jude. Wer immer das ist, er ist ein normaler Mensch. Normale Gangster, na klasse!

Der Zug kam quietschend zum Stehen. Eine Menschentraube strömte heraus.

»Die U-Bahn bringt uns nichts«, sagte Penny mit einem Mal.

»Das fällt dir jetzt ein?«

»Hör zu, wenn wir diesen Zug nehmen, dann benachrichtigen sie jemanden, der an der nächsten Haltestelle zusteigt.«

Penny hatte recht. Jude lief weiter am Bahnsteig entlang, bahnte sich einen Weg durch die Ein- und Ausstei-

246

genden und überlegte fieberhaft. Sollten sie wieder nach draußen, an die Oberfläche und versuchen, ihren Verfolgern auf der Straße zu entkommen? Aber was dann? Bus? Taxi?

Die beiden – Smith und Jones – kamen bedrohlich näher. Ohne Rücksicht auf die Umstehenden arbeiteten sie sich auf Jude zu.

»Wir müssen sie loswerden«, keuchte Jude. »Und zwar hier unten.« Auf der Straße waren die beiden im Vorteil. Außerdem hatten sie eine bessere Kondition als Jude, das war unschwer zu erkennen. Plötzlich kam ihm eine Idee.

»Penny, obwohl dich niemand sehen kann, weichen dir alle aus«, stieß er hervor. »Du musst die Leute anstoßen. Das kannst du doch, oder? Ich meine, sie werden dir ausweichen, wenn sie deine Nähe auch nur zu spüren beginnen.« Immerhin konnte sie Gegenstände anfassen und ihn auch.

Smith und Jones hatten sie jetzt fast eingeholt, schon sah Jude hinter sich ihre Gesichter ganz in der Nähe auftauchen. Einer von beiden hatte die Lippen zu einem fiesen Grinsen verzogen.

»Ich versuch's.« Gesagt, getan. Penny warf sich in die Menge und rempelte alle an, die ihr in die Quere kamen. Die meisten schauten sich empört um, verdächtigten offensichtlich irgendwelche Passanten, ohne jedoch einen Schuldigen auszumachen. Einige schrien auf. Niemand begriff, wer oder was sie so unsanft berührt hatte.

Bewegung kam in die Menschenmenge. Aus dem

247

Nichts heraus entstand eine unterschwellige Panik, die die Menschen zu den Ausgängen strömen ließ. Keiner wusste, was genau diese Panik ausgelöst hatte, aber alle ließen sich davon anstecken und von dem Strom mitziehen.

»Duck dich«!, rief Penny über die Schulter zurück.

Es war, als ob sie für ihn eine Schneise pflügte. Und Jude ließ sich von der Menge in Richtung des gegenüberliegenden Ausgangs mitziehen, tauchte im Menschenstrom unter. Jemand stieß ihn unsanft an und er hörte das leichte Krachen, wenn Holz splittert.

»Mist!«, fluchte er. Seine Gitarre!

»Kannst du sie sehen?«, rief er Penny zu.

Sie schüttelte den Kopf.

Die beiden Agententypen waren weit abgeschlagen in der Menge verschwunden.

Sie fuhren jetzt am anderen Ende des Bahnsteigs mit der Rolltreppe nach oben. Jude atmete tief durch, als er Tageslicht ausmachte. Gleich hatten sie es geschafft. Er ließ sich von dem Menschenstrom durch den Ausgang treiben. Endlich wieder auf der Straße, genoss er die frische Luft.

»Da entlang!«

Sie rannten in Richtung Themse. Je weiter sie sich von der U-Bahn-Station entfernten, desto mehr ließ das Gedränge nach und der Gehsteig wurde leerer. Nach einer Weile riskierte Jude einen Blick über die Schulter zurück. Niemand verfolgte sie.

Erst am Themseufer hielten sie an.

Jude schnappte nach Luft, lehnte sich gegen einen Briefkasten und spürte den Anflug von Seitenstechen.

»Ich weiß, wo ich wohne«, sagte Penny unvermittelt.

»Wie meinst du das?«, keuchte Jude.

»Ich erinnere mich wieder.«

»Du meinst . . .«

»Gerridge Street. Southwark. Nahe dem St. George's Circus.« Sie stammelte die Worte. »Aber an mehr erinnere ich mich nicht.« Als wollte sie sich selbst beruhigen.

Jude wurde erneut klar, dass die Zeit ihnen davonrannte, ihnen wie feiner Sand zwischen den Fingern durchfloss.

Wenn Penny Scott alle Erinnerungen zurückgewonnen haben würde, wäre sie tot. Dann würde sie sich auflösen und entschwinden, dorthin, wo sich ihr Leichnam befand. Sie mussten ihren Körper finden – so schnell wie möglich.

»Dann lass uns hingehen, oder?«

Sie nickte. »Ist nicht weit«, sagte sie.

Jude streckte die Hand aus und berührte ihre Schulter. »Wir schaffen das.«

»Klar.«

Auch wenn keiner von ihnen wusste, wohin die Schritte sie tragen würden, spürten doch beide eine Zuversicht im Herzen, die völlig grundlos dort atmete, wie Hoffnung, und die sich weigert, mit dem Herbstlaub verweht zu werden.

Keine zwanzig Minuten später standen sie vor der Wohnungstür in der Gerridge Street in Southwark.

Problemlos gelangten sie in das Mehrfamilienhaus hinein. Jude klingelte einfach bei mehreren Wohnungen, woraufhin ein Summen ertönte und die Tür aufging. Neben der Klingel mit dem Namensschild der Scotts las er die Wohnungsnummer ab.

In dem kahlen, kalten Treppenhaus lagen Zeitungen auf dem Boden; aus den Briefkästen, die in Reih und Glied an der Wand befestigt waren, quollen Flyer und Briefe hervor. Einen Aufzug gab es auch. Allerdings sah das Ding so klapprig aus, dass Jude lieber die Treppe nahm.

»Hier wohne ich«, murmelte Penny. Sie spielte nervös mit einer Haarsträhne, während ihr Blick jedes auch noch so kleine Detail im Treppenhaus aufzunehmen schien.

Wohnung Nr. A471 befand sich im dritten Stock. Die Tür stand einen Spaltbreit offen, weil das Schloss aufgebrochen war. Ein Teil des Türrahmens war zersplittert.

Penny sah Jude ängstlich an. Wortlos stellte sie unzählige Fragen, auf die er, wie so oft in den letzten beiden Tagen, keine Antworten hatte.

Vorsichtig schob Jude die Tür ganz auf.

Die Angst saß ihm im Nacken, als er in den Flur trat. Als er das Chaos erblickte, pfiff er leise durch die Zähne.

Penny wirkte sehr blass. So hatte sie sich die Rückkehr nach Hause wohl nicht vorgestellt. »Was ist denn hier passiert?«, flüsterte sie.

Die Wohnung war ein einziges Durcheinander. Kleider

und Gegenstände lagen überall auf dem Boden verstreut. Bücher waren aus den Regalen gefegt, in der Küche war Geschirr zerschmettert worden. Den karierten Boden bedeckte eine Schicht Kaffeepulver, dazwischen lagen Lebensmittel verstreut. Die Kühlschranktür stand offen, Wasser tropfte mit einem leisen *Plop* auf den Boden, wo es zusammen mit dem Kaffeepulver dunkle Lachen bildete.

Jude blieb im Wohnzimmer stehen. »Erkennst du etwas wieder?«

»Es ist komisch«, sagte sie. »Die Wohnung ist wie ein Echo, das ich kaum hören kann.«

Schweigend betrachtete er die Fotos, die in zersplitterten Rahmen auf dem Boden lagen. Sie zeigten eine Frau und ein Mädchen. Penny. Keinen Vater. Auf keinem der Bilder war ein Mann zu sehen. Zettel und Briefe lagen überall verstreut herum. Jude bückte sich nach einem Blatt, es war eine Stromrechnung.

»Jacqueline Scott«, sagte er. Das war also der Name von Pennys Mutter.

Penny seufzte. »Jackie«, sagte sie. Noch so eine Erinnerung, die ohne Ankündigung kam. »Jackie wird sie genannt. Meine Mum.«

»Und ihr Gesicht?«, fragte Jude. »Sagt dir ihr Gesicht etwas?«

Sie schüttelte den Kopf. »Nicht wirklich.« Sie rieb sich die Schläfen. »Nein, ich erkenne sie nicht wieder.«

Jude fragte sich, welches Gefühl es sein musste, all diese Gegenstände zu sehen, die einem einmal vertraut gewesen waren, und doch nichts zu wissen.

Die Wohnung war nicht besonders geräumig. Eine typische Stadtwohnung, gerade groß genug für zwei Personen. Die Wohnung von Menschen, denen es zwar an nichts fehlt, die aber auch nicht im Luxus leben.

»Hier ist mein Zimmer«, sagte Penny, die in den Flur gegangen war und vor einem der beiden Schlafzimmer stand.

Jude trat neben sie. An den Wänden hingen Plakate von Scouting For Girls und Richard Ashcroft, daneben ein Filmplakat von *The League of Extraordinary Gentlemen* und über dem unaufgeräumten Schreibtisch eins von *The Decoy Bride*. Auf dem Schreibtisch stapelten sich A-Level-Schulbücher, die Jude bekannt vorkamen.

Ein Schallplattenspieler lag inmitten von allerlei Krimskrams zertrümmert auf dem Boden.

Jude konnte nicht anders, als einen Blick auf die Schallplatten zu werfen, die ebenfalls auf den Boden gefegt worden waren. »Du sammelst Vinyls?«

Sie zuckte die Achseln. »Sieht so aus.«

Er kniete sich hin und blätterte sie durch. The Who. Sigue Sigue Sputnik. The Rolling Stones. The Good, the Bad and the Queen. New Model Army. Black Eyed Peas. Gary Barlow.

»Du magst Gary Barlow?«

Sie rieb sich die Augen. »Ja, kann sein.«

Verwirrt und unsicher ging sie in ihrem eigenen Zimmer umher. Hin und wieder berührte sie etwas. Ihr Bett war zerwühlt, ein Stofffäffchen lag darin. Sie hob es hoch und hielt es kurz in der Hand, unschlüssig, als wüsste sie nicht so recht, was sie damit anfangen sollte. Sie warf einen Blick in ihren Schrank und betrachtete ihre Sachen, als wären es die einer Fremden.

»Jemand ist hier gewesen und hat alles auf den Kopf gestellt«, murmelte sie, »aber warum?«

Jedenfalls hatte der Einbrecher etwas Bestimmtes gesucht, das war offenkundig. Doch was?

»Wir haben nichts Wertvolles«, sagte Penny nachdenklich. »Bei uns gibt es nichts zu holen, wie es aussieht.«

Jude überlegte, wie Mr Morley, die verschwundenen Geister auf den Friedhöfen, das Auftauchen der Gesichtslosen und Pennys Entführung zusammenpassten. Er konnte sich keinen Reim darauf machen.

»Und wo ist meine Mutter?«

Jude zuckte die Achseln. »Ich glaube nicht, dass sie auf dem Weg in die Kanzlei ist.« Die Wohnung sah nicht so aus, als sei in den letzten beiden Tagen jemand hier gewesen – mit Ausnahme der Einbrecher. Der Kühlschrank war ziemlich abgetaut, wahrscheinlich stand er seit einiger Zeit schon offen. »Sie ist schon länger nicht mehr hier gewesen«, stellte er fest.

»Aber warum?«

»Weil sie sich versteckt. Eine andere Erklärung habe ich auch nicht.«

»Vor wem sollte sie sich verstecken?« Penny setzte sich

auf ihr Bett. Sie weinte leise. Und hielt dabei das Stofffäffchen fest.

Jude stellte die Gitarrentasche auf den Boden und setzte sich neben sie. Er hatte das Gefühl, ganz plötzlich mitten in ihr Leben katapultiert worden zu sein.

Hier in dieser fremden Wohnung erschien Penny plötzlich in ganz anderem Licht. Momentaufnahmen stürmten auf ihn ein: Penny Scott, wie sie aufwacht, frühstückt, ihre Hausaufgaben macht.

Sie streckte die Hand aus und er ergriff sie. Jude beugte sich vor, um die Gitarrentasche zu öffnen. Ein Riss zog sich quer über den Gitarrenkorpus.

»Das tut mir leid«, sagte sie.

Jude berührte das Instrument. »Ich lasse sie hier, in deinem Zimmer.«

»Warum?«

»Dann habe ich einen Grund wiederzukommen. Wenn das alles vorbei ist . . .«

Pennys Hand strich ebenfalls über die Gitarre, zärtlich und irgendwie vertraut. Dann gingen sie wortlos nach draußen.

»Hey, du!« Jude erschrak. Unten im Treppenhaus packte ihn plötzlich jemand am Handgelenk. Er drehte sich abrupt um und schaute in das übernächtigte Gesicht einer Frau, die wie Penny aussah, nur älter. Jude erkannte sie sofort von den Fotos im Wohnzimmer wieder.

Keine Frage, sie war Jackie Scott, Pennys Mutter. Jude

starrte sie nur an. Er hatte sie nicht bemerkt, vermutlich hatte sie sich im Kellereingang verborgen gehalten.

»Was hast du hier zu suchen? Wer bist du?«

Er wusste, dass die Erklärung, die er vorbringen würde, gelinde gesagt, sehr schwierig werden würde.

Jackie Scott sah aus wie jemand, der sich schon einige Tage versteckt hielt. Ihr Blick war unruhig. Sie hatte Pennys Haselnussaugen, und auch wenn das Leben seine Spuren bei ihr hinterlassen hatte, konnte man sehen, dass sie einmal genauso hübsch gewesen war wie ihre Tochter.

»Hat Mr Morley dich geschickt?«

»Nein.«

»Was hattest du dann in meiner Wohnung zu suchen?« Sie trug Jeans und eine Wildlederjacke und dazu einen geblümten Schal. »Was ist? Hat es dir die Sprache verschlagen?«

Jude wusste nicht, wie er es erklären sollte.

Penny stand neben ihrer Mutter und wirkte genauso überrascht wie er. Sie streckte die Hand nach ihr aus und zog sie schnell wieder zurück, schien sich nicht zu trauen, ihre Mutter zu berühren. Hilfe suchend sah sie Jude an.

Er schüttelte den Kopf. »Ich kenne Ihre Tochter. Ich habe sie vor zwei Tagen getroffen.«

»Du hast Penny getroffen?«, Jackie Scott war verblüfft. »Wo denn?« Ihr Blick fiel auf die Papprolle in Judes Hand. »Was ist da drin?«

»Eine Zeichnung«, sagte Jude. »Von Penny.«

Das brachte Pennys Mutter ein wenig aus der Fassung.

Er hielt ihr die Papprolle hin. »Schauen Sie nach. Ich wollte Penny nur diese Zeichnung schenken.«

»Was soll der Blödsinn?«

Penny trat neben ihn. »Sag es ihr doch einfach.«

Jude starrte sie an.

»Was ist? Wo schaust du hin?« Jackie Scott folgte seinem Blick, konnte aber natürlich niemanden erkennen.

»Ich . . .«

»Sag ihr, was los ist.«

»Bist du dir sicher?«

»Mit wem sprichst du?«, fragte Jackie Scott misstrauisch.

»Sag es ihr und gib mir die Papprolle«, schlug Penny vor.

»Junge, rück endlich heraus mit der Sprache.«

Jude schluckte. »Okay, Sie werden es mir zwar nicht glauben, aber ich sage es Ihnen, wie es ist: Ich kann Geister sehen.«

»Du kannst was?«

»Geister sehen.«

Jetzt hatte es Pennys Mutter die Sprache verschlagen.

»Ich weiß nicht, warum«, fuhr er fort, »aber es ist so. Ich habe Penny vor zwei Tagen in Highgate getroffen. Sie ist kein Geist, sondern irgendwas dazwischen. Sie wurde von irgendwelchen Männern entführt. Wir glauben, dass sie noch lebt . . . ich meine die richtige Penny, die körperliche . . .« — er verhaspelte sich und stieß einen leisen Fluch aus —, ». . . aber nicht mehr bei Bewusstsein ist. Wir müs-

256

sen sie schnell finden, weil sie . . . ich meine, Pennys Geist oder was immer sie ist . . . sich an immer mehr Details aus ihrem Leben erinnert, und das ist schlecht, weil sie dabei ist, sich in einen richtigen Geist zu verwandeln, was wiederum bedeutet, dass ihr Körper dann tot ist . . .« Er holte Luft, sah sein Gegenüber an und sagte schließlich verzagt: »Ich weiß, das klingt alles ziemlich verrückt.«

»Nimmst du Drogen?«, fragte Jackie Scott. Auf ihrer Stirn hatte sich eine tiefe Falte eingegraben.

Jude sah sie verzweifelt an. »Nein, ich . . .«

»Warum . . .«, setzte Jackie Scott an, aber dann brach sie ab. Wortlos starrte sie an Jude vorbei, auf eine Stelle direkt neben ihm.

Penny hatte die Papprolle in der Hand. Jude wusste, dass Jackie Scott ihre Tochter nicht sehen konnte, dafür aber die Papprolle, die einen Meter über dem Boden schwebte. Penny öffnete die Papierrolle und zog das zusammengerollte Bild hervor. Langsam entrollte sie es und hielt es ihrer Mutter vor die Nase.

»Wie machst du das?«, stammelte Jackie Scott. Sie ließ sein Handgelenk los, das sie die ganze Zeit über gedrückt hatte, als fürchtete sie, er könne ihr entwischen.

»Ich mache nichts, es ist Penny, Sie können sie nur nicht sehen«, sagte Jude.

»Was geht hier vor?«

»Penny ist bei uns«, sagte Jude. »Ich meine, ihr Geist . . .« Räuspern. »Oder was auch immer sie ist.«

Jackie Scott streckte die Hand nach dem Blatt Papier

aus und berührte das Porträt ihrer Tochter. »Ja, das ist meine Penny«, sagte sie. Die Stimme versagte ihr, sie schwankte leicht. »Ich glaube, ich werde gleich ohnmächtig.«

»Oh nein, bitte nicht«, sagte Jude.

Was Jackie Scott Mutter wider Willen schmunzeln ließ.

Penny indes berührte die Hand ihrer Mutter, ganz kurz nur. Erschrocken zog Jackie ihre Hand zurück. »Was war das?«

»Sag ihr, dass ich sie berührt habe.«

»Penny hat Sie berührt.«

Jackie atmete schwer, ihr Gesicht war leichenblass. »Was haben wir zuletzt zu Abend gegessen? Am vergangenen Samstag?«

Jude starrte sie an. »Warum ist das wichtig?«

»In Filmen wie *Ghost* fragen sie das auch immer. Wenn Penny wirklich da ist, kann sie mir sagen, was wir gegessen haben.«

Jude sah Penny an, die zuckte die Achseln. »Keine Ahnung.«

»Sie kann sich nicht erinnern.«

Schlagartig schlich sich das Misstrauen zurück in Jackie Scotts Blick.

»Ich habe ja gesagt, dass es kompliziert ist«, sagte Jude aufgeregt. Dann zwang er sich zu mehr Ruhe und erzählte Schritt für Schritt, wie er Penny gefunden und was sich seither zugetragen hatte. Als er fertig war, schien Jackie Scott noch immer nicht ganz überzeugt zu sein, zu haar-

258

sträubend klang seine Geschichte. Aber wenigstens hatte sie ihm zugehört, ohne ihn zu unterbrechen.

Einen Moment lang wirkte sie noch unschlüssig, wie sie sich verhalten sollte, dann schien sie einen Entschluss zu fassen: »Komm mit, wir müssen von hier verschwinden. Gut möglich, dass sie das Haus beobachten.« Ohne eine Antwort abzuwarten, ging sie voran, wie Penny es auch getan hätte.

Sie führte sie zu einem knallroten Mini, der unter einem Baum in der Straße um die Ecke stand. Penny kauerte sich auf den Rücksitz, Jude saß vorne, die Beine eng angewinkelt, den Kopf an der Decke.

Jackie Scott ließ den Wagen an und gab Gas. Ein Playboy-Bunny-Anhänger in Rosa baumelte am Autoschlüssel.

»Sie sind jetzt auch hinter dir her, so viel ist klar. War keine gute Idee, zu Morley zu laufen.«

Sie wirkte äußerst nervös. Entsprechend hektisch fuhr sie: Sie gab Gas, bremste ab, beschleunigte wieder, musste wieder bremsen.

»Was ist passiert?«, fragte Jude.

»Sie haben Penny entführt«, sagte ihre Mutter, »und jetzt erpressen sie mich.«

Sie schaute angespannt nach vorne und warf immer wieder einen Blick in den Rückspiegel, ohne etwas Verdächtiges auszumachen, wie es schien. Unter dem hupenden Protest anderer Autofahrer bog sie mehrmals abrupt ab, als wollte sie einen unsichtbaren Verfolger abhängen. Nach einer knappen halben Stunde – Jude hatte das Gefühl, dass sie durch halb London gekurvt waren – hielt sie an.

»Wir sind da.«

Sie befanden sich in der Blackfriars Road – also gar nicht so weit von ihrer Wohnung entfernt, wie Jude feststellte – und Jackie Scott parkte am Straßenrand vor einem Pub.

»Hier können wir in Ruhe reden«, sagte sie, während sie ausstieg. »Ich kenne den Besitzer des Pubs, wohne schon seit vorgestern hier.« Sie deutete nach oben, wo ein Fenster gekippt war. »Der Pub und die Pension darüber gehören Shane Busiek. Er ist ein guter Freund von mir.«

Jude las den Namen der Kneipe.

Chez Shane.

Jackie Scott, die seinen Blick bemerkt hatte, sagte: »Er war früher mal mit einer Französin zusammen, seither liebt er alles Französische. Ist aber ein netter Kerl.«

Jude fragte sich, ob das eine das andere ausschloss, behielt seine Überlegung aber für sich.

Sie schloss die Tür auf, dann traten sie ein.

Die Kneipe war leer. Die Stühle waren hochgestellt, schummriges Licht fiel durch die schmalen Fenster.

»Er macht erst am späten Nachmittag auf«, erklärte Jackie. Sie ging zu einem der Tische, stellte die Stühle auf den Boden. »Ich weiß nicht, ob Penny auch sitzen möchte«, sagte sie und man merkte ihr an, dass sie die merkwürdige Anwesenheit ihrer Tochter immer noch nicht so recht fassen konnte. Aber sie gab sich allem Anschein nach Mühe, mit der abstrusen Situation klarzukommen.

Jude nahm Platz, Penny setzte sich neben ihn.

»Findest du, dass ich ihr ähnlich bin?«, fragte Penny.

Jude sah sie ratlos an. Er hatte zwar noch nicht viel Erfahrungen mit Mädchen, wusste aber, dass man auf eine solche Frage nur die falsche Antwort geben konnte. Deshalb beschloss er so zu tun, als hätte er sie nicht gehört.

»Ich meine ja nur, weil sie so viel redet.«

Jude konnte sich ein Lächeln nicht verkneifen.

»Hat sie etwas gesagt?«, fragte Jackie.

»Nein.«

»Sie ist neugierig«, sagte Penny.

»Wie du«, rutschte es Jude heraus.

Jackie trat zu der Stelle neben Jude. »Sitzt sie da?«

Er nickte.

Jackie streckte die Hand aus, nur um sie sogleich wieder zurückzuziehen. Sie seufzte. »Gut, ich erzähle euch jetzt, was vorgefallen ist. Ich arbeite schon seit Jahren in der Buchhaltung von Morley & Rodwell. Und eigentlich habe ich Mr Morley immer für einen netten Menschen gehalten, einen guten Chef. Außerdem war er in den letzten Jahren häufig unterwegs, im Urlaub, oder er hat sich Auszeiten genommen. Aber wenn er da war, war es angenehm, mit ihm zu arbeiten. Keiner hat sich je beschwert.«

»Aber wieso erpresst er Sie jetzt?«, unterbrach Jude sie ungeduldig. »Oder wer erpresst Sie? Und warum?«

»Das ist eine komplizierte Geschichte.« Pennys Mutter faltete die Hände, um sich zu beruhigen, aber es gelang ihr nicht so recht. »Ich bin in der Buchhaltung auf einige seltsame Vorgänge gestoßen«, erklärte sie und ihre Hände zitterten. »Das war vor einer Woche. Unstimmigkeiten bei den Zahlungseingängen, undurchsichtige Geschäfte, wahrscheinlich im Zusammenhang mit Drogen.«

Jude und Penny wechselten besorgte Blicke.

»Jedenfalls hat Morley mit illegalen Geschäften zu tun«, fuhr Jackie Scott fort. »Dabei geht es um richtig hohe Beträge. Bei manchen Buchungen um zweihunderttausend Pfund. Doch diese Zahlungen sind getarnt. Sie laufen über Konten von Mandanten, sind vermengt mit Umsatzzahlen und Aufwendungen. Wie auch immer, ich habe jedenfalls entdeckt, dass da etwas nicht stimmt.«

»Und das ist aufgeflogen«, mutmaßte Jude.

Jackie Scott nickte. »Dummerweise hat Mr Morley mitbekommen, dass ich im System gewesen bin. Es lebe die Datenverarbeitung. Jedes Einloggen wird in der Kanzlei registriert.«

»Das heißt, er wusste, dass Sie das, was sie nicht hätten sehen sollen, gesehen haben.«

»Hey, du bist ja richtig pfiffig,«, sagte sie. »Ja, genauso war es.«

»Und dann hat er Penny entführt?«

»Zuerst hat er mich zur Rede gestellt und mir gedroht. Das war vor zwei Tagen.« Sie stockte. »Na ja, jedenfalls hat er mich angesehen mit Augen ... du hättest mal seine Augen sehen sollen. Normalerweise sind sie blau wie der Ozean und auf einmal wurden sie ganz . . . anders.« Sie suchte nach Worten. »Sie haben eine ganz merkwürdige Farbe angenommen.« Sie schüttelte sich beim Gedanken an diese Augen. »Etwas an ihm hat mir unglaublich Angst gemacht, ich habe ihn nie zuvor so erlebt. Daraufhin habe ich etwas Dummes getan, ich . . . ich habe *ihm* gedroht.«

»Was?«

Penny verdrehte die Augen.

»Ich habe ihm gesagt, dass ich die Daten abgespeichert hätte.«

Jude starrte sie an. »Sie haben ihn erpresst?«

»Hey, ich schaue mir auch manchmal Thriller an. Ich habe einfach gepokert. ›Wenn Sie mir etwas antun‹, habe ich gesagt, ›wird der USB-Stick mit den Kontendaten an die Polizei geschickt. Ich habe vorgesorgt, falls man mir was antut.‹«

»Ich glaube es nicht«, stöhnte Penny auf.

»Was hat er gemacht?«, fragte Jude.

Sie seufzte. »Er ist ruhig geblieben, hat mir für das Gespräch gedankt und mich gehen lassen.«

»Das war alles?«

»Ich bin sofort abgehauen. Er hat zwar keine konkrete Drohung ausgesprochen, aber ich wusste genau, dass ich es bereuen würde, wenn ich ihm in die Quere käme. Ich habe die Wut in seinen Augen gesehen.«

»Und?«

»Ich war völlig durcheinander. Ich bin kopflos durch die

263

Stadt gerannt, stundenlang. Ich wusste nicht, was ich tun sollte.« Sie starrte ihre Hände an, die nervös eine Papierserviette in Stücke rissen. »Ich war auf dem Weg nach Hause«, fuhr sie fort, »als ich eine SMS bekam. ›Wissen Sie, wo Ihre Tochter in diesem Augenblick ist?‹« Sie wurde aschfahl im Gesicht. »Die SMS kam von Pennys Handy.« Jackie kämpfte mit den Tränen. »Als ich in meine Wohnung zurückgekommen bin, war dort alles auf den Kopf gestellt. Ihr habt es ja selbst gesehen. Das Telefon hat geklingelt. Es war Mr Morley.« Sie schluckte. »Er hat gesagt, wenn ich Penny lebendig wiedersehen wolle, dürfte ich niemandem etwas von den Kontendaten sagen.«

Jude schüttelte ungläubig den Kopf.

Und Penny saß mit offenem Mund da.

»Ich bin in Panik geraten. Jemand hatte unsere Wohnung durchsucht nach diesem verdammten Stick, den es gar nicht gibt. Die Kerle haben mir gezeigt, dass sie wirklich ernst machen.«

Jude dachte an Smith und Jones, denen sie nur knapp entkommen waren.

»Das sind böse Menschen«, sagte Jackie Scott leise. »Sie schrecken vor nichts zurück.«

Penny berührte flüchtig die Hand ihrer Mutter. Jackie schaute auf, als habe sie einen Lufthauch gespürt. Trotzig wischte sie sich schnell eine Träne aus dem Auge.

»Ich bin sofort abgehauen«, fuhr sie fort, »und hier bei Shane untergeschlüpft. Ich bin mir ziemlich sicher, dass mir niemand gefolgt ist, aber man weiß ja nie.«

»Und was will Mr Morley jetzt von Ihnen?«, wollte Jude wissen.

»Er will den USB-Stick haben. Deswegen hat er Penny entführt.« Sie rieb sich erschöpft die Augen. Man merkte ihr an, dass sie während der letzten beiden Tage kaum geschlafen hatte. »Ich soll ihn anrufen, auf dem Handy meiner Tochter.« Die Stimme versagte ihr. »Ich weiß, dass ich ihn auf Pennys Handy erreichen kann.«

»Warum sind Sie nicht zur Polizei gegangen?«

»Ich habe Angst. Um Penny. Sie ist mein Ein und Alles. Ihr Vater hat sich vor langer Zeit aus dem Staub gemacht, als sie zehn war. Dieser Scheißkerl. Ich könnte es nicht ertragen, wenn Penny etwas zustößt. Ich habe Penny in der Schule krankgemeldet, damit es nicht auffällt, wenn sie fehlt. Was hätte ich auch anderes tun sollen?« Sie fummelte in ihrer Jackentasche und fischte eine Packung Zigaretten heraus. Mit zittriger Hand zündete sie sich eine davon an, nahm ein paar hastige Züge. »Ich habe sogar vor der Kanzlei herumgelungert, habe mich auf die Lauer gelegt. Ich dachte, dass Morley mich vielleicht zu ihr führen würde.«

»Sie wollten ihn beschatten?«

Sie nickte.

»Das war unglaublich dämlich«, flüsterte Penny, doch insgeheim bewunderte sie ihre Mutter für diesen Mut, das konnte Jude an ihrem Blick sehen.

»Und er hat Sie nicht bemerkt?«

»Ich glaube nicht. Er ist von der Kanzlei ja auch nur zu

seiner Wohnung gefahren, soweit ich es mitbekommen habe.«

Jude hustete. Er hasste Zigarettenqualm. »Was sollen wir jetzt tun?«

Sie zuckte die Achseln.

»Geben Sie ihm einen Stick.« Etwas Besseres fiel Jude nicht ein.

»Aber es gibt doch gar keinen Stick.«

»*Irgendeinen* Stick. Wir müssen etwas unternehmen, Penny bleibt nicht mehr viel Zeit.«

Jackie Scott wirkte unschlüssig. Dann nickte sie plötzlich entschlossen und drückte die Zigarette aus. »Du hast recht«, sagte sie. »Wir müssen ihn täuschen.«

»Und wenn wir ihr heimlich zum Ort der Übergabe folgen«, sagte Penny ganz aufgeregt, »erfahren wir, wo sich mein Körper befindet.«

Jude überlegte.

Es gab einfach zu viele Ungewissheiten in diesem Spiel. Was hatte dieser Mr Morley mit den Gesichtslosen zu tun? Und überhaupt, was war Mr Morley für ein Wesen? Er konnte die Geister der Toten sehen, ganz so wie Jude. Und er war ein Mensch, der ein normales Leben in London führte.

Einen kurzen Augenblick lang überlegte er, ob er Pennys Mutter von der Sache mit den Gesichtslosen erzählen sollte, aber dann ließ er es bleiben. Das würde in ihren Ohren doch allzu unglaubwürdig klingen. Er musste sich nur ausmalen, wie er vor einem Jahr reagiert hätte, wenn jemand ihm eine so abgefahrene Geschichte wie diese aufgetischt hätte.

»Ich habe Freunde, die uns helfen können«, sagte Jude.

»Du willst vorher mit ihnen reden«, sagte Penny. »Mit Gaskell und der Füchsin?«

»Wir *müssen* mit ihnen reden.«

»Glaubst du, er hat Antworten?« Penny kannte ihn mittlerweile gut genug, um zu wissen, an wen er dachte.

Jude nickte. »Vielleicht nicht die, die wir brauchen, aber womöglich eine, die dennoch nicht umsonst ist.«

Es war an der Zeit, einige Fragen zu stellen.

»Was sind das für Freunde?«, fragte Jackie Scott, die dem einseitigen Gespräch wortlos gefolgt war.

Jude seufzte. »Vertrauen Sie mir?«

Jackie Scott zuckte die Achseln. »Was bleibt mir denn übrig? Es gibt sonst niemandem, dem ich vertrauen könnte.«

Jude zog ein Gesicht. »Das heißt dann also, ja.«

»Ja, ich vertraue dir«, sagte Jackie.

Penny legte die Stirn in Falten, ihre Finger zwirbelten versonnen eine Strähne ihres roten Haars. Jude wusste inzwischen, was das bedeutete. Sie erinnerte sich wieder an etwas, das mit ihrem richtigen Leben zu tun hatte.

»Vereinbaren Sie ein Treffen mit ihm«, schlug Jude vor. »Eine Übergabe. Der Stick im Austausch gegen Penny. Er soll Ihnen den Ort nennen, wo er sich mit Ihnen treffen will.«

Jude ging instinktiv davon aus, dass dies ein Friedhof

sein würde, womöglich sogar einer der Glorreichen Sieben. Aber er behielt seine Vermutung für sich. »Penny und ich werden mitkommen. Natürlich, ohne uns zu zeigen.«

»Aber vorher willst du dich noch mit deinen Freunden beraten, wer immer sie auch sein mögen?«

»Ja, aber sie werden nicht zur Übergabe mitkommen können«, sagte Jude.

»Hast du ein Handy?«, fragte Jackie Scott.

Er nickte.

»Gib mir deine Nummer, dann schicke ich dir eine SMS.«

Jude diktierte Jackie Scott die Nummer und sie wählte sie an. Judes Handy vibrierte.

Eine Weile saßen sie schweigend da. Plötzlich sagte Penny leise: »Ich weiß jetzt, wie meine Kindheit war.« Ihre Erinnerungen kehrten mit Macht zurück.

Sie stirbt, dachte Jude. Panik schnürte ihm plötzlich die Kehle zu. Sie liegt irgendwo in dieser verdammten Stadt und stirbt und ich sitze hier untätig herum.

Fürchte nicht den nahen Tod, erinnerte er sich der Worte des Steuerberaters.

Aber Jude fürchtete den nahen Tod. Er hätte schreien können vor Angst, so war es.

Dann fiel ihm eine weitere Frage ein und er war froh, dass sie ihm rechtzeitig eingefallen war. »Ist Mr Morley vielleicht der Steuerberater eines Beerdigungsinstituts namens Lightwood & Son?«

Jackie horchte auf. »Woher weißt du das?«

»Das war nur eine Vermutung«, sagte Jude.

Die Fäden liefen allmählich zusammen. Und dennoch ergaben sie noch keinen Sinn: Mr Morley war jemand, der die Geister der Toten sehen konnte. Genau wie Jude. Was bedeutete das? Er schaute auf die Uhr und seufzte.

»Was hast du?«, fragte Penny.

Statt ihr zu antworten, tippte er eine SMS und verschickte sie. Dann starrte er sein altes Handy an und wartete. Eine Minute später kam die Antwort. Mit einem tiefen Seufzer sah er Penny an. »Mein Vater wird in einer Stunde zu Hause sein.«

George Finneys Rückkehr von seiner Dienstreise erinnerte Jude mit einem Mal daran, dass es noch ein Leben vor Penny Scott gegeben hatte; eines, an das sich zu erinnern, ihm gar nicht mehr lohnend erschien.

»Ich muss jetzt los.« Jude stand auf. »Aber ich bin bald wieder da.« Es war an der Zeit, einige Fragen zu stellen. Und irgendwie hatte er das untrügliche Gefühl, dass nicht nur ihm, sondern auch Penny die Antworten weiterhelfen würden, wenn er denn welche bekam.

Für einen kurzen Augenblick fühlte er sich wie der mutige Held seiner eigenen Geschichte. Doch als er draußen auf der Straße stand, wurde ihm bewusst, wie grau und kalt der Herbst doch sein konnte, wenn langsam, aber sicher die Nacht über der Stadt und ihren Friedhöfen heraufzog.

8.
In grabesstillem Nachtgesang

Du hast Angst vor ihm.«

»Nein, Angst würde ich es nicht nennen«, antwortete Jude. »Er kommt nur zu einem höchst ungelegenen Zeitpunkt zurück.«

Sie näherten sich dem Haus in der Twisden Road. Der alte grüne Rover Defender seines Vaters stand in der Einfahrt. George Finney war also da. Er hatte vermutlich geduscht, dabei laut Musik gehört, sich anschließend im Wohnzimmer auf die Couch gelegt und den Fernseher eingeschaltet. Sicherlich war er müde von der langen Fahrt. (Jude fragte sich, wie lang genau die Fahrt von Manchester nach London dauerte, seltsam, bisher hatte er sich noch nie Gedanken darüber gemacht.) Wenn er müde war, war er meistens auch launisch. Und wenn er launisch war, dann ging man ihm am besten aus dem Weg.

»Ich kann draußen warten«, schlug Penny vor. »Wenn du lieber allein mit ihm redest.«

Jude schüttelte den Kopf.

»Ich könnte es verstehen.«

»Nein«, sagte er. »Ist schon okay.«

In der Einfahrt blieb Jude stehen und betrachtete einen Moment lang das Haus. Er war wieder daheim. Doch fühlte sich so Nachhausekommen an?

Penny berührte ihn flüchtig an der Schulter.

»Gehen wir«, sagte er entschlossen.

Jeder Schritt fiel ihm schwer.

Längst hatte ihn sein Heldenmut verlassen. Dabei hatte er sich vorgenommen, sich diesmal nicht mit irgendwelchen Ausreden über seine Herkunft abspeisen zu lassen. Er konnte Penny nur helfen, wenn er wusste, wer Mr Morley war und was ihn antrieb. Und wenn Mr Morley ihm selbst ähnlich war, dann musste Jude erfahren, warum er Geister sehen konnte. Es gab kein Zurück mehr, er brauchte Antworten. Alles hing zusammen, das spürte er. Trotzdem empfand Jude statt Mut Verzweiflung. Er fragte sich, ob sich nicht jeder Held jeder Geschichte irgendwann einmal so fühlte. Jude hatte immer geahnt, dass dieser Tag kommen würde. Aber nun, da er da war, schien er seltsam unwirklich.

Jude atmete tief durch. Dann öffnete er die Haustür und das Geräusch, das sie machte, war zu laut und zu durchdringend. Am liebsten hätte er sich einfach leise in sein Zimmer gestohlen.

»Jude?«

Sogar Penny zuckte zusammen.

»Jude, wo hast du gesteckt?« Die Stimme kam aus der Küche.

Penny zog eine Grimasse.

Ja, gab Jude ihr zu verstehen, so ist er, mein Dad.

Im Radio lief irgendein Song, den Jude noch nie gehört hatte.

Was soll's?!

Er ging in die Küche, wo sein Vater am Tisch saß und die *Times* vor sich ausgebreitet hatte.

»Hi, Dad«, sagte Jude.

Zwischen George Finney und seinem Sohn bestand kaum Ähnlichkeit. Nur die Hände hatte Jude von seinem Vater.

»Du siehst müde aus«, begrüßte ihn dieser. »Hast wohl wieder nicht genug geschlafen.«

»Ich hatte einen anstrengenden Tag.«

George Finney stöhnte genervt. »So, mein Sohn hatte einen anstrengenden Tag. Schule, essen, schlafen, Musik hören, schlafen.« Er seufzte. »Wenn du erst mal arbeitest, wirst du sehen, was anstrengend ist.«

»Du hast gefragt, wie es mir geht.«

»Ach so, ja?« George Finney wandte sich wieder seiner Zeitung zu.

»Und ich habe geantwortet«, sagte Jude.

George Finney blickte von der Zeitung auf. Jude wusste, was jetzt kommen würde: ein Vortrag über den Ernst des Lebens. Dass Jude kein Weichei sein dürfe, dass er ihn auf das wirkliche Leben vorbereiten wolle.

272

Doch bevor sein Vater ausholen konnte, fiel Jude mit der Tür ins Haus: »Ich muss wissen, wer sie war.«

George Finney stutzte, starrte ihn an. »Jude! Nicht wieder dieses Thema! Ich bin gerade erst angekommen und müde. Lass uns ein andermal darüber reden.«

»Dad, du musst es mir sagen. Jetzt!«

Penny stand mit angehaltenem Atem neben Jude. Sie wirkte genauso angespannt wie er.

»Du weißt doch schon alles. Mehr gibt es darüber nicht zu erzählen.« George Finney sah seinem Sohn nicht in die Augen, als er das sagte. »Außerdem möchte ich mit dir über etwas anderes reden: Ich habe eine E-Mail von deinem Englischlehrer bekommen. Mr Ackroyd.«

Jude seufzte. Den hatte er ganz vergessen.

»Du bist heute nicht in der Schule gewesen und hast bei einer Klassenarbeit ein nahezu leeres Blatt abgegeben.«

»Dad, bitte, es ist wichtig für mich, es ist etwas passiert.«

»Nichts ist so wichtig, dass es nicht aufgeschoben werden kann. Die Schule ist wichtig, Jude, darüber haben wir schon so oft gesprochen.« Da war er wieder, dieser Ton, den er an seinem Vater so hasste, dieser pädagogische Tonfall, in dem immer der Satz »Ich meine es doch gut mit dir« mitschwang.

Penny warf ihm einen Blick zu. Bleib ruhig, schien er zu sagen. Er versuchte es. »Ich muss wissen, wer sie war! Es ist wirklich wichtig für mich, Dad.«

George Finney stand auf und ging zum Küchenschrank.

Er suchte nach etwas Essbarem, fand Cornflakes, schüttete einen Teil davon in eine Schale. Dann holte er Milch aus dem Kühlschrank, goss sie in die Schale, registrierte, dass er ein paar Spritzer verschüttet hatte, stellte den Milchkarton ruhig in den Kühlschrank zurück, nahm den Spüllappen und wischte den Tropfen auf, der auf der Arbeitsfläche glänzte. Er prüfte die Stelle, als gäbe es im Augenblick nichts Wichtigeres.

Bedächtig legte er den Lappen ins Spülbecken zurück. »Es ist besser, wenn du nichts über deine Mutter erfährst, Junge, glaub mir.« Judes Vater stellte das Radio lauter und setzte sich mit der Schüssel wieder an den Tisch.

Jude platzte der Kragen. Er spürte, wie sich die ganze Wut der letzten siebzehn Jahre in ihm zusammenballte, all die Fragen, auf die er nie eine Antwort bekommen hatte, drängten in diesem Moment mit Macht an die Oberfläche. Ohne sich wirklich dessen bewusst zu sein, was er tat, packte er eine Konservendose und schleuderte sie auf das Radio. Das Gerät fiel scheppernd zu Boden und verstummte.

»Guter Wurf«, bemerkte Penny.

George Finney sprang erschrocken auf. »Was erlaubst du dir eigentlich?«, schrie er seinen Sohn wütend an. Aber dann blickte er in Judes Augen. Ein ungekannter Ausdruck lag darin.

Er stockte.

»Ich muss es wissen. Jetzt.« Jude sagte es ruhig, aber bestimmt.

Es war still in der Küche. Jude konnte spüren, dass sich etwas geändert hatte.

George Finney spürte es auch. Schweigend betrachtete er seine Hand, die den Löffel hielt, von dem Milch tropfte. Ohne auf den Fleck zu achten, der sich auf dem Boden gebildet hatte, legte er den Löffel neben die Schüssel. »Warum jetzt?«, fragte er mit krächzender Stimme.

»Ich kann Geister sehen«, ruhig begegnete Jude dem verwunderten Blick seines Vaters. »Ich weiß nicht, warum ich es kann, aber ich kann es. Seit einem halben Jahr. Und jetzt ist etwas passiert. Jemand ist in Gefahr und ich muss dringend etwas unternehmen. Ich habe nicht genug Zeit, dir alles zu erklären, aber ich brauche Antworten. Ich brauche sie schnell. Da draußen geschieht etwas Schlimmes. Es gibt einen Mann, der böse ist, abgrundtief böse, und dieser Mann hat die gleiche Fähigkeit wie ich. Er kann die Geister sehen. Deswegen muss ich wissen, wer ich bin. Verstehst du das? Ich muss wissen, *wer* ich bin, damit ich verstehen kann, wer *er* ist.«

George Finney sah aus wie jemand, der eine seit Ewigkeiten andauernde Schlacht endgültig verloren hat. Er sank zurück auf seinen Stuhl. »Ich habe geahnt, dass dieser Tag kommen wird. Sie hat es vorausgesagt.«

»Mum?«

»Ja.«

»Was hat sie gesagt?«

»Wenn man ein Kind ist«, sagte Judes Vater, »glaubt man, dass die Erwachsenen alles im Griff haben. Aber so ist es nicht. Man macht Fehler und dann, am Ende des Weges, sieht man sie und kann nichts mehr ändern.«

Jude runzelte die Stirn. »Wir stehen nicht am Ende des Weges und Fehler kann man wiedergutmachen.«

George Finney nickte. Er sah nicht sehr überzeugt aus. »Ich habe deine Mutter in Indien kennengelernt«, sagte er.

»Du hast mir nie gesagt, wie sie heißt.«

»Sie hat mir ihren richtigen Namen nicht verraten.«

»Aber wer war sie?«

George Finney atmete schwer. »Ich war damals Mitglied in einem Team von britischen Wissenschaftlern. Im Auftrag der Regierung hatten wir beratend bei einem Bauprojekt in der Haryana-Region zu tun, bei dem es um die Eindämmung von Hochwasser ging. Eines Abends ging ich zum Fluss hinunter und setzte mich ans Ufer.« Seine Augen schienen sich in der Erinnerung zu verlieren, sie wirkten mit einem Mal so sanft, wie Jude sie nie zuvor gesehen hatte. »Indien ist ein seltsames Land. Es ist bunt und rätselhaft, gefährlich und magisch . . . es ist so . . .« Er suchte nach den richtigen Worten. »Es gibt kein anderes Land auf der Welt, mit dem es vergleichbar ist.« Der Glanz einer sehr fernen Sonne flimmerte in George Finneys Augen auf. »Wie auch immer«, fuhr er fort, »an jenem Tag habe ich ein junge Frau erblickt, die in den Fluten des Yamuna schwamm. Als sie mich sah, tauchte sie unter und ich wusste nicht, ob sie wirklich war oder aber mir meine Augen einen Streich gespielt hatten.«

276

»Das war alles?« Jude hatte sich mehr von dieser Geschichte erhofft, die so vielversprechend begonnen hatte.

»Wenn das alles gewesen wäre«, sagte sein Vater, »dann wärest du jetzt nicht da.«

»Ach so«, murmelte Jude, die Augen auf das Radio gerichtet, das zertrümmert am Boden lag.

»Am nächsten Tag kam sie in unser Lager, suchte mich. Wir hatten unsere Zelte am Flussufer aufgeschlagen. Den ganzen Tag analysierten wir Bodenproben, die Flora des Flusses und die Schadstoffgehalte des Wassers.«

Jude hatte sich nie besonders für die Arbeit seines Vaters interessiert. Immer analysierte er die Dinge, nie konnte er das, was er sah, richtig genießen, so kam es ihm immer vor.

»Sie war wunderschön, wie im Märchen. Sie sagte, ich solle sie Yamuna nennen.«

»Wie der Fluss?«

»Sie behauptete, dass der Fluss und sie wie Zwillinge seien.«

»Was meinte sie damit?«

George Finney zuckte die Achseln. »Das hat sie mir nie gesagt. Sie war sehr rätselhaft, musst du wissen.«

Jude versuchte, sich dieses schöne Wesen, das seine Mutter gewesen war, vorzustellen, aber es wollte ihm nicht gelingen.

»Wir verbrachten zwei Wochen miteinander«, erinnerte sich George Finney. »Dann, eines Abends, sagte sie mir, dass sie nicht bleiben könne. Sie sah traurig aus, doch gleichzeitig wirkte sie rastlos, als wäre sie in Gedanken bereits an einem anderen, fernen Ort. Immer wieder schaute sie sehnsüchtig zum Fluss.«

Jude spürte, dass die Geschichte jetzt eine ungeahnte Wendung nehmen würde, eine Wendung, die auch der Grund dafür war, weshalb sein Vater sich so wenig darüber zu wundern schien, dass Jude behauptete, Geister sehen zu können.

»Sie sagte, sie sei eine Jalpari.«

»Eine Jalpari?«

»Ein Geschöpf der Fluten, eine Art Wassernixe. Sie war im Himalaja geboren, am Ursprung des Yamuna, wo der Yamunotri-Schrein steht. Sie sagte, es sei ihr Schicksal, dem Lauf des Flusses zu folgen, zuerst dem Yamuna, später dann dem Ganges, der mit dem Yamuna den Padma bildet. Um schließlich, als alte Frau, im Indischen Ozean zu sterben. Allen Jalpari sei dieser Weg vorbestimmt.«

Jude starrte seinen Vater an. Er konnte nicht glauben, dass dieser einmal mit einer solch rätselhaften Frau zusammen gewesen war. Diese Geschichte war so weit weg von dem Mann, den er kannte.

»Was geschah dann?«

»Eines Tages war sie einfach fort.«

»Du hast sie nie wiedergesehen?«

George Finney schüttelte den Kopf. Der Glanz war aus seinen Augen verschwunden, plötzlich wirkte er unendlich müde und alt.

»Mein Aufenthalt dort dauerte noch zwei Wochen und

ich habe jeden einzelnen Tag auf sie gewartet. Aber vergeblich. Sie ließ sich nicht mehr blicken. Als ich schließlich nach England zurückkehrte, wollte ich sie so schnell wie möglich vergessen.« Judes Vater sah seinen Sohn an. Sein Blick war traurig und leer. »Es hat sehr wehgetan, musst du wissen, und ich dachte, wenn ich sie aus meiner Erinnerung streiche, hört es auf wehzutun.«

Penny wirkte ebenfalls traurig.

»Dann, eines Tages, lag die Reisetasche auf dem Treppenabsatz vor der Tür.«

»Du«, sagte Penny.

»Warum hat sie das getan?«

George Finney lachte auf, verbittert. »Ich weiß auch nicht, *wie* sie es getan hat. Wie sie in dieses Land gekommen ist. Deine Mutter war ein einziges großes Rätsel für mich. Und ich habe nie begriffen, was mir damals geschah. Ausgerechnet mir, einem Wissenschaftler!« Wieder stieß George Finney ein bitteres Lachen aus. »Jedenfalls konnte sie dich nicht behalten: Was hätte sie, ein Wasserwesen, mit einem Menschenjungen anfangen sollen? Das war meine Erklärung für das, was geschah. Und so brachte sie dich zu mir. Damit ich mich um dich kümmere.«

»Glaubst du, dass ich deswegen die Geister der Toten sehen kann?«

»Ich weiß es nicht. Als wir zusammen waren, war sie eine ganz normale Frau aus Fleisch und Blut. Nichts an ihr erinnerte an ein magisches Wesen. Oh nein, sie war äußerst wirklich . . .« Wieder wanderte George Finneys Blick versonnen in eine ferne Vergangenheit, zu der nur er Zugang hatte.

Jude musste das alles erst einmal verarbeiten. Ihm schwirrte der Kopf. Seine Mutter war eine Jalpari, ein Zwillingswesen aus Indien. Konnte der Tag noch mehr Überraschungen bereithalten?

»Erzähl mir mehr von ihr«, sagte Jude.

»Sie war lebendig. Sie lachte und tanzte gern.«

Jude nickte.

»Aber da ist noch etwas.«

»Du meinst etwas, was auf dem Zettel stand?« Instinktiv wusste Jude, dass er recht hatte.

»Ja.«

»Was?«

»Sie hat mich gebeten, dir eine Geschichte zu erzählen. Wenn du alt genug wärest und mehr über deine Mutter wissen wollen würdest.«

»Ich habe schon oft nach ihr gefragt und du hast mir nie etwas über sie erzählt. Nur Lügen.«

George Finney überhörte den Vorwurf. Er schien von weit her zu sprechen. »Wenn du eines Tages reif wärest für diese Geschichte, hat sie geschrieben. Dann, wenn du so hartnäckig danach fragen würdest, wie du es heute Abend getan hast.« Er betrachtete die Milchtüte auf dem Tisch. »Weißt du, sie hat mir so viele Geschichten erzählt. Von mächtigen Tigern und Menschen, von Trickstern und Elefantenkopfgöttern. Märchen von verborgenen, in Verges-

280

senheit geratenen Tempeln und Märchen von Tempeln, die der Vergessenheit geweiht sind.«

»Aber was ist das für eine Geschichte, die du mir erzählen sollst?«

Penny hing mit großen Augen an George Finneys Lippen.

Und Judes Vater begann zu erzählen:

»Es lebte einmal ein mächtiger Maharadscha im Pandschab. Der Maharadscha war im ganzen Reich für sein Lachen berühmt. Er lachte gern, gab rauschende Feste und seine Untertanen mochten ihn. Er war ein fröhlicher Mensch, was vielleicht daran lag, dass es unter seiner Regentschaft noch niemals Krieg gegeben hatte.

Er wünschte sich nichts sehnlicher als ein Kind, und als seine Frau ihm einen Sohn zur Welt brachte, war sein Glück vollkommen.

Doch mit der Zeit bemerkte er, dass die Menschen das Kind mieden. Der Junge war kalt und leblos. Er lachte niemals.

Der Maharadscha suchte die Weisen des Landes auf und erbat ihren Rat, doch keiner vermochte ihm zu helfen. Schließlich traf er auf seiner langen und beschwerlichen Wanderschaft einen Priester, der im Hochland von Dekkan lebte. Der Priester hatte dem Schlaf entsagt. Er offenbarte dem Maharadscha, an welcher Krankheit sein Sohn litt: Er konnte nicht träumen, und wer nicht träumen kann, der lebt nicht wirklich.

Deswegen war der Junge so kalt und leblos, deswegen mieden ihn die anderen Menschen. Der Maharadscha kehrte in den Palast zurück. Er war am Boden zerstört, denn er hatte zwar eine Antwort auf seine Frage erhalten, aber dieses Wissen machte ihn nur noch verzweifelter.

Er wusste jetzt zwar, dass sein Sohn traumlos schlief und, viel schlimmer noch, traumlos lebte, doch helfen konnte er ihm nicht. So ging er also erneut auf Wanderschaft, in Lumpen gehüllt wie ein Bettler. Schon lange führte er nicht mehr das Leben eines Maharadschas. Schließlich begegnete ihm eine seltsame Frau. Sie war eine Trickster, eine Gestaltwandlerin, und hatte ihn im Dschungel erwartet.

Sie reichte ihm eine Laterne.

Beide, Jude und Penny, horchten bei diesen Worten auf.

»Eine Laterne?«

George Finney nickte. »Eine magische Laterne.«

»Was hat die Laterne mit alldem zu tun?«

»Lass mich doch ausreden, dann erfährst du es«, entgegnete sein Vater. »Die Trickster, die die Gestalt einer Tigerin angenommen hatte, bot ihm also einen Tausch an. Die Laterne, sagte sie, sei keine gewöhnliche Laterne. Sie sei lebendig. ›Gib sie deinem Sohn. Ihr Licht wird ihm Stärke verleihen und ihn wieder träumen lassen‹, sagte sie.

Dabei lächelte sie grausam, aber die Verzweiflung hatte den Blick des Maharadschas getrübt und er bemerkte es nicht. Und so willigte er in den Tauschhandel ein.

›Und was willst du im Tausch für die Laterne?‹ fragte er.

›Dein Lächeln‹, erwiderte die Trickersterfrau, ›und alle Freude, die in dir lebt.‹

Und der Maharadscha, dem das Glück seines Sohnes wichtiger war als sein Lächeln, willigte ein.

So fing das Unheil an«, sagte George Finney.

»Was für ein Unheil?«

»Geduld, mein Sohn, du bist wie immer zu ungeduldig«, sagte Judes Vater, ehe er den Faden seiner Erzählung wieder aufnahm.

»Zurück im Palast überreichte der Maharadscha seinem Sohn die lebendige Laterne. ›Du siehst traurig aus, Vater‹, bemerkte dieser. Der Maharadscha aber, der nicht mehr lachen noch lächeln konnte, blieb ernst und verbittert und stumm. So kam es, dass er am Leben selbst verdorrte, denn nur wer lachen kann, bekommt ein Lächeln geschenkt. Seine Seele verhungerte, weil er so kalt und traumlos geworden war wie zuvor sein Sohn.

Eines schönen Tages starb der Maharadscha.«

Jude verkniff sich die Frage, was aus der Maharani geworden war, aber wahrscheinlich war sie inzwischen an Gram gestorben . . .

»Sein Leichnam wurde feierlich verbrannt, man errichtete ihm zu Ehren ein prächtiges Grabmal im Dschungel, das seine Asche barg.«

»Was passierte mit dem Jungen?«, wollte Jude wissen.

»Eines Nachts«, erzählte George Finney, »schlich er sich heimlich in das Grabmal. Er trug die Laterne bei sich und suchte nach einem Schmuckstück, das einst seiner Mutter gehört hatte. Er wollte es einem schönen Mädchen aus dem Palast zum Geschenk machen.«

»Typisch Jungs«, sagte Penny und verdrehte die Augen.

»Da, plötzlich, inmitten des dunklen Grabes, sah der junge Prinz sich seinem toten Vater gegenüber. Es war tatsächlich der Geist des toten Maharadschas, der da zu ihm sprach.

›Warum kann ich dich sehen, Vater?‹, fragte der Junge.

›Du bist ein Vetala‹, entgegnete der Maharadscha rätselhaft.

Dann griff das Licht der lebendigen Laterne nach dem Maharadscha und fraß ihn auf.

Der Junge aber atmete gierig den süßen, betörenden Duft ein, der der Laterne entströmte. In dieser Nacht träumte der Junge einen Traum, der viel schöner als das Leben selbst war. Er wollte ihn festhalten, doch mit dem nächsten Tageslicht zerfloss er.

Um Trost und Ruhe zu finden, begab er sich auf einen Friedhof. Er sprach mit den Toten, die er jetzt sehen konnte, und zehrte von dem, was die Laterne ihm erntete. Denn im Grabmal seines Vaters hatte er gelernt, dass er die magische Laterne nähren musste, wollte er weiterhin Träume von ihr geschenkt bekommen.«

»Er hat die Geister getötet?«, fragte Jude.

»So was in der Art, glaube ich.«

Jude schwindelte. Konnte es sein, dass seine Mutter gewusst hatte, was ihrem Sohn eines Tages widerfahren würde?

»Möchtest du wissen, wie die Geschichte ausgeht?«

»Ja, natürlich.«

»Dann hör zu.«

»Ja«, sagte auch Penny, »hör einfach zu.«

»Der Junge, der jetzt der neue Maharadscha war, war fortwährend trunken vor neuen Träumen. Die Menschen aber spürten, dass die Geister verschwanden. Sie sahen es an der Farbe der Bäume und hörten es im Rauschen der Gräser. Nicht einmal der Tiger kam mehr in die Nähe der Siedlungen, denn auch er spürte, dass sich etwas verändert hatte.

Schließlich erfuhren die Untertanen von dem, was der junge Maharadscha getan hatte, und jagten ihn fort.«

George Finney lehnte sich zurück.

»Und?«

»Das ist alles«, sagte er. »Die Mauern des Palastes sind zerfallen und heute weiß niemand mehr, wo er sich einst befand.«

Penny sah ebenso ratlos aus wie Jude.

»Und warum wollte meine Mutter, dass du mir diese Geschichte erzählst?«, fragte Jude.

»Das weiß ich auch nicht. Ich habe einfach nur ihre Bitte erfüllt.« Müde fuhr sich George Finney durch die Haare. »Ich kann mich noch an den Abend erinnern, als wir am Fluss saßen und sie mir die Geschichte erzählte.«

Judes Handy vibrierte.

Es war Jackie. Jude nahm das Gespräch an und lauschte angespannt. Dann legte er auf. »Dad, ich muss los.«

»Du kannst doch jetzt nicht einfach . . .«, begann sein Vater zu protestieren.

Doch Jude unterbrach ihn. »Doch, Dad, ich *muss.*« Dann tat er etwas, was er lange nicht mehr getan hatte. Er ging zu seinem Vater und gab ihm einen Kuss auf die Wange. »Wünsch mir Glück!« Mit einem Lächeln reichte er ihm die Papprolle, die die Zeichnung enthielt. »Später werde ich dir alles erzählen.«

George Finney machte keine Anstalten, seinen Sohn aufzuhalten. Womöglich spürte er, dass dieser nicht anders konnte, dass er etwas erfüllen musste, was ihm aufgetragen worden war.

Und Jude verließ, dicht gefolgt von Penny, das Haus in der Twisden Road und trat in die hereinbrechende Dunkelheit hinaus. Im Stillen hoffte er, dass sich die Dinge, die vor ihnen lagen, vielleicht doch noch zum Guten wenden ließen.

»War das eben meine Mutter?«, fragte Penny.

»Ja. Morley will sie heute Abend treffen, um neun Uhr.«

»Wo?«

»Auf dem Kensington Cemetery.«

»Was sollen wir jetzt machen?«

»Wir beraten uns erst einmal mit Miss Rathbone und Gaskell.«

Zusammen liefen sie zum Friedhof von Highgate, folgten dem Weg, der ihm inzwischen so vertraut war.

»Dein Vater ist seltsam«, bemerkte Penny. »Ganz anders als du.«

»Ja, und auch wenn ich jetzt weiß, wer meine Mutter

war, ist und bleibt sie für mich ein Rätsel.« Jude seufzte. »Sieht aus, als würde man nicht auf jede Frage eine Antwort bekommen.«

»Muss man doch auch nicht.« Das Geistermädchen lächelte, diesmal spitzbübisch. Und er fand, dass sie das noch hübscher machte.

Sie erreichten die Swains Lane, wo sie sich zu der Lücke am unteren Teil der Friedhofsmauer begaben. Jude hielt die Brombeerhecke für Penny auf. Er war froh, wieder hier zu sein. Alles war ihm vertraut, die Grabreihen und Kreuze, die Skulpturen und Wege.

Auf dem Weg zur Ägyptischen Avenue trafen sie auf Mr Winterbottom (1813 bis 1856), der bei den kleinen Teichen mit den Seerosen Golf spielte und ihnen zuwinkte. Als Nächstes liefen sie Mr und Mrs Bradlough über den Weg, die mit ihrem Hund spazieren gingen (der im selben Grab wie sie beigesetzt worden war, und zwar ebenfalls im Jahr 1891).

Ja, hier fühlte sich Jude viel mehr daheim als da draußen in der lauten, hektischen Stadt.

Er wollte nicht daran denken, dass all dies sich ändern könnte. Außerdem ging ihm die Geschichte, die sein Vater ihm erzählt hatte, nicht mehr aus dem Kopf. Es war, als hätte seine Mutter all die dunklen Geschehnisse, in die Jude in den letzten Tagen hineingezogen worden war, vorausgesehen. Aber hatte sie so was überhaupt wissen können? Was, in aller Welt, stand überhaupt in der Macht einer Jalpari? Wie konnte es sein, dass er, ein ganz gewöhnlicher Junge, ein magisches Wesen zur Mutter hatte?

»Du denkst an sie, stimmt's?«

Sie gingen den Rosenweg entlang, doch die Rosen waren schon seit Wochen verblüht. Nur noch vereinzelt hingen verdorrte Knospen an den dornenbewehrten Ranken, die, ihrer Blütenpracht beraubt, zänkisch und wankelmütig wirkten.

»Ich hab immer noch keine Ahnung, wer ich bin.« Jude kickte einen Stein vor sich her.

»Du bist Jude«, sagte Penny, »und führst dein eigenes Leben. Das ist ganz schön viel.«

Er lächelte.

»Schau, da ist es!«, sagte Penny. Sie hatten Gaskells Grab fast erreicht. »Ich kenne mich hier auch schon gut aus.«

Irgendwie war Jude stolz, dass sich Penny in Highgate genauso wohlfühlte wie er. Auf dem grauen Stein saß Quentin Gaskell — er hatte sie bereits erwartet.

»Ayelet ist unten und studiert die Bücher.« Er klopfte Jude auf die Schulter. »Sie hat da eine nicht unbeachtliche Entdeckung gemacht.« Ein gewitztes Lächeln huschte über das Gesicht des alten Rockstars. »Du siehst aus, als hätte dir ein Ghul sein Netz in die Haare gewebt.« Oft sagte er Sachen, mit denen Jude noch immer nichts anfangen konnte.

Um ins Grab hinabzusteigen, mussten sie die Köpfe einziehen. Miss Rathbone hatte es sich im Sessel bequem gemacht und klappte geräuschvoll ein dickes Buch zu, als die beiden den Raum betraten.

»Jude, Penny!«, rief sie und sprang aufgeregt auf. Sie trat auf Penny zu, nahm ihre Hände, sah ihr in die Augen und sagte: »Penny, Penny, Penny.« Der Name schien ihr zu gefallen. »Penny Scott. Wie wunderbar.« Sie ließ Pennys Hände los und schnappte sich ein Glas Wein, das auf dem geschlossenen Sarg stand. »Habe ich dir nicht gesagt, dass du deine Geschichte finden wirst?«

Penny lächelte. »Es ist noch etwas ungewohnt. Aber ich erinnere mich immer mehr.«

»Deswegen«, verkündete Gaskell, »dürfen wir keine Zeit verlieren.«

Die Kälte wurde kälter im Grab, alle spürten es.

»Was gibt es Neues, Jude?«, fragte Miss Rathbone.

»Einiges.« Jude berichtete, was sie erlebt und in Erfahrung gebracht hatten. Von der Begegnung mit Mr Morley, dem Steuerberater, von Jackie, Pennys Mutter, und, nicht zu vergessen, der Geschichte über Judes Mutter, die eine Jalpari war.

»Glauben Sie, dass Mr Morley der Junge aus der Geschichte ist?«, fragte Jude.

Miss Rathbone und Gaskell wechselten Blicke und zuckten simultan die Schultern.

»Möglich wäre es«, meinte Miss Rathbone.

»Oder aber er ist nur so ähnlich wie der Junge aus der Geschichte«, mutmaßte Gaskell.

Miss Rathbone nippte an ihrem Rotwein. »Deine Mutter, Jude, wird vermutlich ein Rätsel bleiben.«

Darauf war Jude auch schon gekommen.

»Wir müssen zum Kensington Cemetery«, sagte er.

»Findet dort die Übergabe statt?«

Beide nickten.

»Ihr wollt doch nicht etwa Jackie Scott mitnehmen?«, hakte Gaskell nach. Er rückte sich die Brille zurecht und machte ein Lehrergesicht.

Penny und Jude sagten gleichzeitig: »Doch.« Und beide klangen gleichermaßen zögerlich und unsicher.

»Ihr bringt sie in Gefahr«, sagte Miss Rathbone.

»Sie kann das, was ihr gefährlich werden kann, nicht sehen«, warnte Gaskell.

»Aber was sollen wir denn tun?« Die Verzweiflung und die Angst vor dem nahen Tod standen Penny ins Gesicht geschrieben.

»Ihr macht Folgendes . . .«, Miss Rathbone senkte verschwörerisch die Stimme und diese Worte waren erst der Anfang. Die alte Füchsin nippte an ihrem Wein, redete, schenkte nach, redete weiter. Ihre Pausen füllte Gaskell, der sich bemühte, amüsant zu sein, auch wenn niemand zum Lachen zumute war. Zum Schluss redeten beide wild und kunterbunt durcheinander, aber Jude verstand trotzdem, was sie meinten.

»Das ist also der Plan«, sagte er.

Gaskell und Miss Rathbone nickten eifrig und sahen ihn erwartungsvoll an.

Jude musste nicht lange nach Schwachstellen in diesem Plan suchen, er fand sie auf Anhieb. Aber, so beruhigte er sich mit den Worten, die Quentin Gaskell oft zu sagen pflegte: »Die besten Konzerte gehen auch ohne Soundcheck gut aus.«

Miss Rathbone verdrehte die Augen. »Ihr müsst euch nur einen USB-Stick besorgen.«

Das dürfte kein Problem sein, dachte Jude. Er kannte einige Läden, die um diese Uhrzeit noch geöffnet hatten. Hastig warf er einen Blick auf die Uhr. Ihnen blieben noch knapp zwei Stunden. Dann fiel ihm noch etwas ein: »Gaskell sagte, Sie hätten etwas herausgefunden.«

Miss Rathbone nickte bedächtig. Sie klopfte auf das dicke Buch, das jetzt auf dem Boden lag. »In der Tat. Es gibt Wesen, die Sluagh genannt werden.«

»*Sluagh?*«, fragte Penny.

Sie schüttelte den Kopf. »Du musst es anders betonen«, erwiderte sie und wiederholte das Wort noch mal langsam: »Sluagh.«

»Klingt so, als könnte man es nur aussprechen, wenn einem schlecht ist«, bemerkte Jude.

Penny lachte. Es tat gut, sie lachen zu hören, fand Jude.

Miss Rathbone achtete nicht darauf. »Die Sluagh, müsst ihr wissen, sind die Geister der rastlosen Toten. Von Verbrechern, Taugenichtsen, Missetätern, Mördern. Sie leben irgendwo im Nirgendwo, weil sie im Leben auch nirgendwo gelebt haben und genauso gestorben sind. Sie zehren vom Willen desjenigen, der ihnen Leben einhaucht.«

»Sie meinen, dass jemand sie steuert, wie Marionetten?«

»So ähnlich.«

»John Dee hatte sogar einen eigenen Sluagh als Diener, munkelt man.« Gaskell spielte an dem Brillengestell herum. »Ihr wisst doch, wer Dr. Dee war?«

Beide, Jude und Penny, nickten.

»Gut.«

»Und die Sluagh«, sagte Miss Rathbone schnell, »sind, wie es aussieht, die Gesichtslosen. John Dee erwähnte in einer seiner okkulten Schriften, dass die Rastlosen keine Gesichter hätten.«

Jude nickte langsam. Ein neues Puzzleteilchen fand seinen Platz in dem großen Rätsel um die seltsamen Vorkommnisse der letzten Tage. Und doch konnte er nichts damit anfangen. Er dachte wieder an den Plan, den die Füchsin ihm unterbreitet hatte und den es auf dem Kensington Cemetery in die Tat umzusetzen galt. Er stellte sich diesen Friedhof genauso vor wie den Abney Park Cemetery. Düster und kalt, wie die zischenden Stimmen, die einem antworten, wenn man in eine Höhle hineinwispert.

»Am besten, wir brechen gleich auf«, sagte er. Sie mussten noch Jackie Scott anrufen. Außerdem musste er sich auf dem Weg nach Kensington irgendwo einen USB-Stick besorgen. Egal, wer oder was die Gesichtslosen waren – erst einmal ging es jetzt darum, Penny zu retten. Miss Rathbone und Gaskell nickten zustimmend.

Sie verließen Gaskells Grab und begaben sich wieder an die Oberfläche.

»Wir begleiten euch noch bis zur Mauer«, sagten Judes Freunde. Miss Rathbone ging mit Penny voran. Jude und Gaskell trotteten hinterher. Durch die Äste fiel goldenes Herbstlicht und selbst die Geräusche, die aus der Ferne heranwehten, waren schattenhaft.

»Ich muss das allein schaffen, stimmt's?«, fragte Jude.

Gaskell nickte. »Du tust es aus dem ehrbarsten Grund, den man sich denken kann.«

»Für die Gemeinschaft der Geister von Highgate?«

Gaskell räusperte sich und lachte dann schallend. »Wo denkst du hin? Um ein Mädchen zu beeindrucken natürlich.«

Jude wurde rot.

»Na gut, dann eben um ein Mädchen zu retten.« Gaskell hob die Hand und rückte sich die Brille zurecht. »Das ist noch ein viel, viel edlerer Grund, würde ich sagen.«

Jude wurde noch röter.

»Wie auch immer, du bist verknallt und willst sie für dich gewinnen«, fuhr Gaskell fort. »Das ist alles, was wichtig ist. Deswegen habe ich Musik gemacht. Rock 'n' Roll, darum geht es dabei doch.«

Jude schwieg.

»Du hast deine Gitarre bei ihr gelassen?«

Er nickte.

»Na, also!« Gaskell grinste wissend.

»Das hat nichts zu bedeuten.«

293

»Das, Jude Finney, hat ALLES zu bedeuten.«

Insgeheim wusste Jude, dass das ALLES zu bedeuten hatte, aber er sagte jetzt lieber nichts.

»Außerdem bist du nun fast erwachsen. Und für jeden Jungen kommt irgendwann die Zeit, in der er sein Zuhause verlassen muss.«

»Meinst du damit den Friedhof?«

»Ist die Twisden Road etwa dein Zuhause?«

Jude zuckte die Achseln.

»Du musst diese Heldentat allein vollbringen.«

»Und wenn ich scheitere?«

Gaskell warf theatralisch das schüttere Haar zurück. »Wenn du scheiterst, dann tu es auf die einzig richtige Weise.« Er zwinkerte dem Jungen leise zu. »Mit Stil.« Seine Hände fuhren durch die Luft und deuteten einen Gitarrenriff an. »Aber du wirst nicht scheitern, Jude Finney. Du hast Schneid und bist clever.« Gaskell blieb stehen. »Und du bist verknallt.«

»Sag das nicht so laut.«

»Nein?«

»Bitte!«, flehte Jude.

Miss Rathbone und Penny waren schon an der Friedhofsmauer angekommen.

»Vor einem Gig haben wir uns immer vorgenommen, auf der Bühne die Gitarren brennen und das Schlagzeug explodieren zu lassen. Lasst sie rocken, bis sie nicht mehr stehen können, haben wir gesagt.« Gaskell knuffte Jude in die Seite. »*Das* ist es, worauf es ankommt.«

Jude wusste, wie er das meinte. Und genau das gefiel ihm so an seinem Freund, dass er sich immer so glasklar ausdrückte . . .

Doch unvermittelt wurde Gaskell ernst. »Hör zu, Jude, als ich gelebt habe, dachte ich, dass alle mich vergöttern.« Er richtete sich zu voller Größe auf. »Ich war der Leadsänger einer Rockband und, hey, wenn es heute noch Götter gibt, dann sind es ja wohl die Leadsänger von Rockbands.« Er machte eine siegesgewisse Geste, die er vermutlich auch immer auf der Bühne gemacht hatte. »Ich fühlte mich wie ein Gott, wow. Meine weiblichen Fans waren außer Rand und Band.« Ein Lächeln lag auf seinem Gesicht, mit einem Mal wirkte Gaskell in sich gekehrt. »Doch dann, peng, bin ich einfach gestorben. Einfach so, ohne Vorwarnung.« Er deutete zurück in Richtung seines Grabes. »Weißt du, wer zu meiner Beerdigung gekommen ist? Nur eine Handvoll Leute. Ein paar Freunde, meine treuesten Fans. Aber nicht Tausende, wie ich es mir vorgestellt hatte.« Er seufzte, jetzt wieder theatralisch und vernehmlich. »Es kommt leider nicht selten vor, dass ein Geist mit ansehen muss, wie armselig sein Begräbnis ist. Ich dachte, mein Grab würde gesäumt sein von jungen, heißen Bräuten in Miniröcken und mit langen Beinen, die sich alle die Seele aus dem Leib heulen.« Nachdenklich kratzte er sich am Ohr. »Sexy Leibern, die Cover zieren.« Der aufgesetzte Frohsinn schwand schnell. »Und wer weinte? Meine Putzfrau. Jack, ein alter Roadie. Leute, um die ich mich jahrelang nicht mehr gekümmert hatte, weil ich ja so berühmt gewesen bin.«

»Das klingt traurig.«

»Das«, sagte Gaskell, »ist beschissen.«

Laub wirbelte durch die Luft wie Konfetti.

»Du musst das Leben packen, wenn es dir über den Weg läuft. Es ist schneller vorbei, als du denkst.«

Jude nickte. »Danke«, sagte er nur.

»Wo bleibt ihr denn?«, rief Penny.

»Worüber habt ihr geredet?«, fragte Jude, als sie gleichauf waren.

Penny zuckte mit den Schultern: »Dies und das.«

»Grabesstiller Nachtgesang.« Auch die Füchsin hielt sich bedeckt.

Aber sie hatte etwas in der Hand. Es glitzerte im Licht der untergehenden Sonne. Es war ein Flakon, schmal und filigran.

»Was ist das?«

»Alle, die du kennst und die dir wohlgesinnt sind, haben etwas dazu beigesteuert.«

»Aber was ist darin?«

»Das«, erwiderte die Füchsin mit einem rätselhaften Lächeln, »ist ein Geheimnis.«

Jude wusste, dass der Friedhof viele Geheimnisse hatte. »Hilft es?«

»Kommt darauf an. Wenn du es nicht möchtest, nimm es nicht an.«

»Doch«, sagte Jude schnell. »Natürlich nehme ich es.«

Miss Rathbone lächelte wieder, diesmal süffisant. »Dann hilft es auch, würde ich sagen.«

Jude nickte. Man durfte Magie niemals hinterfragen; tat man es, konnte sie ihre Wirkung verlieren.

»Was soll ich damit machen?«

»Gib es ihr zu trinken«, sagte Gaskell. »Welches Gift man ihr auch immer verabreicht hat, dies hier wird sie wieder gesund machen.«

»Wenn du einmal davon trinkst, wirst du krank; so krank, dass es wie sterben ist.«

»Vermutlich haben sie mich mit etwas Ähnlichem betäubt wie dem hier«, warf Penny ein.

Jude widerstand dem Drang, noch einmal zu fragen, was in dem Flakon war. Er nahm ihn einfach entgegen und bedankte sich.

»Trinkst du es ein zweites Mal«, sagte Miss Rathbone, »wirst du wieder gesund.«

Das war leicht. »Okay«, sagte Jude.

Am Ende hatte Miss Rathbone noch eine Warnung für ihn: »Trink es nie ein drittes Mal. Wenn du das tust, bist du rettungslos verloren.«

Sie umarmte ihn wie eine Mutter und Gaskell klopfte ihm auf die Schulter wie ein Vater. »Und nun, Jude Finney«, sagte Gaskell, »geh!« Er grinste. »Und rette dein Mädchen«, flüsterte er so leise, dass Penny es nicht hören konnte. Dann nahmen sie Penny in die Arme wie eine Tochter.

So verließen Penny und Jude also Highgate und traten hinaus in die Welt, in der am folgenden Tag wieder die Sonne aufgehen würde, was immer auch geschähe.

Kensington Cemetery und Westminster Cemetery, zwei Friedhöfe, die in Hanwell, im Westen Londons liegen, wurden 1850 eröffnet. Ursprünglich war der Kensington Cemetery nur ein kleiner Kirchhof gewesen, der zur Gemeinde von St. Mary Albot gehörte. Doch im Lauf der Jahre war er zu einem stattlichen Friedhof angewachsen.

»Ihr ist nicht wohl bei dem Gedanken«, sagte Penny noch einmal.

»Es ist besser so.«

Beide wussten sie, dass sich Jackie Scott hier nur unnötig in Gefahr begeben würde. Nach heftigem Widerspruch hatte Pennys Mutter es schließlich eingesehen und hielt sich nun, so hofften sie zumindest, in ihrem Zimmer im Chez Shane auf.

»Da sind wir also«, sagte Penny und es klang, als wollte sie sich selbst Mut zusprechen.

Jude vergewisserte sich zum hundertsten Mal, dass der USB-Stick in seiner Tasche lag. Er hatte ihn in einem indischen Trödelladen in der Tothill Street gekauft.

Ein neugotischer Torbogen aus viktorianischer Zeit bot Einlass zum Friedhof. War man eingetreten, fand man sich im Schatten zahlreicher hoher Stechpalmen und Eiben wieder. Der Pfad, den sie nahmen, mäanderte zwischen einer Reihe verwilderter, vernachlässigter Gräber hindurch. Sie kamen an einem riesigen Kreuz vorbei, dessen breiter Sockel mit Mosaiksteinchen besetzt war und von einem gusseisernen Gitterwerk umrahmt wurde. Hier lag Mr Wheeler, ein Bauunternehmer (Jahreszahlen unle-

serlich). Das benachbarte Grabmal in Form eines muschel-
förmigen Steins gehörte Edgar Smith, der einmal der
Chronist des Britischen Museums gewesen war (Jahreszahlen von Unkraut und Moos bedeckt). Keiner von beiden war zu Hause und Jude ging davon aus, dass sie auch
niemals wieder zurückkamen.

Er vermied es, nach irgendwem zu rufen, denn er wusste, dass es hier keine Geister mehr gab. Er spürte es, weil
sich dieser Ort genauso wie Abney Park anfühlte.

»Was haben all die Köpfe zu bedeuten?«, wollte Penny
wissen.

Jude schaute sich um.

In der Tat, Kensington Cemetery war ein Meer voller
Statuen mit seltsamen Köpfen auf meist beschädigten
Rümpfen. Sogar in manche der Grabsteine und Grabplatten waren Köpfe eingelassen worden. Den Blick zum Himmel erhoben, die Miene leidend und zugleich mysteriös,
hatten jene, die lächelten, die Augen geschlossen, und jene, die traurig aussahen, sie geöffnet.

Jude seufzte still. Es würde schwierig sein, die traurigen
Steinengel zwischen all diesen Statuen auszumachen.

»Da entlang.« Er wies auf einen Pfad, der von dem großen Weg abzweigte.

Mr Morley hatte Jackie Scott ein bestimmtes Grab als
Treffpunkt genannt. Es lag im Norden des Friedhofs, inmitten einer Ansammlung von Grüften, die wie schräge
Tore aus der Erde lugten und im Schatten hoher Weiden
standen. Efeu hatte auch hier Besitz von den Gittern und

Pfaden ergriffen, Wurzeln rankten sich über den Boden und boten wilden Tieren eine Heimstätte.

»Wie schön«, sagte Mr Morley, »dass ihr gekommen seid.« Kaum mehr als eine Silhouette, stand er neben der Gruft. Er schaute sich um. »Wo ist Mrs Scott?« Der Steuerberater trug einen langen schwarzen Mantel, Handschuhe und elegante Schuhe, die eher für die Bürgersteige der City taugten als für die sandigen Wege des Friedhofs.

»Ich habe das, was Sie haben wollen, dabei.« Jude hielt den Stick in der Hand.

Penny, die sich dicht an seiner Seite hielt, war angespannt. Sie zweifelte daran, dass der Plan funktionieren würde, das konnte Jude spüren, ohne sie anzusehen. Und auch ihm selbst war mit einem Mal mulmig zumute. In Highgate, bei Sonnenlicht, hatte das Ganze noch sehr gut geklungen, doch jetzt, in der Düsternis dieses fremden Friedhofs, sah die Sache schon anders aus.

Beide wussten sie, worauf sie achten mussten.

Achte auf das, was im Augenwinkel zu erkennen ist, erinnerte sich Jude.

Mr Morley lehnte lässig am Eingang zur Gruft. »Absolem Rodwell, mein lieber Partner«, sagte er nur.

Jude las die Inschrift: *1921 bis 1958.*

»Wo ist Penny?«

Mr Morley lächelte. Seine Zähne blitzten im Mondlicht auf. Er fixierte den Stick in Judes Hand.

»Ich bin in der Gruft«, sagte Penny.

Mr Morley nickte zustimmend. »Sie spürt es.« Er löste

sich aus dem Schatten des Grabmals, sodass Jude und Penny ihn nun gut erkennen konnten. »Und? Bekomme ich jetzt den Stick? Oder muss ich ihn mir holen?«

Jude schloss die Finger um den kleinen Gegenstand in seiner Hand. »Erst will ich sie sehen.«

»Das Mädchen?«

»Wen sonst?«

»Warum sollte ich dir diese Bitte gewähren?«, fragte Mr Morley.

Zwei Sluagh schälten sich aus dem Dunkel. Zwei Männer in dunklen Anzügen ohne Gesichter. Einer von ihnen hielt eine Laterne in der Hand. Sie schaukelte sanft im Wind.

Jude schluckte. Penny hielt sich eng an ihn. Sie zitterte.

Alle Tiere des Friedhofs waren entweder geflüchtet oder hatten sich verkrochen, kaum ein Laut war zu hören. Erst jetzt fiel Jude auf, wie geräuschvoll die Nacht normalerweise war.

Die Sluagh taten nichts. Sie standen nur da. Warteten offenbar auf einen Befehl.

»Bevor wir das hier zu Ende bringen«, sagte Jude, »beantworten Sie mir noch eine Frage?«

»Gut, eine einzige.«

»Warum tun Sie das?«

Mr Morley lachte laut auf. »Du bist noch nicht dahintergekommen?« Er kam einen Schritt in ihre Richtung und blieb wieder stehen. »Das ist bemerkenswert.«

Jude schwieg.

301

Mr Morley faltete die Hände. »Im Leben geht es doch immer nur um eines, weißt du das noch nicht?« Wie ein großer dunkler Vogel spreizte er die Hände in den glatten Handschuhen aus schwarzem Leder. »Ums Geschäft, mein Junge.«

»Sie töten die Geister. Wozu?«

»Wir bezeichnen es als Ernte.«

Jude lief ein Schauder über den Rücken. Penny rückte noch näher an ihn heran. Jude spürte ihre Nervosität, als wäre es seine eigene.

»Sie ermorden sie.« Er dachte an Highgate, an das Leben, das dort pulsierte, und daran, wie es wäre, wenn die Sluagh mit ihren lebendigen Laternen dort ihr Unwesen trieben.

»Warum tun Sie das?«

»Weil es profitabel ist.« Mr Morley schritt schlendernd auf die beiden Jugendlichen zu. »Ein Geist ist nichts anderes als ein Traum, der nach dem Tod weiterlebt. Diese Stadt ist voller Geister.« Er breitete die Arme aus. »London, eine riesige Stadt voller Träume.« Er kicherte. »Niemand sieht diese Träume. Die Menschen erkennen die Geister nicht, selbst wenn sie mit ihnen U-Bahn fahren. Was, meine beiden Gäste, aber könnte wertvoller sein als der Traum eines Toten, der vom Leben handelt?« Er lachte belustigt, doch es war ein Lachen, das Jude wie eine Faust in den Magen fuhr, kalt und böse und herzlos. »Was ich tue? Ganz einfach. Wir ernten all die Träume, um sie dann zu verkaufen.«

»An wen?«

302

Penny war ganz bleich geworden, sie rieb sich die Augen.

»Sie handeln mit den Geistern?«

»Ein traumhaftes Geschäft«, sagte Mr Morley. »Und so lukrativ. Ihr habt ja keine Ahnung, wie groß die Nachfrage ist. Drogen sind nichts im Vergleich zu fremden Träumen.«

Jude war fassungslos.

»Sie entvölkern die Friedhöfe, um Geld zu machen?«

»Kennst du einen besseren Grund?«

Schlagartig wurde Jude alles klar. Deswegen die Kanzlei. Morley nutzte die Mechanismen des Finanzwesens, um seine Einnahmen zu verschleiern. Die Gelder zu waschen und die Geldströme legal wirken zu lassen.

»Sie sind ein dreckiger Drogendealer«, sagte Penny, Wut blitzte in ihren Augen auf.

Mr Morley schenkte ihr ein müdes Lächeln. »Jackie Scott, deine Mutter, ist zufällig über die Konten gestolpert, die sie nicht hätte sehen sollen. Ein dummer Zufall.«

Auch Jude war jetzt so wütend, dass er die Hände zu Fäusten ballte und an sich halten musste, um seinem Gegenüber nicht an die Gurgel zu gehen.

»Sie töten die Geister und verkaufen Sie als Träume?«, presste er hervor.

»Du kannst dir ja nicht vorstellen«, sagte Mr Morley lächelnd, »wie viele Menschen da draußen nicht mehr zu träumen vermögen.« Er lachte boshaft. »Sie haben genug Geld, um sich alles zu kaufen, was ihr Herz begehrt.«

303

»Aber keine Träume mehr«, flüsterte Jude. Er fragte sich, ob die Kunden wussten, was sie da kauften.

»So ist es«, sagte Mr Morley. In seinem Blick konnte Jude sehen, wie es sein würde. Wenn man ihm nicht das Handwerk legte. Verlassene Friedhöfe, Menschen, die verwirrt und ohne Wurzeln waren, ohne zu wissen, warum. Eine Stadt ohne Träume, bar jeder Magie, in der alles zu billiger Ware verkümmert war.

»Sie werden dafür büßen«, sagte Jude.

»Willst *du* mich dafür büßen lassen, Junge?« Mr Morley wirkte nach wie vor amüsiert.

Die Sluagh rührten sich noch immer nicht.

In diesem Moment machte Jude die Bewegung im Augenwinkel aus. Fast hätte er sie übersehen, die riesige Gestalt, die sich aus dem Versteck bei den Statuen neben den Grüften erhob. Aus dem Augenwinkel beobachtete Jude, wie sich der traurige Steinengel näherte.

»Der Inhalt des Flakons wird sie anlocken«, hatte Miss Rathbone ihnen eingeschärft. »Und wenn sie da sind, müsst ihr alles andere beherzigen.«

Er gab Penny einen Wink; ja, sie hatte verstanden.

»Aber ihr beide seid nicht gekommen, um mit mir im Mondlicht zu plaudern.«

Mr Morley schien den traurigen Steinengel nicht bemerkt zu haben.

»Ihr wolltet das Mädchen sehen.« Er sah Penny an. »Die Zeit läuft dir davon, nicht wahr?«

Ohne eine Antwort abzuwarten, bedeutete er den beiden, ihm zu folgen. Jude fragte sich, was der Steuerberater vorhatte. Konnte es womöglich doch sein, dass er sich auf den Handel einließ?

Das war der knifflige Teil. Denn der Stick war leer. Früher oder später würde der Bluff auffliegen und dann ... ja, was würde dann passieren?

Penny sagte flüsternd: »Meine Erinnerungen, ich habe das Gefühl, dass sie alle auf einmal zurückkehren.«

Das war nicht gut, nein, ganz und gar nicht.

Jude ergriff ihre Hand, die kälter war als sonst. Bald würde sich Penny vollends in einen Geist verwandelt haben.

Nein, so weit durfte es nicht kommen.

Mit schnellen Schritten folgte er Mr Morley, der sich von einem der Sluagh die Laterne aushändigen ließ. Noch brannte kein Licht in der Laterne. Aus der Nähe wirkte sie gar nicht gefährlich, nur irgendwie lebendig, als würde sie unruhig schlafen.

Unbewegt und stumm bewachten die beiden Sluagh den Eingang, während Penny und Jude hinter Mr Morley in der Gruft verschwanden. Jude sah Penny die Sorge an, die auch er teilte. Wie sollten sie hier je wieder herauskommen? Der Weg hinab in die Gruft war eine Sackgasse. Sie folgten der Treppe, die in eine geräumige Kammer mündete. Jude achtete auf die Stufen, die schief und brüchig waren und zudem nass und moosbedeckt. Statuen indischer Gottheiten säumten die Wände, wachten zwischen mächtigen Säulen über nichts als die Stille.

305

Mr Morley öffnete eine alte, fleckige Holztür, die mit schweren Scharnieren an der Steinwand befestigt war. Ein Knarren zerrte an der Stille, Insekten oder anderes Getier – in der Dunkelheit konnte Jude es nicht erkennen – wuselte über den Boden. Jude spürte Spinnweben im Gesicht und wischte sie beiseite. Immer wieder spähte er verstohlen zurück, behielt die Treppenstufen im Augenwinkel.

Mondlicht, ein kleiner Punkt nur, verharrte über dem Eingang der Gruft, doch plötzlich hob sich eine Silhouette deutlich von der Nacht dahinter ab. Ein Engel aus Stein, mit angelegten Flügeln stieß in die Tiefe herab wie ein Raubvogel in trauriger Finsternis.

Penny sah ihn auch, Jude merkte es, weil sie die Stirn kraus zog; das tat sie immer, wenn sie Angst hatte.

»Wir sind da«, verkündete Mr Morley.

Als Jude vortrat, sah er das Mädchen in dem alten Sarg liegen. Eine schmutzige Decke war über ihr ausgebreitet worden. Ihre Arme lagen am Körper, sie war regungslos, stumm.

Zum ersten Mal erblickte Jude Penny leibhaftig. Und zum ersten Mal erblickte Penny sich selbst leibhaftig.

»Das bin ich«, stöhnte sie auf.

Jude fragte sich, was für ein Gefühl das sein musste.

Sie sah genauso aus wie ihr Geist. Sie trug die gleichen Sachen, hatte die gleiche Frisur. Nur die Augen waren geschlossen. Ihr Atem ging ruhig und gleichmäßig.

»Das Gift tut seine Wirkung«, sagte Mr Morley. »Tick

tack, tick tack.« Er hielt Jude die Hand hin. »Den Stick«,
sagte er. »Jetzt hast du sie gesehen.«

»Helfen Sie ihr!«, sagte Jude wütend.

»Helfen?«

»Ja, machen Sie, dass sie aufwacht.«

»Zuerst den Stick.«

Penny stand neben sich selbst am Sarg. Wie gelähmt
starrte sie ihren Körper an, der in dem Sarg lag, obwohl er
noch kein Leichnam war.

Plötzlich packte Mr Morley das Mädchen. Penny schrie
auf und wand sich in seinem Arm, doch er hielt sie fest.

»Weißt du, was geschehen wird, wenn ich diese Laterne
entzünde?«, fragte Mr Morley.

Jude hatte keine Ahnung, wie er die Laterne entzünden
wollte, war sich jedoch darüber im Klaren, was, wenn die
Laterne erst einmal brannte, mit Penny passieren würde.

Achte auf das, was im Augenwinkel zu erkennen ist.

Jude zuckte zusammen. Der traurige Steinengel stand
jetzt, einen Fuß in der Grabkammer, neben der Tür. Seine
Klauen waren lang und gekrümmt, seine Augen geöffnet.

»Ich kann ihn ebenfalls sehen«, sagte Mr Morley.

Jude fluchte innerlich.

»Du bist ein cleverer, junger Mann«, sagte Mr Morley.
»Du hast gedacht, du lockst den Steinengel ins Grab und
dann fällt er über mich her. Sag, wie lange kannst du die
Luft anhalten?« Mr Morley holte tief Luft und hörte auf zu
atmen.

Penny nutzte diesen Moment der Unachtsamkeit, sie

riss sich los und stürmte zum Ausgang, wo der Steinengel wartete.

Mr Morley setzte ihr, geschmeidig wie ein Raubtier, mit einem Satz nach und entzündete in derselben Bewegung die Laterne. Rot glänzendes Licht erfüllte die Gruft und blendete Jude. Es war so schnell gegangen, dass er nicht einmal mitbekommen hatte, was genau Mr Morley getan hatte. Die Laterne war scheinbar einfach aufgeflammt.

Penny schrie auf, als Morley sie erneut packte. Der Steuerberater hielt die Laterne hoch, das rote Licht leckte nach dem sich wehrenden Mädchen.

Der traurige Steinengel stand noch immer an derselben Stelle.

Jude stürmte zum Sarg, er riss den Flakon, der bisher in seiner Hosentasche gesteckt hatte, hervor und hielt ihn dem schlafenden Mädchen an die Lippen, benetzte sie mit ein paar Tropfen. Trink, bitte, so trink doch. Beim ersten Mal hat es dich vergiftet und jetzt wird es dich heilen. So hat Miss Rathbone es erklärt. Du musst es nur trinken. Er hob ihren Kopf an und hoffte, dass die Flüssigkeit ihr die Kehle hinabbrann.

Drüben, beim Eingang der Gruft, grinste Mr Morley im feuerroten Schein der Laterne, die, lebendig und hungrig, nach dem Geistermädchen gierte. Penny schrie panisch auf, als eine Flamme ihre Haut berührte. Es sah aus, als würde das Feuer sie in sich hineinziehen wollen. Jude ließ Pennys Körper los, wollte ihr zu Hilfe eilen, doch plötzlich war sie nicht mehr da. Die Flamme loderte ein letztes Mal auf und erlosch.

Jude spürte ein Brennen in der Brust, er musste husten, rang nach Luft.

Mr Morley drehte sich zu ihm um. »Gib mir jetzt endlich den Stick.«

Jude wirbelte zum Sarg herum, er berührte das Mädchen, aber es regte sich nicht.

»Dein hübsches Mädchen«, sagte Mr Morley, »wird mir süße Träume bescheren, glaubst du nicht auch?«

Der traurige Steinengel näherte sich. Ich darf nicht mehr atmen, dachte Jude panisch. Wenn ich atme, sieht er mich. Der traurige Steinengel hielt inne.

Jude spürte Tränen in den Augen, heiß und bitter. Mit einem Mal wurde ihm klar, wie dumm und aussichtslos der Plan gewesen war. Wie hatte er auch nur annehmen können, dass er einem skrupellosen Mann wie Mr Morley das Wasser reichen könnte. Er hatte Penny verloren, diesmal für immer. Es gingen eben nicht alle Geschichten gut aus.

Wutentbrannt warf er den Stick gegen die Wand.

Im nächsten Moment war Mr Morley bei ihm. »Du hast wirklich geglaubt, dass ich dir das abnehme?«

Jude starrte ihn an, mit Augen, die gelb loderten wie Feuer. Mr Morley zückte ein Messer. In der Klinge spiegelte sich der traurige Steinengel.

Und Jude erinnerte sich an Gaskells Worte. »Früher schickte man ein Opfer vor. Bevor ein Alchemist sich auf einen Friedhof wagte, schickte er ein Opfer voraus, als Beute für die traurigen Steinengel. Und wenn die Steinengel speisten, konnte er in Ruhe seiner Verrichtung nachgehen.«

Die bösen gelben Augen glitzerten erwartungsvoll, denn Morley war sich seiner Sache gewiss: Jetzt musste er nur noch den Steinengel sein Werk verrichten lassen.

Der Junge spürte es, mit jeder Faser seines Körpers. Penny ist tot, kreischte eine Stimme in ihm. Sie ist tot und wird nie wieder lebendig sein. Sie ist tot und du wirst es auch bald sein.

Die Welt zerriss mit einem ohrenbetäubenden Geräusch.

Mr Morley griff nach ihm.

Judes Lunge brannte wie Feuer. Noch immer hielt er den Flakon umklammert. Er würde es nicht mehr lange schaffen, die Luft anzuhalten. Der traurige Steinengel verharrte noch immer reglos, er wartete darauf, dass sich sein Opfer ein weiteres Mal zeigen würde. Er hatte alle Zeit der Welt. Noch ein paar Sekunden, dann schnappte Jude nach Luft. Er spürte einen Schlag in den Magen, keuchte auf und wurde im selben Moment von Mr Morley fortgestoßen, geradewegs auf den traurigen Steinengel zu. Der hatte die Klauen nach ihm ausgestreckt. Das Gesicht des Engels war die Fratze eines Raubtiers.

Mit letzter Kraft führte Jude den Flakon an die Lippen und nippte an der kalten Flüssigkeit. Er hustete, dann stürzte er kopfüber zu Boden.

»Was zum Teufel . . .?«, hörte er Mr Morley fluchen.

Ich bin fast tot, dachte Jude, während er sich selbst am anderen Ende der Gruft am Boden liegen sah. Fast gestorben, aber noch nicht wirklich. So wie Penny, als sie Story war.

Da drüben lag sein Körper, leblos, kaum atmend.

Im ersten Moment wusste er noch, wer er war.

Penny ist tot!

Da lag ein Mädchen im Sarg und er hatte das Gefühl, sie zu kennen, aber er wusste ihren Namen nicht. Sie war tot.

Und er?

Wer bin ich?

Jude (der nicht wusste, dass er Jude war) betrachtete seine Hände. Er sah den Körper eines Jungen auf dem Boden liegen.

Und auf der anderen Seite der Gruft stand ein Mann. Er trug einen schwarzen, langen Mantel und Handschuhe aus glattem Leder. Er schaute zu ihm herüber und der mausgraue Junge wusste, dass der Mann böse war.

Der böse Mann drehte den Kopf zur Seite. »Du Dreckskerl!«, schrie er und der mausgraue Junge, der weder wusste, wer er war, noch wie er in diese Gruft gekommen war, dieser Junge ahnte, dass der böse Mann *ihn* meinte.

Was habe ich getan und, vor allem, warum?

Er fühlte sich leer und leblos.

Der böse Mann mit dem schwarzen Mantel und den Lederhandschuhen, der jetzt in der Luft schwebte, schrie sich die Seele aus dem Leib. Etwas, das nur als Silhouette zu er-

311

kennen war, schien an ihm zu nagen. Der mausgraue Junge wusste nicht, was hier geschah. Er spürte, dass dort in der Dunkelheit etwas war, das er nicht sehen konnte. Etwas, das den bösen Mann auf der anderen Seite, den Mann mit dem schwarzen Mantel und den Lederhandschuhen, gerade bei lebendigem Leib auffraß. Etwas bröselte zu Boden, das wie Stein aussah, schwarz und körnig.

Was ist das nur?

Dann, so schnell wie es begonnen hatte, war es vorbei. Der böse Mann war nicht mehr da. Zurück blieben ein schwarzer Mantel und ein Paar Handschuhe aus glattem Leder, das war alles.

Stille.

Der mausgraue Junge machte vorsichtig einen Schritt. Er betrachtete den Jungen, der auf dem Boden lag. Er atmete kaum. Ein glitzernder Flakon lag nicht weit von ihm in der Ecke.

Der mausgraue Junge kniete sich auf den Boden neben den anderen Jungen.

Bin ich das?

Er war durcheinander.

Er trägt meine Sachen. Wie kann das sein?

Benommen erhob er sich, und als er zufällig zur Seite blickte, wurde er aus dem Augenwinkel einer großen Engelsstatue gewahr, die neben dem Eingang zum Grab stand und lächelte.

Der mausgraue Junge erschrak, sprang auf und stolperte auf den Sarg zu.

Sie ist wunderschön, dachte er, als er das Mädchen sah. So schön, sie darf nicht tot sein. Er begann zu weinen, still und schluchzend, obwohl er sie gar nicht kannte.

Ich verstehe das nicht, dachte er und die Traurigkeit war eine Flut, die er nicht aufhalten konnte.

»Du weinst ja.«

Der mausgraue Junge erschrak. Das Mädchen hatte die Augen geöffnet und sah ihn an.

»Wer bist du?«, fragte er.

Sie zog die Stirn kraus und streckte die Hand nach ihm aus. »Du bist nicht kalt wie die anderen«, sagte sie und kletterte dann mühsam und noch leicht benommen aus dem Sarg. Als sie sich auf den Boden stellen wollte, knickten ihr die Beine ein und Jude fing sie instinktiv auf.

Sie ist nicht tot.

Das Mädchen sah den Jungen auf dem Boden liegen. Dann erkannte sie den Flakon.

»Du hast davon getrunken«, sagte sie.

»Ja«, sagte er, weil er glaubte, etwas sagen zu müssen. »Bin ich das da auf dem Boden?«, fragte er.

Das Mädchen wusste nicht, ob es weinen oder lachen sollte. »Du bist doch verrückt«, entfuhr es ihr und dann stolperte sie zu dem Flakon, hob ihn auf und flößte dem Jungen, der auf dem Boden lag, ein paar Tropfen davon ein. Mit der anderen Hand strich sie ihm durchs Haar.

»Jude«, flüsterte sie.

Er öffnete die Augen und sah in ihre. »Du lebst«, waren seine ersten Worte.

»Natürlich und du lebst auch«, antwortete sie. Erst dann wurde ihr bewusst, *was* das bedeutete. »Ich lebe«, stammelte sie, ganz durcheinander.

»Penny Scott«, flüsterte er und ließ sich von ihr umarmen. »Es ist, glaube ich, vorbei.«

9.
Kein Abschied, jetzt und nie

Sie feierten die ganze nächste Nacht, weil Jude und Penny, müde und völlig erschöpft, den Tag verschliefen wie die Vampire, die manchmal aus Schottland in die Hauptstadt kamen, um beim Einkaufsbummel in Bloomsbury den allzu tristen Alltag in ihren Burgen zu vergessen. Pünktlich mit dem Einsetzen der kommenden Nacht aber kehrten die beiden zum Highgate Cemetery zurück. Jackie Scott und George Finney waren der Überzeugung, dass ihre Kinder mit Freunden feierten, und das war auch in Ordnung. Denn nichts hätte weiter von einer Lüge entfernt sein können.

»Penny Scott«, hatte er ihren Namen geflüstert, in jenem fernen Grab, »es ist, glaube ich, vorbei.«

»Ja«, hatte sie geantwortet, wenngleich sie sich dessen nicht ganz sicher gewesen war.

Der traurige Steinengel war still und satt in der Gruft geblieben. Die Sluagh, die den Grabeingang bewacht hatten, waren verschwunden. Im Grab selbst war nichts außer dem schwarzen Mantel und den Handschuhen aus glattem Leder von Mr Morley zurückgeblieben.

»Wo ist die Laterne«, hatte Penny gefragt.

Sie hatten überall nachgeschaut. »Sie ist fort«, sagte Jude.

»Das ist gut«, meinte Penny.

Und das war es auch.

Oben auf dem Friedhof, unweit des Grabes, hatte Miss Rathbone auf sie gewartet. Dunkelgrau war die Nacht gewesen. »Ich dachte, ich schaue mal vorbei, falls etwas schiefläuft.« Sie hatte wissend gelächelt. »Kommt morgen Nacht nach Highgate, wir werden feiern.« Dann war sie behände wie ein Fuchs im Unterholz verschwunden.

Jetzt waren sie alle hier, versammelt in Gaskells Grab. Er hatte Girlanden und Lampions mit farbenprächtigen indischen Motiven aufgehängt, die bunte Lichter auf die Grabwände zauberten.

»Warum kann ich euch alle noch sehen?«, fragte Penny.

»Es gibt viele rätselhafte Dinge auf dem Friedhof«, sagte Miss Rathbone. »Und wenn wir sie nicht hinterfragen, sind sie so wirklich wie alles, was uns umgibt.«

Das genügte Penny als Antwort. Sie war hier und es war wie am Tag ihrer Ankunft. Keiner von ihnen konnte glauben, dass es erst vier Tage her war, seit sie in Highgate im Mondschein auf einer Bank gesessen hatte; und keiner konnte sich mehr ausmalen, wie es ohne sie gewesen war. Sie spielten Musik, so laut, dass es selbst die Lebenden

jenseits der Mauern hätten hören müssen (was sie, glücklicherweise, nicht taten): *Hang on Sloopy* (The McCoys),
Friday on my Mind (Easybeats), *Through a Long and
Sleepless Night* (Scott Walker) und *Everybody Knows* und
The Tower of Song (Leonard Cohen). Alle, die bei Gaskells
Todestag da gewesen waren, hatten sich wieder eingefunden: Sir Harvey Humblethwaite, Tilda Murray, Nettie Palliser und Albert Lament. Einige andere waren auch noch
gekommen.

Es war ein denkwürdiger Abend und alle hatten Freude
daran, hier zu sein und nirgendwo anders.

»Ich kann Geister sehen«, sagte Penny. »Meine Güte, ich
kann es wirklich.«

Jude brachte ihr ein Glas selbst gemachte Holunderli-
monade, die Nettie Palliser aus der Ägyptischen Avenue
freimütig gespendet hatte (neben ihrem Grab wuchs ein
Holunderbusch), und er selbst trank auch davon.

Sie lachten und tanzten und feierten das Leben selbst,
das nirgends ferner schien als auf einem Friedhof.

Gaskell war sogar so weit gegangen, eine alte Discoku-
gel in seinem Grab zu installieren. Zur Feier des Tages ließ
er es sich nicht nehmen, *My Perfect Little Daylight* zu singen, zuerst mit Playback aus dem Radio, dann, erhobenen
Hauptes und auf seinem Sarg stehend, a cappella.

Jude fühlte sich glücklich und schon ziemlich erwachsen, nur eine Sache war da noch . . .

Als der Morgen bereits graute und die Party weiterhin
im Gange war, stahlen sich ein Junge und ein Mädchen

davon und gingen in Richtung Nordtor. Dorthin, wo alles angefangen hatte.

Nebel bedeckte den Boden, sanft wie die Versprechen, die in Nächten wie diesen niemand mehr missachten würde. Herbstlaub wehte im leichten Wind über den Weg, wuselnd wie Spitzmäuse und ihre Einbildung.

»Du musst noch deine Gitarre holen.«

Jude hörte die Musik, die über den Gräbern erklang und perfekt war für den anbrechenden Tag *(Heart of Gold* von Neil Young). Er spürte die Fröhlichkeit, die den Geistern eigen war, die Lebenslust, die viele erst im Tod gefunden hatten.

»Sie sind nur tot«, hatte Miss Rathbone einmal gesagt, »das ist noch lange kein Grund, den Kopf hängen zu lassen.«

Sie standen auf dem Weg und betrachteten die Parkbank, die gleich neben dem hohen Tor aus geschwärztem Eisen stand.

»Am Ende ist doch immer ein Abschied«, flüsterte Penny und blickte zu einem Grabstein im Schatten einer efeubewachsenen Weide. Sie sah ihn von der Seite an, sodass ihre Nase vom Licht der aufgehenden Sonne gekitzelt wurde. »Ist das hier ein Abschied?«

Jude überlegte nicht lange. »Nein, kein Abschied.«

Irgendwo flatterte etwas durch die schnell schwindende Nacht.

»Hey Jude«, sagte Penny.

Er sah sie an wie etwas Wunderbares, dessen Wert ihm

gerade erst bewusst geworden war. Und wenn je ein Kuss mehr gewesen ist als buntes Herbstlaub, das zwei Menschen um die Füße weht, dann dieser. Und er war gewiss nicht das Ende ihrer Geschichte, sondern deren eigentlicher, richtiger und immerwährender Anfang.

Nachwort

Wenn es Geschichten gibt, die sehr persönlicher Natur sind, dann ist diese eine davon. Ich habe es sehr genossen, Jude und Penny auf ihrer Reise zu begleiten, und der goldene Schimmer des Herbstlandes lag auf dem Highgate Cemetery, in dessen Schatten ich mit ihnen wandelte.

Die Reiseführer, die mir dabei wertvolle Dienste leisteten, waren *Haunted London* von Peter Underwood, *Londons Cemeteries* von Darren Beach, *Necropolis – London and its Dead* von Catherine Arnold sowie *Walking haunted London* von Richard Jones. Und jeder meiner Schritte wurde begleitet von beschwingten Liedern und magischen Klängen; der Dank dafür gebührt Richard Ashcroft, Bombay Bicycle Club, Fran Healy, The Divine Comedy, Angus and Julia Stone, The Who, Glasvegas, Murray Gold, Ben Foster, Neil Young und Rachel Portman (und nicht zu vergessen natürlich Quentin Gaskell).

Das Fine Music & Art in Saarbrücken ist noch immer der beste Musikladen der Welt (was würde ich ohne diese

Fundgrube nur tun?). Und Maja Simunic hat www.christoph-marzi.de ein neues Gesicht gegeben.

Mein außerordentlicher Dank gilt meinen Lektorinnen Katrin Weller und Monika Köpfer, die jeden Satz betrachtet und mit ihrem Wortzauber belegt haben. (Darüber hinaus waren beide – und viele andere im Verlag übrigens auch – so unglaublich geduldig, dass sie sogar die gefährlichsten Deadline-Monster in Schach halten konnten.)

Wie immer aber gebührt die größte Verbeugung meiner wunderbaren Familie: Tamara, Catharina, Lucia und Stella. Nur durch sie ist die Welt ein magischer Ort, der jeden Tag im goldenen Licht des Oktoberlandes erstrahlt; immer und überall.

Christoph Marzi

Heaven
Stadt der Feen

London - das ist seine Stadt. Und über den Dächern von London - dort hat David sein zweites Zuhause gefunden. Hier oben kann er den Schatten der Vergangenheit entfliehen. Bis er eines Tages auf ein Mädchen trifft, das alles auf den Kopf stellt, woran er bisher geglaubt hat. Ihr Name ist Heaven. Sie ist wunderschön. Und sie behauptet, kein Herz mehr zu haben. Ehe David begreifen kann, worauf er sich einlässt, sind sie gemeinsam auf der Flucht. Und sie werden nur überleben, wenn sie Heavens Geheimnis lüften. Christoph Marzi erzählt mitreißend - Urban Fantasy vom Feinsten!

358 Seiten. Gebunden.
ISBN 978-3-401-06382-9
www.arena-verlag.de

Ana Alonso/Javier Pelegrín

Vision
Das Zeichen der Liebenden

Als Alex nach einer Party der geheimnisvollen Jana folgt, trifft er damit eine Entscheidung, die sein Leben verändert: Noch in derselben Nacht sticht Janas Bruder ihm ein Tattoo, von dem es heißt, es habe magische Fähigkeiten. Von nun an kann Alex Janas Empfindungen spüren, wann immer sie in seiner Nähe ist. Doch wenn er versucht, sie zu berühren, verbrennt ihn ein alles verzehrendes Feuer. Denn Jana ist kein gewöhnliches Mädchen. Und in ihrer Welt wäre die Liebe zu Alex unverzeihlich.

464 Seiten. Gebunden.
ISBN 978-3-401-06655-4
www.arena-verlag.de

Rainer Wekwerth

Damian
Die Stadt der gefallenen Engel

Lara will ein paar aufregende Tage in Berlin verbringen. Doch hinter der Fassade der Großstadt verbirgt sich eine Welt, in der dunkle Kreaturen einen verbitterten Kampf austragen. Als Lara Damian kennenlernt, weiß sie nicht, dass sich durch ihn eine alte Prophezeiung erfüllen soll. Ein düsteres Familiengeheimnis legt sich wie ein Schatten über die beiden und bedroht ihre Liebe und ihr Leben.

424 Seiten. Klappenbroschur.
ISBN 978-3-401-06513-7
www.arena-verlag.de

Cassandra Clare

Band 1
City of Bones
ISBN 978-3-401-06132-0

Band 2
City of Ashes
ISBN 978-3-401-06133-7

Band 3
City of Glass
ISBN 978-3-401-06134-4

Band 4
City of Fallen Angels
ISBN 978-3-401-06559-5

www.chroniken-der-unterwelt.de www.arena-verlag.de